新潮文庫

城壁に手をかけた男

上巻

フリーマントル
戸田裕之訳

新潮社版

7432

ロジャーとグリニスに、愛を込めて

王を滅ぼし、民主国家を興《おこ》すには、それが本物であれ偽物《にせもの》であれ、策略が必要である。

ジョン・ドライデン「アブサロムとアヒトフェル」

城壁に手をかけた男

上巻

主要登場人物

チャーリー・マフィン…………英国情報部員
ルパート・ディーン……………　〃　　部長
ジョスリン・ハミルトン………　〃　　次長
ジェレミー・シンプソン………　〃　　法律顧問
パトリック・ペイシー…………　〃　　政治顧問
ドナルド・モリソン……………ＭＩ６モスクワ支局長
リチャード・ブルッキング……在モスクワ英国大使館事務局長
アン・アボット…………………　　〃　　　付き弁護士
ジョージ・ベンドール…………英国人狙撃犯
ヴェラ……………………………ジョージの母
ナターリヤ・ニカンドロヴナ…ロシア内務省上級職
サーシャ…………………………チャーリーとナターリヤの娘
アレクサンドル・オクロフ……ロシア連邦首相
ユーリイ・トリシン……………　〃　　大統領首席補佐官
レオニード・ゼーニン…………ロシア民警司令官
オルガ・メルニコワ……………　〃　　上級捜査官。大佐
ワジム・ニコラーエフ…………ブルデンコ病院医療部長
グエルグエン・アガヤン………精神科医
ウラジーミル・サコフ…………ＴＶカメラマン
ウォルター・エイナンデール…アメリカ合衆国大統領
ルース……………………………　　〃　　　夫人
ジョン・ケイリー………………ＦＢＩモスクワ支局長

1

二人の指導者の政治的将来にとって、その国家訪問は死命を制するほどの重みを持っていた。メディアを最大限に利用し、自分たちもできるかぎり露出してそれを世界に知らしめることが重要であると同時に、はるか以前に合意に達しているけれどもまだ宣言されていない、核ミサイル防衛条約の締結宣言を行なうことが同じぐらい大事だった。そして、その宣言が勝利の――つまり互いの再選を保証する――クライマックスとなるはずだった。

そのための予備交渉は、このうえない正確さをもって行なわれた。双方の指導者はその交渉について、生死にかかわる外科手術に匹敵する正確さが必要だと考えていた。国家の防衛というものがいかに難しい問題であるかをはっきりと印象づけるために、アメリカ合衆国国務長官は三度も本格的交渉団を率いてこれ見よがしにモスクワへ乗り込み、同じ回数、メディアに大騒ぎさせるよう仕組んだうえで、ロシアの外務大臣をワシントンへ受け入れていた。そして交渉が終わるたびに苦渋の顔を作り、克服できない難しい問題があって交渉はまとまらなかったが、これ以降は双方の首都にいる予備交渉者に委《ゆだ》ねるという声明を残して帰りの飛行機に乗り、さらに機内でも、合意に達するのは奇跡だろうとの外交的状況説明を自ら行なうという念の入れようだった。

アメリカ大統領を公開の形で迎えるための準備は、周到かつ完璧《かんぺき》に行なわれた。アメリカのファッションの象徴であるファースト・レディが、同様にファッション意識が強くて活発なロシア大統領夫人の装《よそお》いに合わせるべく洋服を選び、ボリショイ劇場、チャイコフスキー・コンセルヴァートリー、モスクワ芸術座、そして、予定されている公式晩餐会《ばんさんかい》で妍《けん》を競うだろうと、写真まで提供されて細かな情報がリークされた。

それらの場所はすべて、アメリカのシークレット・サーヴィスとロシア大統領警護局が警備上の研究をし尽したなかでも――彼らは条約交渉者が費やしたと思われるのと同じぐらい長い時間をかけ、彼らよりもはるかに熱心にその作業を行なっていた――特に警備を厳重にしなくてはならないと考えているところだった。

その二つの警備グループ――最初は別々だったが、それでは都合が悪いという声があがったために、すぐに一つにまとまった――がぞっとしたことに、両大統領夫妻が公衆の前に姿を現わすことになっている場所はあまりにも無防備過ぎた。

彼らは、到着セレモニーの主要な部分は全面的に管理されているクレムリンの中庭で行ない、ロシア議会《ホワイトハウス》の戸外ではやらないという修正案を提出したが、それはあっという間に退けられた。というのは、このところクレムリンから連想されるのは共産主義であり、ふたたび浮上してきたその公式政党――ロシア連邦共産党――が、現大統領の再選を深刻に脅かしていたからである。それにたいしてホワイトハウスが象徴するのは、一九九三年にボリス・エリツィンがそこへ戦車を送り込んで、共産主義者に率いられた人民代表者会議の反抗を挫《くじ》いた一件であり、そちらのほうが二人の大統領にふさわしいということだった。一週間におよぶ執拗《しつよう》な議論のあげく、双方の大統領首席補佐官はようやく決定を下し、エア・フォース・ワンの到着する空港をモスクワのシェレメチェヴォ国際空港から、もっとはるかに容易に調べることができて警備も折紙付きの、東の郊外の軍用飛行場に変更することに同意した。もう一つ、もっと時間のかかった論争があった。二人の大統領とその夫人がオープンカーに乗って、あらかじめ公表され、モスクワ市民が駆り出されて列をなし、前もって支給された国旗を振りながら歓声を上げる通りを抜けて市内に入るという案を、アメリカ側もロシア側も頑として譲ろうとしなかったのである。

ロシア側警備担当者は、パレード・ルートのすぐそばの駐車場でチェチェン分離独立派のテロリストの仕業と見せかけて爆弾を破裂させ、大統領たちの乗る車の後部に防弾ガラスでできた半円形のドームを装着する――ロシアのリムジンにはそういう備品がなかったから、予定されている車をジルからアメリカのキャディラックに変更しなくてはならなかった――という譲歩を引き出そうとした。そして、オープンカーによる移動を不承不承に撤回してもらった埋め合わせとして、高い位置から撮影するテレビ・カメラの数を増やすことに同意した。だが、それも双方の首席補佐官によってふたたび覆《くつがえ》された。公式パレードの車列は従来通りの速い速度で、政府が一般車両を排除した進入路の中央車線を走るべきだという要求がなされたのである。

ロシア側警備担当者が仕掛けた二発目の爆弾は、両大統領がテロリズムの脅威には屈しないと断言し――弱腰になったら、メディアがどういう報道をするかは目に見えている――車列が市街地に入ったとたんに時速四十マイルに速度を制限して、旗を打ち振る群衆に最も近い車線を走ると決めたことで、文字通り藪蛇《やぶへび》になった。アメリカのシークレット・サーヴィスの三人がモスクワでの任務を解除してほしいと申し出たが、不服従の素振りでも見せたらお前たちの記録に傷がつくぞと警告されたうえで拒否された。しかし、アメリカ大統領が到着する二十四時間前には、指定されたルートは車両の乗り入れが禁止され、下水や暗渠《あんきょ》も一つ残らず爆発物捜査犬によってチェックされて、そのあとでマンホールの蓋《ふた》が開かないように溶接された。そのころには、警察のファイルに載っている政治的不満分子や分離独立派グループのメンバー全員が、民警の留置場に収容されていた。

雲一つない初夏の日が、大勢の人出を保証していた。空港での到着セレモニーで、アメリカ側の指導者であるウォルター・エイナンデールは条約が合意に達するのは困難であるという振りを装いつづけながら、アメリカがすでに一時凍結している全米ミサイル防衛計画を完全に破棄するための交渉については、大統領対大統領というレヴェルで話し合う以外に突破口は見出《みいだ》し得ないと宣言した。エイナンデール大統領夫人はピンクの装いに同色のクローシュ・ハットで人の目を奪い、ロシア大統領夫人はパウダー・ブルーの衣装で、ブロンドの髪を無風のなかでゆったりと肩まで垂らしていた。

モスクワへ向かう大統領車のすぐ後ろにつづく車にはアメリカとロシアの警護担当者が三人ずつ乗り込み、前方のルートで警備に当たっている者たちと無線と電話で間断なく連絡をとりつづけていたし、ロシア側警護員の一人は空中警戒ヘリコプターとの回線を開きっぱなしにして情報を交換していた。車列がクラスノプレスネンスカヤ河岸《かし》通りで停まると、彼らはまだ完全に停車しないうちに車を降り、キャディラックを取り囲むようにして位置に着いた。しかし、そこにはすでに十二人からなるアメリカとロシアの警備要員がいて、ロシアの指導者がアメリカ大統領の到着スピーチに応《こた》える演壇の周囲を警戒していた。

そのセレモニーもほかのすべてと同じく完璧に演出されていた。二人の大統領夫人は夫たちよりも先にリムジンを降り、彼らが演壇と同じ高さ、あるいはそれより高い位置に並んだマイクロフォンとテレビ・カメラの砲列に向き直ると、わずかに後方に控えた。一発目の銃声は、音響増幅装置しか感知することができなかった。後に何人かのコメンテーターが、二人のファースト・レディのピンクとブルーの洋服に不意に赤いものが飛び散ったのを一瞬不思議に思い、それからロシア大統領が胸を押さえるのを見て、その赤いものが彼の血であることに気づいたと述べていた。

アメリカのCNNの生中継を眺めていたチャーリー・マフィンは、それを見たとたんに口走った——「くそ！」。ナターリヤはいまのところ周辺部分で関わっているに過ぎなかったが、それがまったく変わってしまうことに即座に気づいたのである。

だが、どのぐらい大変な変わり方をすることになるかは、彼にも想像できるはずがなかった。

2

狙撃《そげき》犯人を捕らえる現場がそのまま生中継、その衝撃のスクープをものにしたCNNのカメラマンは世界的な賞を勝ち得ることになった。そしてそれは、正しいときに正しい場所にいる重要性が確認されたということでもあった。というのは、そのカメラマンは銃弾が発射されたロシアのテレビ・カメラ塔からわずか七メートル、高さもほぼ同じという位置にいて、至近距離からカメラを四十五度ひねり、そこにズーム・インして焦点を合わせるだけでよかったからである。

狭くて揺れるプラットフォームの上にいるのは二人だけで、その二人が格闘していた。一人は最初のうちは望遠照準器付きのライフルをまだ握りしめており、もう一人のロシア人カメラマンは、はるか下のディレクターとつながっているヘッドセットと、備品を留めるハーネスを装着していた。狙撃犯は痩《や》せていて、目は凶暴でほとんど焦点を結んでおらず、元々乱れていたブロンドの長髪が、揉《も》み合いのせいでますますひどく絡《から》まり合っていた。男は汚れたジーンズをはき、しわくちゃのデニムのワークシャツを着ていて、首からぶら下げた身分証明証が、取っ組み合いの勢いでそのシャツの胸にぶつかって弾んでいた。ロシア人カメラマンも同じような身分証明証をぶら下げていたが、肥《ふと》りすぎてはいるもののがっちりとした体格で、相手よりかなり背が低く、少なくとも十歳は年を食っていた。激しく揉み合っているにもかかわらず、わずかに残った髪は赤らんだ禿頭《はげあたま》にぺたりと貼《は》りついたまま微動だにしなかった。彼の顔も興奮のせいでまだらに赤くなり、両腕には黒い刺青《いれずみ》が入っていた。

二人は明らかに武器を自分のものにしようとしているのであり、まるで一本の骨を争う二匹の犬のように激しくもつれ合っていた。ともに怒鳴り声を上げ、歯を剝《む》き出し、相手を蹴《け》りつけていたが、そこで発せられているはずの言葉は、それを撮《うつ》しているCNNのカメラが音を拾っていないために聞くことができず、地上にいるアメリカ側のディレクターがモニターを見てコメントを流しているだけだった。だが、そのコメントも的外れで、画面に映し出されていることをきちんと伝えているともいえなかった。しかし、二人が怒鳴り合う声はいずれにしても聞こえなかったに違いない。というのは、警備へリコプターが轟音《ごうおん》を轟《とどろ》かせながら、テレビ・カメラ塔まで二メートルとないところへいきなり降下してきたからである。ローターが下へ向かって巻き起こす強い風のせいで、二人の男は狭い足場から危うく吹き飛ばされそうになった。三脚に据えられたテレビ・カメラがその風に煽《あお》られていきなり首を振り、カメラマンに激突して、彼を手摺《てす》りにぶつかるほどによろめかせた。その一瞬の隙《すき》をついて、狙撃犯はライフルを自分の手に取り戻すことができた。カメラマンはたじろぎながらも、何とか持ちこたえて安全な場所まで戻ってきたが、ローターの生み出す獰猛《どうもう》な風は、銃を巡って争っているとき以上に二人を翻弄《ほんろう》しつづけた。カメラマンの頭にへばりついていた残り少ない髪の毛がついに乱れ、狙撃犯も長い髪に顔を包み込まれた。

命綱を着けた狙撃手がヘリコプターからぐいと身を乗り出し、慣れた動作でヘリコプターの左側の支柱に脚をかけると、眼下の二人がほんの束《つか》の間《ま》動きを留めて上を見上げた瞬間に、狙撃ライフルをすっと肩に構えた。そのとき、アメリカ側のコメントが初めてまともなことをいった。つまり、ロシアのヘリコプターのスピーカーが、カメラマンに向かって、相手から離れろと指示をしていると報告したのである。カメラマンはその指示に従おうとする素振りを見せたが、逆上している狙撃犯が彼に向かって銃を向けようとするやすぐさまそれをひったくろうとして、ふたたびライフルの争奪戦が始まった。上にいるヘリコプターでは、狙撃手が正確に照準を定めようとしていったん諦《あきら》め、もう一度狙《ねら》いをつけ直そうとして、今度は腹立たしげにぐいとライフルを上げた。

そのころには、三人のロシア側警備員がテレビ・カメラ塔をよじ登りはじめていた。後ろの二人は早くもマカロフ拳銃《けんじゅう》を抜いていたが、そのせいで梯子《はしご》を登るのに苦労していた。ヘリコプターから犯人を狙い撃てないようだとわかると、彼らは梯子を登る途中で足を止め、自らの手で犯人を撃とうとした。しかし、ヘリコプターの狙撃手同様、彼らもまた、揉み合ったままたまったく離れない二人をはっきりと区別して撃つことができなかった。

終止符を打ったのは、先頭で梯子を登っていたロシア側警備要員だった。それはあっけないといっていいぐらいで、自分の頭が足場と同じ高さになったときに手を伸ばし、若いほうの男の両脚を力任せに引っ張ったに過ぎなかった。狙撃犯は握りしめたライフルで身体《からだ》を支えたかに見えたが、すぐに両膝《りょうひざ》から鉄の床に崩れ落ち、顔をのけぞらせながら声にならない悲鳴を上げて、ついに手にしていたライフルを取り落とした。先頭を切っていた警備要員はすぐさま犯人の皺《しわ》くちゃのシャツの背をひっつかむと、その身体をテレビ・カメラ塔の手摺りの隙間から一息に引きずり出した。犯人はほんの一瞬宙に浮き、手を伸ばしてカメラマンを捕まえようとしたが、結局は足場の縁にわずかに手がかかっただけで手足をばたつかせながら十五メートルを墜落し、下で待ち受けていた大勢の警備要員に飛びかかられてすぐに見えなくなってしまった。

ＣＮＮのディレクターは滅多に見られない事件を中継しているとわかっていたから、それまでカメラを切り換えることをしなかったが、いまついにそれをやり、最初に血が飛び散った瞬間からのヴィデオを現場で再生して放送しはじめた。チャーリーはその冒頭部分を見たとき、アメリカ大統領夫人が、崩れ落ちたロシア指導者を助けようと屈《かが》み込んだように思った。しかし、彼女もまたロシア大統領から遠ざかるように倒れてしまったのを見て、同じく銃弾の犠牲になったのだと気がついた。怪我《けが》の状態がどのぐらい深刻なものであるかは、演壇の上にいた四人がすぐさま警備要員に取り囲まれてしまったために推し量りようがなかったが、カメラが中継をつづけていたおかげで、恐怖と困惑の悲鳴と怒号を聞くことはできた。パニックが思考力を奪い、万に一つこういう事態が起きたときのために繰り返し行なわれた予行演習もすべて忘れられて、ロシア側もアメリカ側もまったくの混乱に陥っていた。そういう備えがことごとく滞るなかで、唯一《ゆいいつ》遅滞なく機能したのは、待機させておいた救急車が即座に現場に到着したことだけだったが、押し合いへし合いする群衆の整理に明らかに失敗したために、救急医療班が犠牲者を救急車へ搬送するのにひどく手間取ることになった。

犠牲者を乗せた車列はサイレンを鳴らし、民警に護衛されて、交通規制をされた中央車線を今度ばかりは疾駆した。目指すはレーニン大通りのピロゴフ病院で、その道中は事実上最初から最後まで、特別に設置されたカメラに記録された。一人のアメリカ人リポーターが病院の前に陣取って最新情報を取材していたが、放送局はその合間に、テレビ・カメラ塔上の格闘を繰り返し流しつづけた。

いまのところ詳しい情報はほとんど入手できていません、とそのリポーターはいった。わかっているのは、ロシアのレフ・マクシモヴィチ・ユドキン大統領が胸の上部に二発の銃弾を受けて、非常に深刻な状態にあるということだけです。現在、大統領の手術が行なわれています。ルース・エイナンデール大統領夫人も負傷していますが、生命に別状があるほどのものではないとのことです。彼女も手術中で、大統領が海外を訪問するとき常に随行している外科医と医療スタッフが、ロシア側医師団とスタッフの協力を得て執刀に当たっています。先の銃撃ではさらに二人が被弾し、うち一人はアメリカのシークレット・サーヴィスの模様です。

チャーリーはぎりぎりまでチャンネルをあちこちに切り換えながら、地元モスクワの放送を見、より取材力に優れたアメリカのネットワークの放送を見、偶然位置取りがよかったおかげでものすることができたスクープを見つづけた。サーシャの通っている幼稚園までどのぐらいかかるかは正確にわかっていた——彼女を迎えに行くことを、暗殺が企てられる前にナターリヤに約束していたのだった。幼稚園を出てきたサーシャは段ボールで造った家の模型を持っていた。屋根に載せられた白い綿は雪を表わしていて、母親へのプレゼントだとのことだった。ほしかったらママと一緒ということにしてあげてもいいわよ、と彼女はいった。その模型の家には赤い星がくっついていたが、それを見ると、チャーリーはいまもクレムリンの塔を飾っている赤い星を思い出した。ぜひともそうしてもらいたいなと応《こた》えて、チャーリーは裏道を通ってレスナヤ街の自宅へ向かった。大通りのほうが近かったが、そこはいまも検問が行なわれているに違いなく、ひょっとすると民警と保安当局が無意味な封鎖を行なって、すでに手酷《てひど》い失敗に終わった自分たちの役目を果たす振りをするのに躍起になっているかもしれなかった。

思い上がるなよ、とチャーリーは自分を戒めた。まったくついていたという、それだけなんだ。どれほどの責任転嫁《てんか》がなされ、愚にもつかない戯言《たわごと》が並べられるかぐらいは仕事として見当はつけられるが、いまのおれはおしゃべりな五歳の娘を隣りに乗せてだらだらと幼稚園の送り迎えをするほうに世俗的な魅力を感じているんだからな。アパートに帰り着いたとき、留守番電話にナターリヤのメッセージは入っていなかった。CNNは依然として、自分たちの希有《けう》なスクープを流しつづけていた。ピロゴフ病院にいるリポーターからの唯一の最新情報は、アメリカ大統領が病院に到着して妻の手術が終わるのを待っているとのことだが、シークレット・サーヴィスが人間の壁を作っているために、一階の高さからは何も見えないに等しいというものだった。

九時近くなって——サーシャはとうの昔に入浴をすませて眠っていた——ナターリヤが疲労と緊張で消耗した様子で帰ってきた。チャーリーは元気づけの飲み物を作ってやろうとボトルのほうへ向かいかけたが、彼女が自分に声をかけたときの口調が気になって足を止めた。

「どうした?」と、彼は振り返った。

「狙撃犯の名前はジョージ・ベンドールというの」と、ナターリヤが抑揚のない声でいった。「父親はピーター・ベンドール、三十年近く前にイギリスから亡命してきた人物よ」

「何だって！」と、チャーリーは思わず声を上げた。

途方もない混乱はようやく終わっていた。いま、大統領とともにいるのは二人だけだった。そのオフィスは急ごしらえで、まだ普段の住人のジャケットがドアの裏のフックにかかったままであり、食べかけのサラミ・サンドウィッチがゴミ箱に放り込まれていた。外の廊下では、シークレット・サーヴィスが、文字通り肩を接して頑丈な壁を作っていた。

「最初の山を越えたわけですね」と、ウェンドール・ノースがいった。「ともあれ、よかった」

「緊急手術に耐えたというだけだ」と、エイナンデール大統領が楽観を戒めた。彼は数分前に回復室から戻って殺菌した白衣を脱いだばかりで、いまもシャツの袖《そで》をまくったままだった。「もし手術が成功していなければ、彼女は片腕を失うことになる。そうなったら、ひどいショックを受けるだろう」

「成功していますよ」と、首席補佐官が虚《むな》しい保証をした。

「きっと大成功だろうとは思うが」とエイナンデールは応えたが、やはり説得力がなかった。彼は背が高くがっちりした体格の大男で、非常に強いテキサス訛《なま》りがあった。「彼女をアメリカへ連れて帰らなくてはならん。この病院の設備はお粗末すぎる」

「マックス・ドニントンは何といっていますか？」と、首席補佐官が訊《き》いた。彼らは看護師まで含めた大勢の医療支援スタッフを帯同しており、ノースは、ホワイトハウス付きの外科医で現役の海軍提督であるドニントンが、大統領と一緒に回復室から戻ってくるものとばかり思っていたのだった。それが戻ってこなかったということは、その海軍軍医がルース・エイナンデールの容態について楽観していない証拠に違いなかった。

「ドニントンは、たとえ大使館まででも動かすべきではないといっている。彼はいま、消毒用の機材と人員をこの病院に運び込み、彼女の病室を殺菌して清潔にしようとしているところだ。彼と連絡を取ってくれ、ウェンドール。最新設備を備えた救急用の航空機を準備させて、移送できるようになったらすぐに飛び立てるよう待機させてもらいたい」

ジェイムズ・スカメルは議論を実際的な問題へ移すときだと判断した。「さっきやってきたロシア外務省の人間――ボリス・ペトリン外相本人です――と話したんですが、ユドキンが助かるかどうかは際《きわ》どいところだそうです」

エイナンデールは老練な政治家だったから、頭をその方向へ切り換えるのに時間はかからなかった。彼は国務長官の発言が言外に意味する、紛れもない事実を把握してうなずいた。「レフ・マクシモヴィチが再選され、二期目をつとめる可能性はなくなったわけだ」

「こういう場合の暫定的《ざんてい》な措置は取り決めがあるようですが、適当な後継者はいますぐにはいないようです」

「共産党の候補はどうなんだ？」

「ピョートル・チクノフです」と、スカメルが名指しした。「下院に当たる国家会議《ドゥーマ》の議員で、人気もあります。共産主義者たちはよく組織されていますし――ユドキン以上といってもいいかもしれません――結局のところ共産主義の下での生活もそう悪くはなかったと、大勢の人々が思うようになっています。あのころは、庶民レヴェルでも全員が何らかの職にありつき、何らかの収入を得ていたわけですからね」

「われわれはどうすればいいんだ？」エイナンデールが状況を瞬時にして把握し、対応を考えながら訊いた。

「再調整の必要があります」ノースが何とか話の仲間に戻ろうとしていった。彼はひっきりなしに激しい瞬《まばた》きをする男で、大統領の再選をともに分かち合いたいと念願していたが、いま世界中が注目している騒ぎの中心にいることには、そう強い思いを持っているとはいえなかった。

「それは難しくないと思います」と、スカメルがいった。「条約はまだ調印されたわけではありませんし、いまとなってはそれは不可能です。われわれには依然としてスター・ウォーズ計画があります。もしユドキンが死んで共産主義者が次の大統領になれば、間違いなくスター・ウォーズ計画は必要なものとなります」

「『平和の死者、鉄の男となる』というわけだ」と、ノースが新聞の見出しふうにいった。彼はルース・エイナンデールの容態についてもっと明るい予測が立つまで、膨大な同情票を操作できるのをほのめかすのはしばらく待つことにした。

沈黙があった。

エイナンデールがいった。「こんなことをしでかしたろくでなしは何者だ?」

「二発の爆弾を破裂させたのはチェチェン人です」と、ノースがいいにくそうにいった。

「これはきみの仕事だ、ウェンドール。私はこれを仕組んだ連中とその理由をすべて知りたい。そのことに個人的な関心がある。ロシアの司法権を侵そうと、やつらの気分を害そうと、そんなことはかまわん。私を――そして、私の妻を――守ることになっていた者たちが、どうして銃を持った男をあんなに近くに入り込ませたのかを知りたい」

「承知しました」と、ノースが答えた。

「妻は死ぬかもしれなかったんだ」と、大統領はほとんど自分と話しているかのようにいった。「その代価は、本人からきっちりと払ってもらう。わかったか、ウェンドール」

「はい、わかりました、大統領」

ワシントンでは、ジャック・グレチＣＩＡ長官がポール・スミスＦＢＩ長官からの電話を直接受けたところだった。

グレチがいった。「こっちは問題山積だ」

「お前さんが自分で指揮を執るのか？」と、スミスが訊いた。

「まず関係筋と相談する必要がある」グレチはその質問には直接答えなかった。シークレット・サーヴィスが講じた予防措置は、すべてＣＩＡ——それにロシア——のアドヴァイスに基づいたものであり、ＦＢＩはまったく関与していなかった。ＦＢＩ長官であれば、とポール・スミスは判断した。たいていの政治的な問題をうまく処理することは、味方がいれば可能なはずだし、狙撃犯がすでに捕らえられたとすればなおさらだ。「計画の立案を始めようと思ってるよ」と、彼はいった。

「たぶん、おれのほうもそうすべきだろうな」とグレチが応じた。

3

プロトチヌイ横町にある新しいイギリス大使館のチャーリーのオフィスは、かつてモリサ・トレザの旧大使館でおざなりに割り当てられていた蜘蛛《くも》の巣だらけの狭苦しい部屋とは正反対で、スモレンスカヤ河岸《かし》からモスクワ川までを文字通りさえぎるものもなく一望できるだけでなく、ロンドンの川岸にあるミルバンクの本部へつながる直通機密電話、eメール、ファクシミリまでが揃《そろ》った別室までついているうえに、専用のコーヒー・メーカーまで備わっていた。

チャーリーがレスナヤ街の自宅アパートで録画したテレビ・カメラ塔の格闘のヴィデオを持って夜の闇《やみ》に包まれたオフィスに着いたとき、ピーター・ベンドールの完全なファイルは、別途電送されてきた写真とともに、すでにファクスで届けられていた。その資料の七割方にようやく目を通し終えたころ、大使館事務局長のリチャード・ブルッキングが苛立《いらだ》って電話をかけてきた。

「しかるべき理由があるんだろうな」

「もちろんです」チャーリーはその前にレスナヤ街の自宅からブルッキングに電話をしていたが、彼が主催するディナー・パーティの邪魔をする理由は明らかにしていなかった。その電話が機密回線ではなかったからである。

「いま、コーヒーを飲んでいるところだ」

「もう少し時間をください」

ブルッキングがため息をついた。「どのぐらいだ?」

「十五分で結構です。大使にはもう話しましたか?」

ブルッキングがまた嘆息した。「まず危機の存在を確認する必要があるだろう」

「決めるのはあなたです」と、チャーリーは応じた。

「その言葉を忘れるなよ。三十分後に私のオフィスだ」

チャーリーは十五分で資料を読み終えると、残りの時間を利用して、戦後もっとも悪名高い裏切り者の褪色《たいしょく》しはじめた写真を研究した。ピーター・ベンドールは骸骨《がいこつ》のように痩《や》せた男で、細い顔に特徴的な鼻が突き出し、その上に分厚い丸眼鏡が安定が悪そうに載っていた。家族で撮った写真でも、公式機関に提出された写真でも、オールド・ベイリーでの裁判のときの写真でも、高級とはいえないけれども凝った服装で表情は超然《そ》としているのが常であり、ついさっき世界中のテレビの所有者が目の当《ま》たりにした、狙撃《げき》ライフルを巡って空中で争い、狂信的に目を据えて長髪を振り乱していた男とはまったく似たところがなかった。

ブルッキングはでっぷりと肥え太った男で、次には大使への昇進が保証されていた。チャーリーが続き部屋になっているオフィスへ入っていったとき、ブルッキングはまだディナー・ジャケットにブラック・タイという服装のままだった。彼はチャーリーのひどく幅を広げた靴と皺《しわ》のよった服装を蔑《さげす》みの眼で見て、自分の夜が邪魔されたことを無言のうちに非難しようとした。だが、チャーリーはそれを無視し、この男は客たちに、戻ってくるから待っていてくれといったのではないだろうかと考えた。ブルッキングはいまだに葉巻の嫌な臭《にお》いを漂わせていた。

「それで、用は何だ？」と、ブルッキングが焦《じ》れた口調で詰問《きつもん》した。

「今日の狙撃犯はイギリス人です。ある亡命者の息子です」と、チャーリーは宣言した。こんなに大袈裟《おおげさ》にする必要はなかった——三十分前に内線電話で話したときに伝えればすむはずのことだった——が、ブルッキングのような尊大なろくでなしどもに常々苛立たせられているチャーリーとしては、その尊大さの鼻をへし折ってやるという誘惑にどうにも抵抗できなかったのである。

ブルッキングが目に見えてしおれていった。彼はその情報を聞きたくないというように頭《かぶり》を振り、あたかも聞き間違いだと自分を納得させるかのように、「嘘《うそ》だろう」と何度も繰り返した。

「犯人の名前はジョージ・ベンドールです」と、チャーリーはさらに一歩踏み込んだ。「父親はピーター・ベンドールというオルダーマストンの原子力兵器研究所の物理学者で、十五年以上もイギリスの核開発情報を――その大半はアメリカと共同で行なわれたものです――逐一ロシアへ漏らしていた罪によってワームウッド・スクラッブズ（訳注　ロンドンにある初犯者を収容する刑務所）に服役したものの、四十年の刑期をたった二年つとめただけで、一九七二年にそこから逃亡したという人物です」

「何たることだ！」と、ブルッキングが呻《うめ》いた。

チャーリーはロンドンから届いた情報を持ち出して、様子を見ることにした。「ジョージ・ベンドールについては、事実上何も情報がありません。父親が捕まったとき、彼はまだ二歳でした。そして父親がモスクワへ逃れて一年後に、母親とともにこちらへきています。母親はフランスで休暇をとっていることになっていたんですが、ある日いきなりオーストリアへ高飛びし、夫と同じルートでモスクワへ脱出したというわけです。彼女を逃がした責めはイギリス対内情報部にあります。なぜなら、亭主のほうが心変わりしてイギリスへ戻りたがっているという噂《うわさ》があったために、彼らは彼女を監視下においていたはずだからです」

ブルッキングは意気消沈したのと同じぐらいあっさりと元気を取り戻した。「どうして最初にそれをいわなかったんだ」

「あの電話は機密回線ではありませんからね」

ブルッキングが訝《いぶか》しげに眉根《まゆね》を寄せた。「それはロシアが公表していることなのか？」

「いいえ」

「では、どうしてきみが知っているんだ？」

「知るのが私の仕事だからですよ。私がここに駐在しているのは、そういうことを突き止めるためなんです」

「情報源はどういうものなんだ？」

「それを明らかにできないのはご存じでしょう」公式外交官が明確な情報活動から常に隔離されるというのは犯すべからざるルールであり、たとえチャーリーの役目が変更されていたとしても、モスクワにいる彼とナターリヤにとって、そのルールは自分たちを守るために非常に重要なものだった。それに、ロンドンにいる部長は連絡員《コンタクト》たちに知らせろといってきていなかった。チャーリーはもっとも犯すべからざる彼自身のルールを遵守《じゅんしゅ》し、サー・ルパート・ディーンだろうとだれだろうと、興味を持ちすぎたり要求をしすぎたりした者が出てきた場合に備えて、すでに逃げ道を用意していた。

「その情報が間違っている可能性もあるだろう」

「それはありません」チャーリーが遅ればせながら気づいたことに、ナターリヤから、あるいは内務省との情報連絡部局の長であるという立場の彼女から入手した情報に直接基づいて——それを利用して——行動するのは、これがまったくの初めてだった。そういうことをするのをやめてくれとは、彼女はいっていなかった。いずれにしても、明日には公式発表があるはずだった。しかし、数カ月以上も前から、彼は二人の不安定な状況が彼女にどれほどの重圧を与えているかを次第に意識するようになっていた。彼は結婚しようという話をやめ、もし二人の関係が明るみに出て自分がやむなく国外退去するはめになり、彼女も内務省を首にならざるを得なくなった場合でも、イギリスに——どこであれヨーロッパに——住むのは簡単なのだという話もしないようにしていた。

「ロンドンには伝えたのか?」

「サー・ルパート・ディーンにだけは伝えてあります。ロシアが発表する前に大使に知らせてほしいとのことでした」

「そうだな」と、ブルッキングが間髪を入れずに同意した。

いまが面倒な荷物を渡してしまうときだ、とチャーリーは判断した。「それに、弁護士にもです」

「うむ」ブルッキングがまたもや飛びつくように応じた。責任を回避できる可能性がもう一つ増えたことに気づいたのである。「彼らに関わってもらうのが重要であるのはいうまでもないことだ」

ブルッキングは大使と弁護士に電話をしたが、後者へのほうが時間がかかった。弁護士は新しいイギリス外交施設に造られたアパートメント・ブロックへ戻ってベッドに入ってしまっているのではないのか、とチャーリーは訝った。彼はいまもその包領の外で生きている――そうしなくてはならない明確な理由があったからだが――非常に数少ない者の一人で、そうあるために、自分が公式な外交とは隔たっている必要があるという理由をもう一度持ち出していた。だが、冷戦後の組織再編のせいで、彼の役割は対内情報部局のそれよりもFBIのそれにはるかに近くなっていた。だからこそ、ロンドンではっきりと目覚めている部長と寝ぼけ声で話したとき、サー・ルパート・ディーンは大使館付きのMI6を可能な限り近づけるなと、帝国を守っているあの指示を彼に与えたのだった。

チャーリーはサー・ルパート・ディーンとのその電話に基づいて、たかだか十二時間の遅れがどういう結果をもたらすかを考えた。おそらく、仲間であるはずだけれども自分を面白からず思っている――そのことは数分前にブルッキングが証明してくれていた――連中とのあいだを、いまより多少疎遠《そえん》にするぐらいがせいぜいだろう。自分が手にするバトンに必ず糞《くそ》がついているのを発見するのは珍しくもなかったし、自分が実際にリレー・チームのメンバーであるという憶《おぼ》えはまったくなかった。大使館間の提携に抵抗することは、仕事がやりにくくなると同時に、自動的に村八分にされるということでもあったが、彼は過去においてチーム・プレイヤーだったことはなく、将来においてもそんなものになるつもりはなかった。チーム・プレイヤーであるということは他人を頼るということであり、自分以外のだれをも当てにしないという、チャーリー・マフィンのもう一つのルールに背くものだった。

そのとたんに、心を乱す難問が頭に浮かんだ。ナターリヤはどうなんだ？　いや、彼女とのことは矛盾していない、と彼は自分に保証した。おれはナターリヤを盲目的かつ絶対的に信頼している。彼女がおれを信頼している以上に信頼している。そして、それにはきちんと説明できる理由がある。同じぐらいの比率で彼女を頼りにしているのも事実だが、彼女を信頼していることも頼っていることも、個人的なレヴェルであって仕事上のものではない。もちろん、それを認めたことはだれにたいしてもないし、ナターリヤに認めたことなど絶対にあるはずもない。彼女はそれを愛の欠如だと誤解するだろうが、そうではないのだ。それはチャーリー・マフィンが自分自身を完璧《かんぺき》に知っているがゆえに、常に自分の判断を優先させ、仕事についてはナターリヤの判断を決して頼らないようにしてきたということだ。

自分と自分だけの判断に絶対的に頼っていれば、過《あやま》ちを犯すのも仕返しをされるのも自分だけですむ。ナターリヤの場合に何より重要なのは、それが二人の脆《もろ》い関係をこれ以上危うくするような困難やつまずきの石に出会《でくわ》すのを阻止してくれるということだった。

サー・マイケル・パーネルは、曖昧《あいまい》でためらいがちな権威を漂わせて部屋に入ってきた。彼はファイルの写真に写っていたピーター・ベンドールほどではないにしても痩せていて、それ以上の類似点は深みのある豊かな黒髪の下に隠れてしまっていた。ブルッキング同様、大使もディナー・ジャケットにブラック・タイという服装で、煙草《たばこ》を吸わないチャーリーには、同じように葉巻の臭いが感じられた。チャーリーは手続きに則《のっと》り、ブルッキングを通じて、すぐに大使に会いたいと要請したのだった。最初に会うのを断わったのは関心がなかったせいなのか、それとも、大使館に関わっている評判のよろしくない人間を本能的に敬遠したのだろうか。たぶん、その両方だろう。モスクワは四カ月前に正式な面会の約束を取りつけていたが、大使はいまだにそれを実行しないでいた。そしていま、彼はこれ以上ない悪夢に直面しようとしていた。

パーネルはすでに部屋にいる二人のどちらに声をかけるべきか決めかねた様子で視線をさまよわせていたが、やがてチャーリーを見ていった。「本当に私が聞く必要のあることなのかね」その声は思いがけず甲高かった。

チャーリーは直接答える代わりに、ブルッキングを見ていった。「あなたはそう思ったんですよね？　それとも、考え直したとか？」

パーネルの顔がこわばった。ブルッキングが顔を赤らめていった。「もちろんです、大使、聞いていただく必要のあることです」

「わが部長も同意見でした」チャーリーはこの二人に敬意を表して仕事上の関係をよくするつもりもなく――彼らの尊大な態度にたいして敬意など表わしようもなかった――こいつらなど糞食らえと思っていた。彼らにしてもチャーリーと一緒にいたくはなかっただろうが、チャーリーのほうがその嫌悪《けんお》感《かん》はもっと強く、これ以上一瞬たりと同席していたくなかった。

「それで、聞いておくべきこととは何なのかね？」と、パーネルが問い質《ただ》した。

そのとき弁護士が到着し、チャーリーは答えを延期しなくてはならなかった。大使館スタッフとの接触を度が過ぎるほどに避けていたために、チャーリーはほんの一瞬ではあったけれども驚いた――もっとも、それを面に表わしては絶対にいないはずだったが。その弁護士は女性としては高すぎるというほどではなかったが背が高く、細身で胸も小さかった。もし彼女が今度の事件処理に関わって世間に知られることになれば、とチャーリーは想像した。イギリスのタブロイド新聞は〈柳のようにしなやかな《ウィロウィー》〉と形容するに違いない。彼女は黒の地味なスーツ姿だったが、それはおそらく、大使館が認めた制服だろうと思われた。チャーリーは深みのある鳶色《とびいろ》の髪がいまはゆったりと肩にかかっているのを見て、日中はその髪ももっときちんとまとめられ、しっかりとピンで留めてあるのだろうと推測した。それに、うっすらと口紅をさしているように見える以外は、化粧っ気もまったくなかった。ブルッキングから電話があったときはもう寝《やす》んでいたに違いなかった。彼女は二人の外交官にたいして肩書き付きで名前を呼ぶという丁重な挨《あい》拶《さつ》をし、そのまま物問いたげにブルッキングを見た。アン・アボットだ、とブルッキングが急いでチャーリーに紹介した。

「これで、三回も同じ話を繰り返す必要はなくなったわけだ」と、チャーリーは彼女にいった。彼女の握手には力と自信がこもっていて、チャーリーにはパーネルとブルッキングに対する彼女の態度も好もしく思われた。彼女は大使館における二人の地位に敬意を表しているだけで、人物を尊敬しているわけではなさそうだった。三十八歳というところか、とチャーリーは見当をつけた。それより上ということはまずないだろう。

「話とやらを聞かせてもらおう」と、パーネルが焦《じ》れた様子でふたたび促した。

チャーリーが説明を終えると、大使も女性弁護士も、さっきのブルッキングと同じく信じられないという反応を隠そうともしなかった。大使はすぐさま、間違いないのかとチャーリーに質した。間違いありません、とチャーリーは答えた。

「国籍が問題です」と、アン・アボットがいった。「彼がいまもイギリス人であるということについては、本当に疑いの余地がないのですか？」

チャーリーはロンドンから送られてきた資料を彼女に渡した。「このすべてに目を通してもらいたい。ピーター・ベンドールに関する全記録だ。もし彼がロシア国籍を取得していたら、それが記録されていなくてはならないはずだ。これはまことしやかな憶測だが、彼がロシアの市民権を選ぶのを拒否したのは、まだ刑期が長く残っているにもかかわらず、イギリスへ帰るつもりがあったからだともいわれている……」そして、パーネルとブルッキングを見ていった。「この資料はコピーを作ってあります。ただし、犯人を捕獲したときのヴィデオは別です。そのコピーを作るためには、大使館の設備を利用しなくてはなりませんのでね」

「その男がロシア国籍を持っているかいないかについては、間違いなく議論の余地があるはずだ」と、パーネルが反論した。「ジョージ・ベンドールはまだ、亡命したイギリス人核科学者の息子であるというにすぎんのだから」

「そして、アメリカのスター・ウォーズ防衛システムの完全かつ最終的な破棄に同意しようとしているロシア大統領を——もちろん、被害者は彼一人ではありませんが——殺害しようと企てた男です」と、ブルッキングがそれによって生じる、外交的な副産物の規模を査定していった。

チャーリーは政治的象徴ともいうべきその条約を初めて考量し、その作業を完了して口を開いた。「その条約はいまだ締結されていないし、未来永劫《えいごう》、締結されないかもしれませんよ」

「そして、あとに残るのは混乱——われわれの側の混乱——で、われわれはそれをできる限りきれいに片づけなくてはならないということだ」と、パーネルがいった。

「事後処理のための手続きはどうなるんでしょうか、外交的に、という意味でですが」女性弁護士が実際的な質問をした。

「通常の場合であれば、イギリス国籍を有する者が犯罪容疑で逮捕されたときには、大使館が公式に領事面会を申し込むことになっている」と、パーネルが条文を読み上げるように答えた。「しかし、これは通常の場合ではないと考える。したがって、ロンドンの指示を仰ぐ必要があるだろう」

「法的代理人の面会はどうなんでしょう」と、アン・アボットが訊《き》いた。

パーネルが肩をすくめた。「通常は認められる」

「きみは刑事弁護士なのか民事弁護士なのか、どっちなんだ？」と、チャーリーはアン・アボットに訊いた。

「刑事です」

「ロシアの法律の下でも認められているのか？」と、チャーリーは念を押した。

女性弁護士が首を振った。「それはいまここでははっきり答えられませんが、公開法廷にわたしが受け入れられるとしても、せいぜい条件付きオブザーヴァーとしてではないでしょうか。もしロンドンが希望すれば、たぶんロシア人弁護士のブリーフィング・チームの末席に加わることはできるでしょう。それで、あなたはどういう指示を受けているんですか？」

「できうる限りの最善を尽くして捜査をすることさ」チャーリーは漠然とした答えを返しておいてから、大使を見ていった。「今回の件については、面会が決まった場合には常に私をそこに含めていただきたい。明日、私の部の部長からあなたに連絡があるはずです」

「それについては、間違いなく外務省の指示を仰ぐ必要がある」と、パーネルは即答を避けた。

「サー・ルパートもそうだろうといっていましたよ」と、チャーリーは応じた。

生意気だと感じたらしく、痩《や》せた男がぐいと顔を上げた。チャーリーは無表情に相手を見つめ返した。大使はチャーリーにしっかりと視線を据えたままでいった。「これは面倒な事件だ。この大使館が過ちを犯して事態を悪化させることは断じてしたくない。何であれ——一切例外なく——あらかじめ私に知らせずに始めたりやったりしてもらいたくない。わかったか？」

「よくわかりました」とチャーリーは答えたが、内心では戯言《たわごと》だと考えていた。

「もちろんです」と、アン・アボットがその警告には自分も含まれていると見なして返事をした。

パーネルとブルッキングがロンドンの外務省への緊急電報の文面を作成するというの

で、チャーリーとアン・アボットは事務局長のオフィスを出た。「ヴィデオの無断複製は著作権法に触れますよ」と、彼女が廊下を歩きながらいった。

「黙ってればわからないさ」チャーリーは自分が何をするかを事前に話したことは一度もなかったし、事後に話したことも滅多になかった。彼らに取り乱させず、潰瘍《かいよう》を悪化させず、全般的に健康を損なわせず、何よりも心の平安を維持させるためには、そのほうがよかった。

まるで眠っているようなモスクワの夜の闇《やみ》のなかへ出たとき、チャーリーの心は平安どころではなかった。まだきちんとしたスタートも切っていないにもかかわらず、懸念《けねん》すべき材料はすでに山積していたし、間違いなく一つ、飛び抜けて心配しなくてはならないことがあった。お守りともいうべき足の疼《うず》きが、何から何までうまくいっていないと告げるのを待つ必要さえなかった。

「あらゆることを考えなくてはならなくなったぞ、われわれ自身を守るためにな」と、パーネルが話の舵《かじ》をとりながら断言した。

「おっしゃっている意味はよくわかります」と、昇進間近の事務局長が同意した。

「用心しなくてはならん」

「まったくです」

「領事面会が認められたら、それはきみに頼むぞ、リチャード」

「わかっています」

「あの情報部の男が問題だな。ここでは公式に認められていないことになっているのは知っているが、やつは情報部の人間なんだ。あるいは、だったと過去形でいうべきかな。それに、ここへくる前に聞いたのは、やつが途方もなく迷惑な存在でもあるという話ばかりだ」

「あの男は過去に多くの問題の原因となっています」と、ブルッキングが認めた。

「これからはいかなる原因にもならせるつもりはない。もしロンドンが独自の捜査を望むのであれば、だれか別の人間を派遣させる。そうすることで、われわれに累《るい》が及ばないようにするんだ。ただでさえ、われわれは十分な困難を抱え込もうとしているんだからな」

「それだからこそ、別の人間を派遣させるのはやめたほうがいいかもしれませんよ」と、ブルッキングがほのめかした。

パーネルが半ば笑みを浮かべていった。「何を考えているんだ?」

「すでにロンドンでも、マフィンは手に負えないトラブルメーカーだという評判を取っています。こういうことがあった以上、われわれは政治的にも外交的にも、これ以上どこに地雷が埋まっているかわからないところにいるわけにはいきません。その場所をどれほど必死で予測しようとしたとしても、おそらく過《あやま》ちを犯すでしょう。そしてそれはわれわれが公式には関わりたくない過ちです」

パーネルの笑みが大きくなった。「いうまでもなく、われわれはあの男を細心の注意を払って監視しなくてはならん」

「最終分析のときに、あの男も一緒に排除できるかもしれません。いまのところ、やつは策を弄《ろう》して自分のしたいようにしていますが、いずれにしても、やつのモスクワ駐在はいまでも実験的なものなんです」

「それだ！」パーネルが勢い込んで声を上げ、束《つか》の間《ま》沈黙してから訊いた。「それがいい！　それで、ロンドンへは何というんだ？」

「われわれはまたもや情報活動の面で迷惑を被《こうむ》った、といってやればいいでしょう」ブルッキングが間髪を入れずに答えた。「そのための準備を一からやりましょう」

おそらく口論は避けられず、それがいつ始まるかがはっきりしないだけだった。CIA現地支局長のバート・ジョーダンとFBI海外駐在官《レジデント》のジョン・ケイリーは、今度のことについて、自分たちは累が及ぶ範囲の外にいて安全だと感じていた。二人は、ピロゴフ病院から戻ってきたばかりのウェンドール・ノースの状況説明を聞きながら、初期ファイルに収められた狙撃《そげき》事件の写真のなかで自分たちが占有すべきものをたくさん見つけていた。いま彼らがいるのは内環状道路のノヴィンスキー・ブールヴァールにあるアメリカ大使館儀典局長のオフィスで、現地外交官のデイヴィッド・バーネットはすでに自分の机をとりあえず明け渡していた。バーネットは自分に火の粉が降りかかる危険はだれよりもないと考え、言い争いがいつ起こるかを推測しようとしていた。

「まずはそういうことだ」と、ノースが結論した。「これは――」

「まったくの災厄だ」ホワイトハウスから派遣されているシークレット・サーヴィスの指揮官であるジェフ・アストンが、そのあとを引き継いできっぱりといった。

「そんなことはみんなわかっている」と、ノースは議論にけりをつけようとした。「差し迫って必要なのは、優先順位をつけ、評価し、予測することだ」

「評価して予測するといったって、われわれにどれほどのことがわかっているというんだ」と、アストンが反論した。彼は身長六フィート六インチ、体重二百二十五ポンドの黒人で、ウォルター・エイナンデール以前の二人の大統領を警護してきた男だった。

「優先順位をつけるについてのきみの考えを聞かせてもらおう。どういう意見なんだ？　今度の狙撃事件をどの程度重く考えているんだ？　おそらく調印されることのないであろう条約のほうが、大統領夫人が重傷を負ったことよりも多少であれ重要だと、そう思っているのか？　それに、ロシア大統領が死にかけたことによって共産党政権がふたたび生まれる可能性をどのように考えているのか。とりわけ、そもそも狙撃事件を起こすことを許してしまったという事実をどう考えているのかを聞かせてもらいたい。というのは、個人的にも仕事の上でも、私がそれに多大の関心を持っているからだ」ＣＩＡとＦＢＩをこの会議に含めるようバーネットを説得したのはアストンだった。絶対に証人が必要だと考えたからである。そんなこととはつゆ知らないノースが病院から到着したときには、二人はすでに待ちかまえていて、首席補佐官といえども彼らを退席はさせられなかった。

「それはあまり建設的とはいえないと思うがな。いまのわれわれに必要なのは建設的であることだろう」と、ノースは抵抗した。いまは防御手段がないことはわかっていたが、将来に備えて、すべての発言を石に刻み込むように記憶しようとした。

「それはそうだが」と、アストンはさらに迫った。「私は破壊的であることどもについてまだ多少の好奇心がある。それを阻止するのが私の仕事だからな……もっとも、その仕事を邪魔されたり阻害されたりしていなければの話だが」

「調査が行なわれるはずだ」と、ノースが答えた。空調がきいているにもかかわらず、その顔は真っ赤で、目に見えるほどに汗をかいていた。

「それを聞くことができて何よりだ。きみのオフィスには、今回の訪問の交渉が最初に始まったときからの準備と計画についてのすべての情報が保管してあるんだろうな。もっとも、そうでなかったとしても、きみもきみのスタッフも心配は無用だ。われわれシークレット・サーヴィスが持っているからな。メモ、話し合いのノート、通話記録、結論、一つ残らず取ってある。英語だけでなくロシア語のものもだ。私はすでにワシントンへ電報を打ち、事後処理を検討する上での材料としてそれらを提出する用意があると伝えてある。一切合財をありのまま、無傷で持っていることが大事なんだ。こういう事件では、どういうふうに噂《うわさ》が流れはじめるかは知ってるだろう。なくしたりいじくったりした事柄から、煙が立ちはじめるんだ。だから、もし何か見つからないものがあったら、いつでも私に知らせてくれ。なぜなら、だれであれ空前のこの大失態を捜査する人間によって、すべての事実がはっきり明らかにされることが重要なんだからな」

「憶《おぼ》えておこう」と、ノースが硬い口調で応じた。「だが、それはふさわしいときに、ということだ。いまではない」彼はジョージ・ベンドールの正体がわかったことで――病院で知ったのだが――この明白な攻撃を逸《そ》らせるはずだと考えていた。

「忘れてもかまわんよ。私がたびたび思い出させてやるからな」

「話し合うべきことはそれだけではないはずだ」自分のオフィスを乗っ取られた、金髪で眼鏡をかけた外交官が注意した。彼はすでにアストンが効果的にポイントを上げたと判断したのだった。

「そのとおりだ」と、アストンが同意した。「今度は方向がそれないようにしよう」

「今回の件については、これからも色々あるはずだ」と、ＣＩＡのバート・ジョーダンが警告した。「ここまでにワシントンから送られてきた情報によると、狙撃犯の父親はアメリカの核開発計画に甚大《じんだい》な被害を与え、イギリスにも同じようなダメージを与えている。それも十分な悪事だが、今回のそれはもっとひどい。これは私の推測だが、イギリスは表だって出てこようとしないだろう。ジョージ・ベンドールを狼《おおかみ》の群れに放り込み――まあ、当然の報いではあるが――今回の責任は彼を受け入れたロシアにあって、イギリスにはないと主張するだろうな」

「政治的には、まんざら間違った推論ではないだろうな」と、ノースが答えた。彼は話題が変わってほっとしていた。

「モスクワは違う」と、現地に基地をおく外交官が異を唱えた。「おそらくは彼らの大統領を殺し、われわれの大統領夫人に重傷を負わせた男に関する責めを彼らに負わせたら、緊張緩和の機会をむざむざ逃すおそれがある」

「これはロンドンとモスクワのあいだの問題だ」と、ノースがいい返した。「われわれは手出しをせず、われわれが有利になること、わが大統領の利益になることだけをしていればいい。いまは同情が満ちているし、ここで何が起ころうとも、われわれのミサイルの盾はいまも配置についているんだ」

その皮肉にはだれも反応しなかった。

ケイリーがいった。「つまり、政治的には、もはやロシアも条約も必要ないということとですか」

「これまでほどではない、ということだ」と、ノースが限定した。「われわれがやる必要があるのは、イギリスと同じ車に乗って、やつらがここで何をするかを特に用心深く見守ることだ」そして、ジェフ・アストンを正面から見据えていった。「同時に、絶対にわれわれにとばっちりがこないようにしなくてはならん」

「つまり、イギリスと同じベッドに入って――」と、ジョーダンが口を開いた。

「手管の限りを尽くしてやってやれということですね」と、ケイリーが引き取った。

ウェンドール・ノースはその下品なたとえに眉《まゆ》をしかめながらもいった。「そういうことだ」

チャーリーは暗い寝室にそっと入ると洋服を脱いだままにして、すでに背中を向けて横になっているナターリヤを起こさないように用心深くベッドに滑り込んだ。

ナターリヤはまったく眠っていなかったが、彼のほうへ寝返りを打たなかった。そして、チャーリーが眠りに落ちてときどき軽い鼾《いびき》をかくようになってからも、長いあいだ起きたままでいた。

4

裏切り者の息子ジョージ・ベンドールの名前が挙がったことで、チャーリーのところへは非常に雑多な世界——予測できるものもあり、そうでないものもあった——が持ち込まれた。

彼はモスクワ川を望むオフィスに坐《すわ》り、過去に記憶がないほど不確かな気分で、最初の接触を待っていた。その接触が三十分以内にあるだろうことは計算できた。なぜなら、それがいつ発表されるかが正確にわかっていたからである。それに、不確かな気分の原因もわかっていた。それは個人的なもので、仕事上のものではなかった。本来はそうではないはずだったが、チャーリーに関する限り、それは彼がモスクワに着任し、ナターリヤと再会し、形の上ではともに暮らしてサーシャの両親の役をするようになって以来——その一方では、一部再構築されたＭＩ５における情報要員兼特別捜査官という彼の役目と、ロシア内務省における彼女の地位は完全に切り離されていまに至っているのだが——演じてきた虚《むな》しい芝居の終焉《しゅうえん》だと思われた。

むろん、部分的に重なり合ったり侵害したりすることは常にあった。チャーリーは今朝も、今回の暗殺未遂事件については二人が個人的に共同して事に当たる必要があると強く主張したのだが、ナターリヤも同じぐらい強硬に、決して共同しないことによって万一の場合の情状酌量の余地を残しておくべきだといって譲らなかった。そんなことをしたら、どんな裁判であろうと受け入れられるはずがないし、受け入れてもらうことなど不可能だ、と。

チャーリーは職業的にゆがめられ、押しつけられた困惑を抱えていた。それは自分とナターリヤがどういう立場——そういうものがあるとして——になるかというものだった。問題の答えは二人ともわかっていた。互いの利害が衝突するいまの仕事を、どちらかがやめるのが一番簡単だった。だが、いずれにしても、ことはそう単純ではなかった。そういう犠牲を自らが払うのは、双方にとって論外だった。チャーリーにしても、いまの仕事以外にしてもいいと思う仕事も、したい仕事も、できる仕事もなかった。彼は——そして、ナターリヤも——二人のあいだですでに限界近くまで伸びきっているものが、自分が主夫になったりしたらものの数週間で修復不能なまでに破壊されてしまうとわかっていた。

それはナターリヤにも重荷になるはずであり、すでに彼女は二人の対等とはいえない関係においてあまりにしばしば、あまりに重い重荷を背負わされていた。チャーリーはそれを十分に認識し、申し訳なく思っていた。それに、彼女はこれまでにずいぶん多くを赦《ゆる》し、ずいぶん多くを認めてきたのだから、いま態度が素っ気ないのも仕方がないと、同じように認識し、理解してもいた。

最初に彼に騙《だま》されたことについては、ナターリヤはすでに受け入れていた。彼女がまだKGBの尋問官だった時代のことである。あのとき、彼は自分たちの作戦の破壊を装《よそお》ったモスクワへの亡命を本物だと彼女に思い込ませた。もしそれに失敗していたら、最初の数週間か数カ月のうちに――その間に互いのことを知り合うようになったのだが――彼女はチャーリーをスパイ罪で裁判に付していたはずだった。二人の問題――不公平にも大半はナターリヤの問題だったが――は、そのすぐあとに出来《しゅったい》した。職業的怠慢の罪で彼女が逮捕されるのを何とか策を弄《ろう》して免れさせてやったにもかかわらず、チャーリーはロンドンへ戻ってしまい、結果的に彼女を捨ててしまった。仕事上やむを得なかったとはいえ、個人的には過《あやま》ちだった。なぜなら、そのころには、二人は恋に落ちていたからである。ナターリヤはその愛を、モスクワからの使節団の警護役としてロンドンへきたとき、これを逃せば二度目はないと、自分が亡命する覚悟を決めたことで証明した。それはチャーリーが段取りをしたことであり、ナターリヤは彼を信頼していた。彼は彼女を愛していたが、彼女は彼が彼女を信頼している以上に彼を信頼していた。チャーリーはあらかじめ決めてあった待ち合わせ場所にやってきたナターリヤを見守っていたものの、モスクワが彼にしてやられた被害の仕返しをするための罠《わな》へ自分を誘い出す餌《えさ》として——彼女自身が知っているかいないかは別として——彼女を利用しているのではないと確信できなかった。その疑いを消すことができないままに、チャーリーはついに待ち合わせ場所へは行かず、ナターリヤはそこを立ち去ってしまった。二人ともそのときには、彼女の妊娠を知る由《よし》もなかった。

もちろん、二度目であれ三度目であれ、たとえ何度目であろうと、最終的に一緒になるチャンスはあると確信していたのだが、ナターリヤが快く彼を赦し、認めてくれたのは奇跡といっても過言ではなかった。彼女は自分自身と娘を守るために、崩壊した旧KGBの記録を自ら危険を冒して削除し、内務省へ昇進する形で転属になった。そして彼は、組織犯罪に圧倒されていて、チャーリーのことを何も知らず、露ほども疑っていないロシア政府に、すでにロシアの首都に存在していたアメリカFBIと同じような役割を果たすべく、公式に受け入れられたのだった。

ナターリヤがきちんとおれを信頼していないことは責められないし、驚くことでもない。おれはそれに値することを何もしていないし、事実、ナターリヤにはほとんど報いていないといっていいぐらいだ。高まりつつある二人の危機を解決せず、解決のための手助けさえしていないことも、ずいぶん前からわかっている。ひょっとすると、できることは何もないのかもしれない。

そのぐずぐずとした想《おも》いは、発表に驚いて駆けつけると予測された最初の人間によって破られた。MI6支局長のドナルド・モリソンが上着を着るのも忘れ、真っ赤なサスペンダーにイニシャル入りのシャツ姿で、あわてふためいてチャーリーのオフィスへ飛び込んできた。その手には乱暴に引きちぎったと思われる通信社からのニュースのコピーが握られていた。彼はチャーリーにそのコピーを差し出しながらいった。「これを見ましたか？」

「ゆうべのうちに聞いたよ。大使もロンドンも知っている」と、チャーリーは応じた。モリソンが何か硬いものに衝突したかのように、途中でいきなり棒立ちになった。

「どうやって知ったんです？」

「民警に連絡員《コンタクト》がいるんだ」と、チャーリーは答えをはぐらかした。造作もないことだった。

「電話で知らせてくれればよかったのに」と、モリソンが用心深く不満を漏らした。彼はいかにも熱意に溢《あふ》れてやる気満々といった態度で、チャーリーより少なく見積もっても十五歳は年下のはずだった。おそらく、とチャーリーは推測した。こいつは父親か爺《じい》さんの影響力を使って、この競争の激しい地位を手に入れたんだろう。モリソンの前任者は自分が所属する組織の枠を越えてほかの部局とも手を握り、何としてもチャーリーをモスクワから排除しようと企てたが、目には目をもって、しかもしたたかに報いる彼の能力をひどく見くびったために、いまはヴォクソール・クロスにあるＭＩ６の事務管理部門で部員の移動手段に関する仕事をするはめになっていた。彼はそこで机に縛りつけられたまま、心ならずも縮められてしまった在職期間を全うし、人生というものの不公平さに思いを巡らせ、とりわけチャーリー・マフィンと間違った側で関わってしまった過ちを嘆くことになるはずだった。モリソンが着任以来、自分にたいして用心深く接しているその様子から――それに、間髪を入れないいまの反応から――チャーリーは彼がそのエピソードを知っているのではないかと疑った。

チャーリーはいった。「これは犯罪捜査だ。組織が編成され直したいまでは、これはきみの仕事というより私の仕事だろう」

「それでも、私にロンドンから問い合わせがあった場合に、前もって知っているほうが役に立ったはずです」

「きみに問い合わせがあったのか？」

モリソンが肩をすくめ、自分の議論の敗北を認めた。

「だったら、きみの信用はまだ何も失墜していないということじゃないか」と、チャーリーは指摘した。

「あなたは自分だけでこれをやるつもりなんですか？」

何をどんなふうにやるかなど、まだ決めていなかった。ただ、長い一日が終わるまでには、たぶんもっと多くの人間が、互いに相手の持っている情報を探ろうと駆けまわるはずであり、艦隊が入港したときの娼館《しょうかん》以上の混雑を見せるはずだった。チャーリーは自分が何をどういうふうにやるかを決めていないことを冷静に受け入れていた。事実、当初は歓迎さえしていた。サー・ルパート・ディーンは何であれ関係する事柄は自らが管理制御したいと強く望んでいたし、それは不可能ではなかったが、ロンドンから合同で捜査を行なうよう命じられて、必要な場合には犠牲を払ってでも自分たちの情報を相手に提供せざるを得なくなる可能性もあったからである。何をどうするかを決めないというのは決して皮肉から出た態度ではなく、未熟な人間や無知な人間がゲームと呼ぶところのものについての、必要不可欠かつ実際的なルールだった。もっとも、それをよく知る人間たちにとっては、どこからどう見てもゲームどころではなかった。実はチャーリーはこの年下の男を気に入っていて、彼に不利になったり害になるようなことはさせたくなかった。もしモリソンがこれから何らかの役割を担《にな》うことを認められたとしても、彼の出番がないままであってほしかった。

「でも、きっと問い合わせがありますよ」と、モリソンは引き下がらなかった。

「私だって、今朝のテレビで見た以上のことは知らないんだ」と、チャーリーはいった。それはほぼ真実だった。レフ・マクシモヴィチ・ユドキンの容態は腹部と右肺の銃弾を摘出したあとも予断を許さないとのことであり、ルース・エイナンデールについては、右腕の肩に近い部分の銃弾を取り去ったあと、状態は安定しているとのことだった。アメリカ大統領はピロゴフ病院で夜を徹し、いまもそこにいた。やはり被弾したアメリカ・シークレット・サーヴィスのベン・ジェニングスは、銃弾があまりに心臓に近すぎて摘出手術を行なうのが危険なため、生命維持装置につながれていた。私服民警のフェリクス・ワシーリエヴィチ・イワーノフも銃弾に脚を砕かれ、その部分を切断する必要が生じるかもしれなかった。それ以外の情報といえば——ナターリヤが渋々提供してくれたのだが——ジョージ・ベンドールがテレビ・カメラ塔から落ちた際に折った左肩と左脚の修復手術から、まだ意識を回復していないということだけだった。

「簡単に片づくことではなさそうですね」と、モリソンがいった。

「そんなものは滅多にないさ」と、チャーリーは応じた。それは一足ごとにつまずくと自分でもわかっているダンスに似ていたが、自分の足がハンマーのような爪先《つまさき》をしていることを考えればいい比喩《ひゆ》とはいえなかった。

「ロンドンから命じられたら、私たちは一緒に仕事をしなくてはならないでしょう」と、モリソンがいった。

「もちろんだ」チャーリーはそれを受け入れる振りを装い、ピーター・ベンドールのファイルのコピーを渡した。「うちの部もこれしか持っていないんだ。きみのところの文書保管所で較《くら》べてみたらどうだ？」

モリソンが救われたような笑みを浮かべた。「名案ですね。そうします」

二人が振り返ると、リチャード・ブルッキングがやってきたところだった。大使館事務局長が二人を同時に見ていった。「そうだな。もちろんだ。きみたちは明らかに一緒にいる必要があるからな」

どうしてこいつはわざわざここへやってきたんだ、とチャーリーは訝《いぶか》った。ゆうべのように自分のところへ呼びつければすむというのに？　まさか離れていたら心配で、どの部屋にいるか探さずにはいられないというほどの馬鹿《ばか》ではあるまいな？

モリソンがいった。「たったいま、そう話していたところです」

「ロンドンから連絡があったんですか？」と、チャーリーは訊《き》いた。

「情報を収集するようにいわれたんだ」と、ブルッキングが答えた。

「だれにいわれたんです？　あるいは、どこに？」チャーリーは焦《じ》れて尋ねた。

「外務省だ。それがわれわれの通信チャンネルだからな」

外務省は公式発表を繰り返しているだけなんじゃないか、とチャーリーは推測した。

「それで、ジョージ・ベンドールとの面会の段取りはどうなっているんですか」

ブルッキングが自分が悪いんじゃないというように頭《かぶり》を振った。「外務省から公式に返事があるまでは動けないんだ」

ジョージ・ベンドールのところへたどり着くためにはこの男を公式に同伴しなくては

ならないとしたら、とチャーリーは判断した。ずいぶんとうんざりさせられるだろうな。

「アメリカ側はどうですか？」

ブルッキングが躊躇《ちゅうちょ》した。「サー・マイケルが自分で向こうの大使にアプローチしておられる」

「私は――」といいかけて、チャーリーはすぐに修正した。「われわれはそこで話される内容を教えてもらえるんですか？」あらかじめグラウンド・ルールをはっきりさせておくことが重要だった。

大使館事務局長がふたたびためらった。「それは外交上の対話ということになるだろうな」

そのときチャーリーの直通電話が鳴り、話の腰を折った。

「あんたは何を知ってるんだ、チャーリー？」と、ジョン・ケイリーがいった。

「たいして何も知らないよ」と、チャーリーは応《こた》えた。「お前さんはどうなんだ？」

「会う必要があると思うんだがな」

「そうだな。こっちには眺めのいい部屋があるぞ」

「こっちは火傷《やけど》しそうなほど熱くなってるんだ」

「おれがそっちへ行ったほうがいいかもしれんな」

「そうしてもらえるとありがたいな」

チャーリーは面倒くさいと思いながらも、アメリカが主催するさまざまな外交的な集まりに出席し、ジョン・ケイリーと社交的な場で会っていた。それが役に立つかもしれなかった——もっとも、自分はチェロキー族の血が混じっているからアメリカ先住民だと会うたびに吹聴《ふいちょう》していて、それは眉唾《まゆつば》ものかもしれなかったが。それに、ベンドールのファイルのコピーを大量に作っておいたことも幸運だった。「すぐに行くよ」

「きみの連絡員《コンタクト》か？」チャーリーが受話器をおくやいなや、ブルッキングが期待を込めて訊いた。

「FBIですよ」と、チャーリーは素っ気なく答えた。

「やつらが何をいったか、私にも教えてくれるんだろうな？」

「もしそれが外交上の対話を構成するとしたら、教えると保証はできませんね」と、チャーリーは真面目《まじめ》くさっていった。

クレムリンの続き部屋《スイート》には数人の肩書き付きの将官がいて、彼女のほかはみな男性ばかりだった。ナターリヤの認識するところでは、たぶん、彼女の肩書きはこのなかでももっとも影響力が小さいと見なされているはずだった。いっそのこと最初から除外してもらったほうがありがたかった。しかし、もっと強くそう思っているのは彼女の隣りに坐《すわ》っている将官のはずだった。レフ・アンドレーエヴィチ・ルヴォフは特殊部隊スペツナズで現在の階級を獲得し、そのあとでロシア大統領警護局を率いるべくホワイトハウスへ移ってきた人物だったが、いまでも私服姿が何となくぎこちなく見えた。ルヴォフと同じような心持ちの男がもう一人、テーブルを囲んだ他の面々から少し離れて坐っていた。KGBの後継であるFSB（連邦保安局）の対内情報部長、ドミートリイ・イワーノヴィチ・スパスキー将軍である。

「諸君には完璧《かんぺき》な評価をしてもらいたい。国家会議《ドゥーマ》での議論のために、十全な準備をする必要があるんだ」と、首相が宣言した。彼は大統領命令によって、いま重傷を負っている大統領に代わって緊急時のリーダーシップを有すると考えられ、共産党が再浮上する以前は、ユドキンが二期目を全うしたあとで民主的に大統領に選ばれると予想されていた人物だった。アレクサンドル・ミハイロヴィチ・オクロフは背が低く、貧弱な体格で、KGBのサンクト・ペテルブルク本部を辞めて十年のうちに、ユドキンの広範な庇《ひ》護《ご》の下でいまの地位に上ったのだった。支持者たちは彼を現政府の陰の実力者と称揚し、悪くいう者は、ロシア政治のなかで精彩も面白みもない灰色の男という描写のほうを好んだ。

とたんに、そこにいる者全員が一斉にユーリイ・フォードロヴィチ・トリシンを注視した。丸まると太った首席補佐官が、いまはいつものようにすぐに笑みを浮かべることのできないまま答えた。「この段階で何かを予測することはまだ時期尚早だし、したとしても適切なものとはいえない。大統領の容態は予断を許さないし、あと数日はいまの状態がつづくと思われる。大統領はかなりの重傷で、病院へ向かう救急車のなかで心臓マッサージとマウス＝トゥ＝マウスの人工呼吸を行なわなくてはならないほどだった。それに、大量の失血があった。ひょっとすると、体内の血液の半分が失われたかもしれない。さらに、アメリカ大統領夫人が問題を複雑にする可能性がある。彼女はやむを得ない場合は腕を切断しなくてはならないほどの重傷だ……」

「それ以前についてはどうなんだ？」と、オクロフがさえぎった。「どうしてあんなことが起こり得たんだ？」

その質問はルヴォフに向けられたものだったが、大統領警護局長は首席補佐官に向けていた視線を外そうともせず、真っ向から彼を非難した。「警備に関してあまりに多くの干渉があったからです」

「干渉したのはだれなんだ？」と、オクロフが追及した。彼はいまでも、この暗殺未遂事件によってまさに唐突に自分に突きつけられることになったまったく個人的な部分での影響――そして、可能性――を心中密《ひそ》かに調整し、補正しようとしつづけていた。彼自身すでに気づいていたが、ベンドール一家の過去が明らかになれば、自分がかつてKGB上層部にいたという事実が、個人的に不都合な事態を招くおそれがあった。

「アメリカです」と、トリシンが急いで答えた。「アメリカ側からいくつもの要求があり、われわれで相談したあとで、それに従うという結論になったのです」

「だれと相談したんだ？」

「レフ・マクシモヴィチです」と、肥満した首席補佐官がふたたび急いで答えた。

彼は重体だから肯定も否定もできないわ、とナターリヤは認めた。いまここでは、生き延びるための防御が大急ぎで行なわれようとしているんだわ。

「わが大統領が同意されたのか？」と、オクロフはさらに追及した。たった一つの過《あやま》ちも犯さないことが決定的に重要だった。

「すべてに同意されました」と、トリシンも引き下がらなかった。

「専門的な議論はなかったのか？」臨時に大統領職を代行している首相が訊いた。彼はここにいる面々と仕事をしなくてはならず、したがって、だれを信用していいか、だれに用心しなくてはならないかを判定する必要があると考えていた。

「それはずいぶんやりました」と、ルヴォフが答えた。緊張がかなり和らいでいた。

「記録された証拠があるのか？」と、オクロフが質《ただ》した。

「あります」と、トリシンが答えた。

「それもワシントンからの圧力があったのか？」

「そうです」と、トリシンがいった。

オクロフはありありと緊張を解いて椅子《いす》に背中を預け、ナターリヤと連邦保安局対内情報部長を同時に見た。「よし！ 狙撃犯《そげきはん》については何がわかっているんだ？」

オクロフが過去にKGBにいたことは周知の事実で、ときとしてそれが攻撃目標になるけれど、とナターリヤは考えた。ちなみにわたしもかつてそこにいたことをオクロフは知っているだろうか。とても短い期間だったから、おそらく知ってはいないだろうが、訓練された情報工作員なら自動的に備えをしておくべきだろう。彼女はスパスキーよりも早く口を開いた。「みなさんもご存じのとおり、一九九一年の一連の出来事のあと、KGB国家保安委員会は部局が分割され、再編成されました。同様に文書も分割され、再編成されたわけですが、その作業はいまだ不完全なように思われます」彼女はそこでいったん言葉を切ると、ブリーフケースから複写したファイルを取り出し、オクロフのオフィスの会議テーブルを囲んでいる面々に手渡していった。「いまお渡ししたのが、件《くだん》の亡命者ピーター・ベンドールについて、内務省のファイルから入手できるすべてです。彼の息子については、わずか二パラグラフしか言及されていません。しかも、彼が母親に連れられてモスクワへやってきた時点のことだけです。父親のほうは死ぬまでKGBが責任を持ち、年金を支給されています。ご覧の通り、その記録には〈継続保管〉と記されています。残念ながら、対内情報部がいまも保有していると推定されるファイルにどのようなものが含まれているかをスパスキー将軍と話し合う機会を持つことができませんでした……ですから、いまここでその説明をしてもらうわけにはいかないでしょうか？」こうする以外になかったのよ、と彼女は自分を納得させた。あらかじめ対戦車障害物を構築するようにして予防措置を講じておかなかったら、彼女を一気に生き埋めにしようとするはずだった。もしスパスキーがこの会議の前の四度に及ぶナターリヤの面会要請をわざとらしく回避していなかったら、彼女はそういう予防措置を講じなかったかもしれないし、そうしようという警戒心すら起こさなかったかもしれなかった。普段でもウォトカ焼けして赤いスパスキーの顔がさらに赤みを増したが、それは痛いところをつかれて腹を立てたせいだと思われ、ナターリヤは対戦車障害物という比喩は適切なものだったと判断した。灰色熊《はいいろぐま》のようなこの男はわたしなど物理的には苦もなくひねり潰《つぶ》せただろうし、いまこの瞬間、おそらく本当にそうしたいと思っているはずだ。

スパスキーの前の灰皿は、ひっきりなしに火をつけつづけられた煙草《たばこ》の吸い殻で、すでに半分埋まっていた。咳払《せきばら》いをしたつもりが咳の発作となってしばらくつづいたあとでようやく口を開いたスパスキーの声は、最初のうちはひどくかすれていた。「この会議までに十分な時間がなかったし……内務省からもきちんとした指示はなかったんだ」と、彼はあわてて反論した。「いま、その調査が行なわれているところだ」

スケープゴートを見つけようとしていたオクロフは、すぐさまナターリヤへ視線を戻した。彼女は対内情報部長があからさまな困惑を見せたことに驚いていた。

「最初に文字にされた助言メモは、ゆうべの八時三十三分に、わたしが直接ルビヤンカへ送りました。狙撃犯の正体がわかって一時間足らず、わたしと直接話せる上級者がいないと、連邦保安局の当直員に告げられたあとのことです」と、彼女は反駁《はんばく》した。「それ以降も三度電話を試みましたし、二本のメモを送ってあるはずです。それらの時間を刻印したコピーが、いまお渡しした資料に添付してあります」

「どこにあるかわからないといっているんだ」と、スパスキーが取り繕おうとした。

「ここまでの時間では見つけられなかったということだ」

「紛失したのか？」と、オクロフが詰問《きつもん》した。ナターリヤの優秀さがスパスキーの無能さを際《きわ》だたせてさえいた。

「今日の遅い時間には、入手可能なものはすべて揃《そろ》うはずです」と、スパスキーが約束した。

「わかっている限りの不満分子、過激派、テロリストの可能性がある人間は一人残らず拘束しろと、私自身が命じたはずだ」と、オクロフがいった。「ジョージ・ベンドールという名前は、そういうリストのどれにも載っていなかったのか？」

「私が知る限りでは載っていませんでした」と、スパスキーが答えた。

「きみが知る限りでは載っていないだと！」オクロフが鸚鵡《おうむ》返《がえ》しにいった。「それはわからないということではないのか？」

「内務省に関しては、入手できるどのリストにも載っていませんでした」と、ナターリヤはいった。

「私のところも同様です」と、モスクワ民警司令官であるレオニード・セルゲーエヴィチ・ゼーニンが初めて話に参加した。「この会議の前に、特に調べ直しました」

「要するに、ロシア大統領を殺そうとして危うく成功しかけたうえにアメリカ大統領夫人に重傷を負わせた男について、われわれは何も知らないと、きみたちはそういっているのか」オクロフが信じられないという声でいった。

わたしを問い詰めているのではなさそうだわ、とナターリヤは判断した。

「私はすでにチームを編成して捜査に当たらせています。ベンドールのベッドのそばには上級大佐を配置し、あの男が手術から回復するのを待たせてあります」と、ゼーニンが急いで答えた。「彼の持ち物のなかにグーギン――ゲオルギー・グーギン――名義の業務手帳があり、その名前でモスクワNTVに雇われていました。仕事は使い走り、要するにメッセンジャーです。使用されたライフルは、機材袋に入れてテレビ・カメラ塔の上まで運ばれたのです。業務手帳に記されている住所はフトルスカヤ街――」

「あの男の本名はどこで確認したんだ？」と、トリシンがさえぎった。

「やつの母親からだ。彼女もフトルスカヤ街に住んでいて、グーギンの姓を名乗っている。もっとも、洗礼名はイギリスで受けたときのヴェラのままだったがね」

「拘束したのか？」

「もちろんだ」と、ゼーニンが答えた。「いまのところ、息子が何を企《たくら》んでいたかも、どこでライフルを手に入れたかも知らないといい張っている。あれはSVDの狙撃用ライフルだ。いうまでもないことだが、鑑識が検査をしているところだ」

「母親は息子について、ほかにも何か話したんじゃないのか」と、オクロフが訊《き》いた。

「息子は病気……精神的な病気だったけれども、だいぶよくなっていたといっています」

「その言葉を信じるのか？」

「その信憑《しんぴょう》性を確認するには時期尚早です」

オクロフが首席補佐官を見た。「イギリス側についてはどうなっているんだ？」

「外務省を通じて形式に則《のっと》った形で接触してきています。情報を欲しがっていますね」

「アメリカ側は？」

「彼らはベンドールと面会したがっていますし、関係者全員に完全な捜査協力を求めています」

「アメリカの要求もイギリスの要求も呑《の》んでやろう」オクロフが決断し、しばらく黙って考えていた。「われわれは絶対に揺らぐことのない信頼を得た形で出ていかなくてはならない。相互のすべての捜査部局間の連絡を最大限に密にする必要があるだろう

「……」そして、テーブル越しに笑みを浮かべた。「ナターリヤ・ニカンドロヴナ、きみにすべての調整をやってもらいたい」

ナターリヤがまず最初に認識したのは、自分がだれよりも無防備な危険にさらされるということであり、次に気づいたのは、誰一人として今度の狙撃事件のほかの二人の犠牲者については訊かなかった――気にもしなかった――ということだった。

「裁判は完全に公開されなくてはならない。メディアの一大イヴェントにするんだ」と、オクロフが首席補佐官にいった。彼はほかの者たちが退出してからもそこにとどまるよう命じられていた。「アメリカとイギリスに情報を公開するといったのは本気だぞ」

「わかっています」

「アメリカが今度の失態の原因が彼らの警備上の過ちにあり、したがって彼らの落ち度だという議論に異議を唱える危険はあるかな？」

「彼らは公式には裁判に参加しないことになると思います」と、トリシンが指摘した。

「単なるオブザーヴァーという立場になるはずです。裁判を仕切るのはわれわれで、彼らではありません。それに、確認のための事務処理が本当に山ほどあるのです」少なくとも最初のうちは、ほかのだれよりもおれが一緒に仕事をしなくてはならないのがこの男なんだ――トリシンはそう考え、すぐにもう一つのことに気がついた――しかし、オクロフが大統領に選ばれるかどうかは、かつてユドキンが再選されると思われていたよりも不確かかもしれんぞ。

「よし」と、オクロフが自分にとっての可能性が増したことに鼓舞されていった。「ベンドール、グーギン、あるいは何と名乗っているにせよ、この男について、もっと知る必要があるな」

「やつが何と名乗っているかは重要ではありません」と、トリシンが自分の壕《ほり》を作り直そうとして主張した。「どんな名前を使おうが、やつはロシア人ではなくてイギリス人です。かつての共産主義政権の保護の下でこっち側にくることを認められたスパイの息子なのです」

オクロフは自分がすでに分離して確保しておいた利点をトリシンがさらに明快にしてくれたことに満足し、笑みを浮かべてうなずいた。「あの男がコミュニストの代弁をしているのは疑いの余地がない。やつが守旧派を支持していて、あの時代が戻ってくることを強く願っているかどうかを知る必要がある。それがわかったら役に立つかもしれん」

トリシンは話が自分の望んでいる方向へ向かっていることに励まされた。「病院の医師たちから得た印象では、レフ・マクシモヴィチがたとえ助かったとしても、完全に回復して元通りの活動ができるようになるとはだれも考えていないようですね。そんなことになったら悲劇ですが」

「大変な悲劇だ」とオクロフは同意したが、あからさまに自分に取り入ろうとする言葉に飛びつくのだけは思いとどまった。

ちくしょうめ、とトリシンは内心で吐き捨てた。「あなたの悲劇は現大統領の衣鉢《いはつ》を継いで、これまで策定に深く関わってこられた政策を続行しなくてはならないことです」

ユドキンが死のうと死ぬまいと権力闘争が始まることは、オクロフにもわかっていた。だとしたら、鍵《かぎ》のかかったすべての隠れ場所を開けてくれる味方が必要だった。「それをやるための助けを請《こ》うことになるだろうな」

「共産党がふたたび盛り返してきたために、いまは非常に不確かな状況になっています」トリシンは気持ちよく決まり文句を口にした。「重要なのは、私があなたに完全な信頼と忠誠をおいているとわかってもらうことなのです、アレクサンドル・ミハイロヴィチ」

「それを聞くことができて何よりだ」と、オクロフがいった。「ユーリイ・フョードロヴィチ、きみのような百パーセントの信をおける人物がいてくれるのが大事になるはずだからな」

「それは大丈夫です」

「警備上の落ち度がアメリカ側の責任によるものであると、本当に明らかにできるのか？」

「さっきも申し上げたとおり、私を信じていただいて間違いありません、アレクサンドル・ミハイロヴィチ」

政治の風向きが逆転するまではだろ、とオクロフは胸のうちでつけ加えた。

ジョン・ケイリーはしばしば、しかも誇らしげに、自分の先祖はアメリカ先住民のチェロキー族だと吹聴《ふいちょう》していたが、その主張にはまんざら説得力がないともいえなかった。髪はまっすぐで黒々としていたし、肥満するに任せて、しかもそれを気にしている様子もなかった。履き物はモカシンではなく、チャーリーのハッシュ・パピーのように原形を失ってもいなかったが、ボタンが飛びそうなほどにはち切れんばかりになっているスーツは、瑕疵《きず》物を扱う店ででも買えそうな安物だった。ノヴィンスキー・ブールヴァールにある窓のないオフィスにはケイリーの吸う葉巻の臭《にお》いが鼻につくほどに染《し》みついていて、二人が向かい合っているテーブルの上には、中身が三分の一しかないシングル・モルトのボトルがおかれていた。そのウィスキーはチャーリーの好みのアイラではなかったが、そういうもてなしの態度がうれしかった。

ケイリーがピーター・ベンドールの一件書類を丸まるとした手で軽く叩《たた》いていった。

「こいつには本当に感謝してるよ。話したとおり、やたらに騒いでいるわりには、ほとんど何もわかっていないといったありさまなんだ」

「礼をいうのはこっちだって同じだ」と、チャーリーは応じた。ケイリーはいまや失敗に終わった大統領警護計画の完全なリストを頼んでもいないのに提供してくれ、さらに、大統領夫人が片腕を失うおそれがあり、たとえそういう事態を免れたとしても、元通りに回復することは永久にないだろうという病院の最新情報まで教えてくれたのだった。

チャーリーは相手から情報を得るために自分の側の情報を与えていたに過ぎなかったが、ケイリーのほうもそれは同じで、それ以上の何かに見せかけようともしていなかった。チャーリーはその事実が気に入っていた。それは彼らが互いをプロとして遇しているということであり、少なくともチャーリーのほうはそれを望んでいた。彼はいまだ同意されていない点――それがずっと気になっていた――をケイリーが指摘してくれるのを待っていた。仕事のうえでこの男に気をゆるしていいものかどうかを考えていたのである。

ケイリーがいった。「われわれにとってありがたいのは、あのろくでなしがいまもイギリス人だということだ」

「こっちにとってはそれが厄介なんだ」とチャーリーは同意し、グラスに酒を注ぎ足そうとするケイリーにうなずいた。少し時間をやろうと考えたのである。

「面会するのか？」

「いまはまだ申請していないが、いずれはそうなるんじゃないかな」

「われわれのほうは申請中だ。もっとも、アメリカの法律が適用されるかどうかはよくわからんがね。たとえ撃たれたのがアメリカ大統領夫人だとしても、ここはロシアで、司法権も犯罪訴追手続きもロシアのものだからな」

ケイリーはプロだ、とチャーリーはそれを聞いて認めた。「それでも、お前さんたちが排除されることはないんじゃないか」

「そうだとしても、全面的にというわけにはいかんだろうな。あいつはあんたの国の国籍を持ってるんだ。あんたたちのほうがもっと見込みがあるよ」

「そっちにその気があるのなら、情報を共有してもいいぞ」ケイリーがこの申し出に飛びつかないはずがない！

「よし、決まりだ！」ケイリーが即座に受け入れた。

そうやっておれを試しているのかもしれないからな、とチャーリーは用心しながらいった。「一九六〇年代後半、ピーター・ベンドールはお前さんの国の情報を大量にロシアへ渡していたんだったな。だとしたら、彼についての一件書類がアメリカにもあるだろう」

わかりきった事実を思い出させられたことに当惑した様子もなく、ケイリーがうなずいた。「たぶんんな。だが、あれはＦＢＩではなくてＣＩＡの管轄《かんかつ》だったはずだ」

「しかし、いまはお前さんにも手に入れられるんだろ？」

「調べてみるよ」

ケイリーほどのプロなら、そのぐらいは何時間も前に調べているはずだ。もしこの情報交換をあいつがコントロールしようとしているのなら、それはもう失敗している。自分がやるつもりの仕事のレヴェルで、全部とはいわないまでもなにがしかの情報は手に入れられると期待しつづけてもよさそうだぞ、とチャーリーは判断した。「こんなに早い段階で、もう政治的な反応が何かあるのか？」ブルッキングとサー・マイケル・パーネル相手のいまだ五分五分の戦いに決着をつけなくてはならないかもしれず、いまチャーリーはそのための材料の断片を引っ掻《か》き回して探しているところだった。

「はっきりしたものは何もない」と、ケイリーが首を振った。「コミュニストが手下を送り込んできたら、ワシントンはFBIがここにあることで落ち着かない思いをするはめになるだろうな」

チャーリーの足がぴくりとした。「どうして？」

「われわれがここにいるのは、エリツィンとその後継の改革派に認められたからだ。そして、ここでのわれわれの役目は犯罪と戦うことだけなんだ」と、ケイリーがあらためて説明した。「もし旧体制が復活したら、この国から出ていくように真っ先にいわれるのはおれたちFBIだと、国務省はそう考えている。たぶん、それはあんたたちも同じだろう」

「そうだな」と、チャーリーは同意した。「そういうことになるだろうな」そうなったら、おれとナターリヤのいまでも危うい関係が、一気に破局に向かって加速するんじゃないのか！

「今回がわれわれの扱う最後の事件になる可能性だってあるんだ。どう思う？」

「不安だね」チャーリーは本音をいい、あまりに多くのことがな、と心のなかでつけ加えた。

民警上級捜査官オルガ・イワノーヴナ・メルニコワ大佐は、美人といってもいい魅力的な女性で、自分でもそれを承知していた。そして、あらゆる意味でその使い方をもっとよく知っていた。常に制服ではなく私服を着ていたが、それはドレスやスカートやブラウスといった着衣のほうが、豊かな胸と細い腰を強調し、容姿を最高に引き立ててくれて、男性容疑者を尋問するときには胸の谷間が必ず相手の気を散らしてくれるからだった。それに、尋問する相手一人一人に合わせて態度を使い分け、必要とあらば脅しもしたし、ときには自分たちのほうが頭がいいと危険で間違った印象を相手に与えるために、ぎこちなく口ごもって見せたりもした。だが、それは厳密に取調室のなかだけのことであり、外では確固としてこれ以上ないほどの自信に満ちた、知能指数一七五を誇る女性だった。彼女はその頭脳を武器に出世の階段を上がっていたが、その速度は、セックスの巧拙よりも自分の出世に役立つかどうかに重きをおいて慎重に選んだ相手とベッドへ上がる回数とも比例していた。もっとも三十五歳で上級警察官の地位を獲得してからは、出世の階段であれベッドであれ、彼女を押し上げるべく招かれる人々は、影響力の強弱ではなくてセックスの巧拙で選ばれるようになっていた。オルガ・イワノーヴナ・メルニコワは仕事についてだけでなく政治についても精通していたから、狙撃《そげき》事件から間もなく二十四時間になろうとする余波のなかに捕らわれているだれよりも、この尋問をやりおおせることが自分にとってどれだけ大きな成功であり、行く手をさえぎられずにすむようになるかをわかっていた。この犯罪は世界中のテレビという陪審員の目の前で行なわれたのであり、そういう場合には絶対に有罪判決を引き出さなくてはならなかった。

もちろん、依然として捜査のあらゆる局面で、自分が中心となって直接関与することが重要だった。それは当初、ジョージ・ベンドールが手術室から戻ってきて以来ずっと病室にへばりつき、かすかなささやきも聞き逃さないよう、わずか一メートルを隔てたところにおいた椅子《いす》に坐《すわ》りつづけて、どうにも目を開けていられなくなったらうとうとすることを意味していた。

しかし、ジョージ・ベンドールはささやかなかった。それどころか、そこにあるのは、心拍数をモニターする機械が描く鋸歯状の曲線と、人工呼吸器が酸素を送り込んでは排出するしゅーしゅーという音だけだった。彼女がその退屈で非生産的な時間を過ごしているとき、病院から歩いていける距離にあるレフォルトヴォ刑務所では、ヴェラ・ベンドールあるいはヴェラ・グーギンも、ほぼ同じ時間をそこに坐って過ごし、これからの辛《つら》い尋問を何も知らずに待っているはずだった。

意志的な顔立ちでとりわけ唇が魅力的なオルガは椅子に坐っているのに辟易《へきえき》し、これまでにも何度かやったようにそっと立ち上がると、こわばった足取りで部屋を一周した。一周目が終わり、少し筋肉がほぐれて歩きやすくなった足で二周目を開始しようとしたとき、医療部長のワジム・ニコラーエフが音をたてることを気にしない訪問者が多いなかで、初めて静かに病室へ入ってきた。その後ろには、グエルグエン・セミョーノヴィチ・アガヤン――肌が透き通るように白く、髪もホワイト‐ブロンドの精神科医――が、同じく静かにつづいていた。

「脳のスキャンの結果だ」と、アガヤンがいった。「これを見て」

オルガはいわれたとおりにそれを見たが、自分が何を見ることになるのかはよくわからなかった。

「ここだ！」と、ニコラーエフがいった。「この基部のところだ。糸のように細い裂け目がある。それから、ここについては」――指がそこに写し出された脳のほかの部分よりも黒ずんだところを示した――「初期検査処置の一環として脊髄穿刺《せきずいせんし》を行なった。出血は止まっていたから、この黒い部分は蜘蛛膜下《くもまくか》の傷だということになる」

「何を教えてくれようとなさってるんですか？」と、オルガは訊《き》いた。

「ほかの外傷もさることながら、墜落時に激しく頭を打ったということだ」と、アガヤンが答えた。

「脳に損傷を受けているんですか？」

「それは彼が意識を回復するまでわからない」と、アガヤンがさらに答えた。

「しかし、私としてはもっと鎮静剤を投与するつもりだ。てんかんを起こす可能性をできるだけ低くしなくてはならんからな」と、ニコラーエフがいった。「いまは彼の治療を優先させるほうが重要なんだ」

「彼がきちんと取り調べに応じられるまでに回復するのはいつごろでしょう」

「少なくとも、あと二十四時間は彼に目を開かせるわけにはいかない。それに、覚醒《かくせい》させるとしても、傷の範囲が縮小していることを私が確認した場合だけだ。申し訳ないな」

「とんでもない」と、オルガはいった。「それで結構です」

5

　レフォルトヴォは二十世紀の大半を通じてロシアと旧ソヴィエト連邦を支配した恐怖――それも途方もない恐怖――の化身だった。この刑務所は一九一七年以前にすでに存在していたが、その後すぐに、国家の敵は国家が弾圧するのだということを文字通り骨を砕いて教えるための、ありとあらゆる技術と設備を備えた実験室になった。オフラーナ――無能な皇帝ニコライ二世を差し迫った革命から守ることに致命的に失敗した情報機関――が刑務所としてそれを造ったとき、そこに押し込まれた反対者や彼らの支持者たちは、文字通り明滅するろうそくを吹き消すように抹殺された。血が飛び散ったままに汚れた壁の内側には、オフラーナの後継たるヴェーチェーカー（全ロシア非常委員会）を創設してロシアの近代情報機関の基礎を築いた山羊《や ぎ》髭《ひげ》のフェリクス・ジェルジンスキーによって、レーニンの支配を維持しつづけるために拷問者《ごうもんしゃ》と銃殺隊が配置された。ジェルジンスキーは壁が汚れていようと気にもかけなかったし、そのことについては、あとにつづく恐怖を満載したスターリンの情報機関――GPU（国家保安部)、OGPU(合同国家保安部)、NKVD(内務人民委員部)、NKGB(国家保安人民委員部)‐NKVD(内務人民委員部)、MVD(内務省)‐MGB(国家保安省)、KGB(国家保安委員会)——も同じだった。それでも、ときどきある一画が磨かれることはあった。だが、それはヤゴダ、エジョフ、そしてとりわけその特徴が顕著だったラヴレンチー・ベリヤといった精神病質者をソヴィエト連邦英雄として公式に称揚し、その銘板をそこに掲げるためにすぎなかった。

一つ、皮肉なことがあった。それは精神病院に収容されなかったそれらの偏執狂たちが、百万——あるいは一千万の亡霊が宿るこの不気味な鉄格子《てつごうし》窓の廟に、実際に警棒も電極もメスも注射器も使わなくてすむような恐ろしい伝説を図らずも残してくれたということである。

恐怖——警棒や電極、メスや注射器への恐怖、ベッドもなく、排泄《はいせつ》用の穴も開いておらず、バケツ一つない殺伐とした独房の壁の、年月を経て黒ずんだ血の染《し》みがもたらす恐怖——こそが有効だった。

オルガ・イワノーヴナ・メルニコワはその恐怖に対する心理を、彼女が採用し、自分なりに改良を加えたさまざまな尋問技術と同じぐらいうまく利用するすべを身につけていた。ヴェラ・ベンドールが連れてこられた部屋は窓から陽光が降り注ぎ、鉄格子もはまっていなかった。机もなかった。低いテーブルのまわりにイージー・チェアが配置され、その上では黄色のラッパズイセンが鮮やかに精彩を放っていた。その花瓶はわずかに脇《わき》に寄せられ、隣りにはお茶を入れた魔法瓶とカップが並べられて、砂糖を固めた上にサクランボを載せた、六個のカップケーキまで用意されていた。そして、非常に小さなテープレコーダーが遠慮がちに控えていた。

オルガは首を振って看守に退出を命じると、ヴェラ・ベンドールに自分の真向かいの椅子《いす》を示した。それでも、ヴェラは恐怖をたたえた目でちらちらと部屋をうかがいながら、入口に立ち尽くしていた。痛々しいほどに痩《や》せていて、やつれて皺《しわ》を刻んだ顔のまわりには、櫛《くし》を入れてない白髪《しらが》混じりの髪がもつれたままになっていた。とにかく化粧をしていなかったし、さっきまで泣いていたせいで目も真っ赤で、いまも泣き出しそうな様子でかすかに肩を震わせていたが、何とか涙をこらえていた。痩せているにもかかわらず胸は豊かで、支えを失った乳房が垂れ下がっていた。

「こっちへきて、坐《すわ》りなさい」オルガはやさしく呼び寄せた。相手は旧ソヴィエトの時代を引きずっている、打ちひしがれ、怯《おび》え、抵抗する気力も萎《な》えた、世論操作のための裁判でいいなりになるような女にすぎなかった。予備尋問によれば、彼女は六十一歳だった。

ヴェラはいわれたとおり従順に、しかしためらいがちに、ボール紙を圧縮して造った靴を引きずりながら椅子に腰を下ろした。靴紐《くつひも》は抜き取られていた。織りの粗末なカーディガンはボタンが一つなくなっていて、くたびれた黒のスカートは染みがつき、履き古したせいでてかてかと光っていた。ブラウスも染みで汚れていた。

「乱暴はされなかった？」

ヴェラが首を横に振った。

「よかったわ。彼らの大半は、あなたたちのような人の扱い方を一つしか知らないのよ」オルガは逮捕時の予備尋問についてあらかじめ指示をし、巨体を制服に包んだ凶暴な顔つきの民警の軍曹に、窓のない地下の独房でそれを行なわせていた。彼女は魔法瓶の蓋《ふた》を取ると、お茶をカップに注いだ。「ミルクは？」

「ありがとうございます……でも、いりません。そのままで結構です」ヴェラはカップを持ち上げるのに両手を使わなくてはならなかったが、それでもひどく震えていて、受け皿に中身がこぼれるありさまだった。「すみません……ほんとに申し訳ありません……」彼女はよほど喉《のど》が渇いていると見えて、音を立ててお茶をすすった。

「ケーキもどうぞ」拘束されて十五時間のあいだに彼女が口にしたものといえば、午前中に与えられた四角いパンが一切れと、小さな水差しに入れた水だけだった。

ヴェラは今度も両手を使い、ネズミのようにケーキを囓《かじ》った。その指はずっと爪《つめ》を嚙《か》みつづけていたせいで腫《は》れていた。

「あなたがモスクワに——ロシアに——いるのは、あなたの夫がしたことのおかげです。

それはわかっているわね？」

「はい」

「あのアパートに住んでいられるのも同じ理由からです」

「わかっています」

「だから、あなたにはすべてを話してもらいたいの。話してくれるわね？」

「ええ……はい……もちろんです」その声はヴェラ自身と同じようにか細く、ロシア語は訛《なま》りが強かった。

「英語のほうがいいかしら」と、オルガは訊《き》いた。彼女は英語もフランス語とスペイン語と同じく巧みに操ることができた。

「いいえ、大丈夫です。あの……息子の具合は……？」

「テレビ・カメラ塔から落ちて怪我《けが》をしたわ」

ヴェラがケーキを齧るのをやめた。「何ですって？」

「彼はなぜあんなことをしたの？」オルガは質問に答えず、いきなり口調を鋭くして訊いた。

「わかりません……知らなかったんです……」

「銃についてはどうなの？」

「知りません！　本当です。見たこともないし、知りませんでした」

「あなたは彼と一緒に住んでいるんでしょ？」

「大半はそうです」

「それなら、銃のことがわからないはずはないでしょう」

「家においていたことは一度もありませんし……持って帰ったこともありませんでした」

「では、彼はそれをどこで手に入れたの……どこに隠していたの？」

「わかりません」

「彼はどこかほかに住むところがあったの？」

「息子はときどき家を空けました……かなりの回数だったと思います……でも、それがどこかは知りませんでした……」ヴェラが、脂《あぶら》じみたスカートにこぼれたケーキの屑《くず》を一つ一つ拾おうとした。

「やめなさい！　わたしの質問に答えることに集中するのよ！」オルガはふたたび鋭い声で制止し、ヴェラはすぐさま手を止めた。

「すみません……」

「彼が家を空けたときの居場所をあなたが知らないはずはないでしょう」

「知らないんです！」

「彼に訊かなかったの？」

「わたしの知ったことじゃないって、いつもそういいました」

「彼には奥さんはいなかった？　あるいは恋人とか？」

ヴェラ・ベンドールが首を横に振った。「息子は女性が不得手なんです」

「どうして？」

「わかりません。怖がっていたというか……うまくつき合えないというか……」

「男の子が好きだったということ？」

「いいえ、違います……あなたがおっしゃっているような意味ではありません……」

「友だちについてはどうかしら？」

「知らないんです」

オルガはお茶を注ぎ足し、ケーキをヴェラのほうへ押しやった。「ヴェラ、あなたは協力すると約束したじゃないの。すべてを話してちょうだい。それとも、最初にあなたを尋問した男に話すほうがいい？」

「いえ、それはやめてください。お願いですから、それだけは……」ヴェラが懇願した。

「それならわたしに協力してくれなくちゃ。彼が何をしたかわかってるの？」

「はい」消え入るような声だった。

「彼は大統領を撃ったのよ」

「テレビで見ました。どうなるんでしょう？」

「彼は罰せられなくちゃならないわね」

「そうですね」

オルガはケーキをさらにヴェラのほうへ押しやった。「あなたのことを考えましょう」

「わたしのことですか？」

「あなたはどうなるかしらね、ヴェラ。あなたはロシア人じゃないし、許可があってここに住んでいるのよ」

ヴェラが悄然《しょうぜん》とうなずいた。

「あなたは夫のしたことのおかげで、国の年金をもらっているのよ」

ヴェラの肩がまた震えだした。

「わたしがあなたを助けられるとしたら、それはあなたが協力してくれたときだけなのよ。あなたは無関係だと、わたしに証明してくれた場合に限られるの」

「わたしは無関係です……これまでだってそうでした！」

「では、彼の友人はだれなの？」

「一度も教えてくれたことがないんです……それに、一人としてうちへやってきたこともありません……」

「でも、彼には友だちがいたんでしょ？」

「息子のほうから出かけていったんです」

「どこへ?」

「わかりません」

「彼に訊いたの?」と、オルガは咎《とが》めた。

「訊いても教えてくれなかったでしょう。わたしの知ったことじゃない、自分だけが知っていればいいことだといってね」ヴェラがそこで間をおいてから訊いた。「息子の怪我はひどいんでしょうか?」

「彼は政治的だった?」オルガはふたたびヴェラの質問を拒絶した。

ヴェラ・ベンドールが頭《かぶり》を振った。

「わたしにはあなたの年金を停止することも、アパートを取り上げることもできるのよ。あなたを国外追放して、イギリスへ送り返すこともね」

「息子はまともではなかったんです!」

オルガは間をおく必要があった。「どんなふうにまともではなかったの?」

ヴェラが決めかねた様子でためらった。「息子はロシアを嫌っているんです。ロシアのすべてをです」

「彼は政治的だったの?」と、オルガは繰り返して訊いた。

「息子はもっと若いころにたくさんの本を読んでいました……イギリスに関する本です」

「彼は集会に参加していた？」

「さっきもいったとおり、家を空けることはありました……」

「そして、しばらく帰ってこなかった？」

「ええ」

「それは頻繁にあったの？」

「はい」

「どうしていままでそれを教えてくれなかったの」

ヴェラが唇を震わせた。「すみません……混乱していて……」

方向がそれかけているわ、とオルガは気がついた。「彼がまともでなかったというのがどういうことなのか、よくわからないんだけど」

「息子は軍に入隊しました。もちろん、そうしなくてはならなかったわけですけど。それで、最初はアフガニスタンへ派遣されたんですが、結局は軍にいられなくなって、やめてしまったんです。ときどきですが、息子はひどく腹を立てることがあるんです」

「それは彼が狂っているという意味かしら？」オルガはわざと容赦のない訊き方をした。もしベンドールが精神を病んでいたら、わたしにとってさして都合のいい事件ではなくなるじゃないの。

「息子はとても簡単に癇癪《かんしゃく》を起こすんです。特にお酒を飲んでいるときがそうなんです」

「医者には診せてるの？　治療はしてるの？」

「最近は医者に診せているといっていました。でも、いわゆるお医者さんではなかったようです」

「それはだれなの？」

「名前は思い出せません。教えてもらってないように思います」

「彼はたくさん飲むの？」

「はい」

「毎日？　毎晩？」

「たぶん」

「あなたの夫のピーターはモスクワへきて、KGBのために働いていたのよね？」

「そうです」

「どんな仕事をしていたの？」

「数年間は研究所で教えていました。最後の数年はリポートをよく読んでいました……イギリスの科学雑誌に載っていたものですけど、それを読んで、自分の意見を彼らに伝えていました」

「その後半の数年の作業はオフィスでやっていたの？　それとも自宅で？」

「両方です。大半は国営百貨店の近くにあったオフィスでしたが、ときには自宅ということもありました」

「では、KGBの人間がアパートにくることがあったわけね？」

「ときどきですけど」

「ジョージは彼らに会ったことがあるの？」

「そういう人たちが見えたときは、息子もそこにいたはずです」

「ジョージと父親の仲はどうだったの？」

「あまりよくはありませんでした。口論ばかりしていました」

「どんなことについて？」

「あらゆることとです。わたしたちがここへきたのはピーターの落ち度だと、ジョージはそういっていました」

「あなたとジョージのあいだはどうだったの？　うまくいっていたの？」

「とてもうまくいっていました。ただ、彼が腹を立てたときは別ですけど」

「腹を立てると、彼はどういうふうになるの？」

「お話ししたとおり、喧嘩《けんか》をするんです」

「暴力的になるということ？」

「そうです」

「彼があなたを殴ったことは？」

「いえ、それはありません。そうしかかったときもあったようですが、実際に手を挙げたことはありません」

「あなたの夫はどうしてロシアの市民権を取得しなかったの？　だって、彼は共産主義を選んだんでしょう」

「それは違います」しおれていたヴェラが、初めて声に力を込めた。「夫は政治的イデオロギーのためにああしたことをやったわけではありません。彼は自分のしたことを恥じていたんです——西側の核の能力の開発に手を貸したことをです。彼は物事を五分五分にするために、それをこの国に分け与えたんです」

複雑な弁明だけど、いくばくかの合理性はあるようね、とオルガは判断した。「でも、彼はロシアの名前を使ってたんでしょ？」

「いえ、それはジョージです。彼がベンドールという名前は持ちたくないといって、グーギンという姓を選んだんです」

「ジョージは父親と喧嘩したことがあったの？」

ヴェラが膝《ひざ》に目を落とした。「ときどきですが、ありました。結局は、ジョージのほうがピーターより大きくて力も強かったんです」

オルガ・メルニコワはその程度ではなく、はるかに多くを期待していた。いま、彼女は欲求不満と失望が組み合わさった苛立《いらだ》ちを感じていた。ベンドールの物語がこんなに凡庸なものであるなど信じられるはずがなく、信じたくもなかった。「わたしは満足していないわよ、ヴェラ。それどころか、まったく不満足よ」

「お願いです」と、ヴェラが哀願した。「答えられることは全部答えました。本当に知らないんです！」

「彼の友だちのことよ、ヴェラ。彼の友だちを思い出してもらわなくちゃならないわ。何もいわなかったなんてことは絶対にないはずよ。行き先らしいものを必ず口にしているはずだわ。あなたにはそれを思い出してもらう必要があるわね……それから、その医者とやらの名前もね」

ヴェラ・ベンドールが自分の垂れた乳房を見た。「下着を返してもらえないでしょうか……それに、靴紐《くつひも》とベルトも？　ひどく落ち着かないんです……」

「あなたは家には帰れないわよ、ヴェラ。きちんと協力してくれるまでは、ここにとどまってもらいますからね。階下《した》の窓のない独房……これまで、あなた以外にも大勢の人間が留め置かれたところにね」

「やめてください……お願いですから……」ヴェラが抵抗した。

「考えなさい。ヴェラ。死ぬ気で考えるのよ。そして、わたしが知りたいことを思い出すのよ」

チャーリーは空前絶後といっていいCNNの画像と比較するために、アメリカのNBCとCBS、イギリスのBBC、カナダのCBC、モスクワのNTVが放送したヴィデオを整理した。そして、一心に集中して、一秒一秒、一齣《ひとこま》一齣を対応させていった。イヤフォンをしっかりと両耳に当てて外の音が聞こえないようにし、ストップウォッチを手にして行なう作業だった。そのときでさえ、自分には専門的な能力がないからいかなる結論にもたどり着けまいと半ば諦《あきら》めていたのだが、いかにもチャーリーらしいことに、彼はその結論にたどり着いてしまった。彼は正しかった――疑いを持つ者など糞喰《くそく》らえで、百と一パーセント、何があろうと絶対に正しかった。そのコピーは――アン・アボットが法に抵触すると異議を唱えた、コピーをコピーしたもの――すでに外交郵袋《ゆうたい》でロンドンへ向かっていて、チャーリーが細かく指示したテストが行なわれて科学的な証明をされることになっていたが、彼はすでにその確認を待つ必要はないと確信していた。だが、新しいイギリス大使館の最先端のテクノロジーを備えた映像分析室の静かな闇《やみ》のなかに坐《すわ》っているいまも、あまり確信のない疑問があった。いまでさえ十分すぎるほど複雑な捜査が、これ以後一体全体どのぐらい複雑になっていくだろうかということである。

完全な防音設備のなかで作業にのめり込んでいたために、チャーリーはアン・アボットがそっと隣りにやってきたことに最初はこれっぽっちも気づかず、彼女が腕に触れたときに思わずぎくりと身体《からだ》を反応させた。

「よせ、たまげるじゃないか!」チャーリーは思わず口走り、リモコンを操作して検証作業を中断すると、イヤフォンを耳から外した。彼は自分が怯《おび》えることも、驚くことも認めたがらない男だった。

「ずっとあなたを捜してたのよ!」

「何のために?」

チャーリーの露骨な苛立ちを見て、アボットが眉《まゆ》をひそめた。「最新情報を教えてもらえるんじゃないかと思ってね」

「そっちの最新情報はどうなんだ?」彼がアメリカ大使館から戻ったとき、ドナルド・モリソンからも大使館事務局長からも何の連絡もきていなかった。

「ジョージ・ベンドールとの面会が許された場合、わたしが——どういう形になるにせよ、面会グループの一員として——法律的な部分を担当することになったのよ」

「面会申請がなされたのか?」

「知らなかったの?」

「ああ」

「もうブルッキングは申請をすませてるわ。彼もあなたを見つけようとして、わたしと同じぐらい苦労してるんじゃないかしら」

「そうかもな」と、チャーリーはいい捨てた。

「あなた、わたしが知っておくべきことを何かつかんでる？」

こいつは敵だろうか、それとも味方か？　チャーリーは訝《いぶか》り、その疑問を抱かなくてはならないのをひどく残念に思った。おれの考えが正しいことが技術的に証明されれば、彼女にまず最初に教えなくてはならないはずなのに。チャーリーは彼女に聴いてもらいたいものについてあらかじめ説明を加えると、彼女自身に時間の比較対照をさせるために、音質を向上させるイヤフォンを手渡し、それまで自分が手にしていたクリップボードとストップウォッチを差し出した。

アン・アボットはわずか二十五分で作業を終え――それは彼が要した時間の三分の一だった――驚きも露《あら》わにチャーリーを見た。「あなたのいうとおりかもしれないわ！」

「だから？」

「だから、何といっていいかわからないわ」

オルガ・メルニコワはヴェラ・ベンドールとの十分とはいえない会話を記録したテープレコーダーをいきなり止めた。数分間、部屋は静まり返り、テープを巻き戻す低い唸《うな》りだけが聞こえていた。

レオニード・ゼーニン将軍がいった。「だれが聴いても明らかだ。あの女は嘘《うそ》をついている」

「彼女はある典型です」と、オルガはいくぶんかヴェラ・ベンドールの肩を持ってやった。「常に犠牲者になるというタイプなんです」

「きみはあの女のいうことを信用しているのか？」

「いえ、いまはまだです」録音された内容をあらためて聞いてみると、この取り調べは非生産的であり、オルガ自身がわれながらまずいと現場で認めていたよりもさらにひどい出来映えで、プロフェッショナルらしくなかった。

「どういう調査をしたんだ？」

「彼女の息子の陸軍における記録、特に傷病歴を軍に照会し、さらに、彼が軍をやめさせられた公式な理由――書類になったものです――を問い合わせました。NTVにチームがあります。彼はそこに友人あるいは知り合いがいるに違いありません」オルガはそこで一息入れ、髭《ひげ》の密生した引き締まった身体つきの男を見た――この男となら、一緒にベッドへ上がってもいいかもしれないわね。「それから、父親が亡命してきてからは、KGBが彼らを管理していたことも確かです」

「もちろん、そうだったはずだ」と、ゼーニンがいった。彼は緊急委員会の会議の内容をすでにオルガに教えていた。「だから、ファイルが見つからないというスパスキーの言い訳はつじつまが合わないんだ。彼の時代、ピーター・ベンドールは重要な人物だったはずだからな」

　さっきよりも長い二度目の沈黙が落ち、しばらくしてオルガが口を開いた。「あなたは間違いなくあるはずだと――」

「私は記録が見つからないかどうかを知りたいんだ。それを訊《き》こうとしているんだよ」と、ゼーニンが先手を打った。「スパスキーはKGBだ。アレクサンドル・ミハイロヴィチ・オクロフはユドキンのあとを襲って大統領になるとすでに予想されているが、彼も元はKGBだった。それに、連邦保安局は大統領警護の責任を負っているとはいえ、ジェルジンスキー以来ほかの機関のすべてがそうであったように、都合よく名前を変えて表面を取り繕っているにすぎん」

　オルガの胸を不安がよぎった。「それを証明しようとしたら、たとえ告発したとしても……わたしたちが実際に抹殺されるおそれがあるんじゃないでしょうか」

「私は告発などするつもりはない」と、ゼーニンが主張した。「行方不明になった一件書類を探してくれと頼もうとしているだけだ」

「たとえその一件書類があったことがわかったとしても、政治的に受け入れられないんじゃないでしょうか」

「だが、その書類の存在が明らかになれば、われわれ民警が怠慢や過失を咎《とが》められるのは防げるだろう」

「そうですね」オルガは同意したが、本心では疑っていた。

「それで、ベンドールの母親をどうするつもりなんだ？」

「いままでどおり、怖がらせておきます。彼女にはまだ使い道があるかもしれませんから」

「イギリスとアメリカにも使い道があるかもしれんぞ。あいつらも公式に関わってくるに違いないからな」

6

それはほかの大半と同じく、政治的必要性から生じたパフォーマンスだった。ウォルター・エイナンデールとイレーナ・ユドキナは漆黒の装《よそお》いで、ワシントンから随行してきたホワイトハウスの公式カメラマンに向かってポーズを取った。両者の写真の背景ははっきりとわかるほどに異なっていて、写真に添えられたキャプションによれば、そこはそれぞれの配偶者が収容されている緊急病室に隣接する部屋だったが、どちらについてもそれは事実ではなかった。ロシアとアメリカの外科医たちが、いかに小さなものであろうと自分の患者のすぐそばが騒がしくなることをともに拒否し、双方の国の警護機関も外科医たちの主張に同意したのだった。実をいうと、撮影が行なわれたのはアメリカ大統領夫人とロシア大統領のいるところから一ブロック離れた同一の部屋で、一方を撮り終えると十五分で医療装置を入れ替え、そこが別の場所であるように見せかけたのである。また、隣接するラウンジでは、アメリカ大統領がロシアのファースト・レディの手を取り、互いに慰め合う姿まで撮影された。そのとき、イレーナはあいているほうの手に持ったハンカチを頻繁に使い、エイナンデールは撮影用の化粧も拒否して、疲労の色の濃いやつれた顔のままだった。というわけで、写真撮影はポーズだった。だが、二人の明らかにそうとわかる純粋な不安は、ポーズではなかった。

そのラウンジでの写真にはアレクサンドル・オクロフも含まれていたが、彼は自分が必要でないときは慎重にカメラから遠ざかり、そこに集まっている者たち——政治家、外交官、官僚たちが同じような地位の者と何となく二人一組になり、保証のための約束や約束のための保証を小声でやりとりしていた——の仲間入りをした。そこを取り仕切っているのがウェンドール・ノースとユーリイ・トリシンで、各グループのあいだをよどみなく泳ぎ回りながら、おのおのの失地回復作戦を展開していた。

アメリカ側が優位に立っているのが直感的に感じられたが、それは現役大統領のウォルター・エイナンデールが実際にそこに存在しているからだった。オクロフは警備を強化されたピロゴフ病院の裏口を使って一時間前に到着して以来、エイナンデールに表敬の挨拶《あいさつ》もしていなかった。というのは、緊急に大統領職を代行することになった首相ではやはり分が悪いと気後れしたからである。写真撮影の最後の五分間を主導したのはアメリカの首席補佐官で、彼はエイナンデールとオクロフが二人だけで話し合いに没頭しているように見せる写真も撮影させた。さらに、一切異議を唱えることのないホワイトハウスのカメラマンだけに撮影させるようにしたのも、テレビ・クルーを入れることを渋る警備担当者を後押ししたのも、ノースだった。結局、二つのテレビ局――アメリカはCNN、ロシアはNTV――だけが、病院構内にいるほかの放送局と取材映像《プール・シェアリング》を共有するという合意を取りつけたうえで、狙撃《そげき》事件以来初めて、ちょっとのあいだではあるが病院をあけるエイナンデールを記録することを許された。エイナンデールは慰めるようにイレーナ・ユドキナの肘《ひじ》を取って病院を出ると――アレクサンドル・オクロフがすぐそのあとにつづいた――彼女の頰に軽くキスをし、自ら手を貸して車に乗り込ませた。ノヴィンスキー・ブールヴァールを目指すアメリカ側の車列の先頭では、ウェンドール・ノースが補助席に坐《すわ》り、大統領と二人きりで向かい合っていた。前部席には運転手とシークレット・サーヴィスがいたが、彼らとのあいだはガラスの仕切りが上げられてしっかりと隔てられ、後部座席は防音が施されていて、前にいる二人に声が漏れる心配はなかった。

「詳しく説明してくれ」と、エイナンデールが要求した。

「今回の訪問のために補助的な通信設備をここへ持ち込みました」と、ノースはあらためて説明した。「それに、今度の事件が起こったことによって、国家安全保障局は静止衛星の位置を修正しつつあります。国務長官および国務省の職員がすでにこちらに到着していますし、正規の秘書官も同行しています。大統領には大使のオフィスを使ってもらえるようにしてありますし、大使館構内に三部屋のスイートも用意させました。そこはすでにシークレット・サーヴィスがチェックして安全を確認しています。われわれが必要とするあいだ、大使館は百パーセントの機能を持った臨時のホワイトハウスとなります」

「ドニントンは鎮静剤の量を減らしつつある。もしルースと話せるようなら、また病院へ帰って泊まってもいいかもしれん」

「救急帰還機がすでにシェレメチェヴォで待機していますし、ワシントンへ直行するために給油機も同行させてあります」

エイナンデールがよくやったとうなずいた。「これからの予定は？」

「一時間後に大使を含めた閣議があります。それまでに、音声／映像の衛星リンクを立ち上げてワシントンとつなぎ、正式な閣議ができるようにしておきます。すでに閣僚全員、それにＣＩＡとＦＢＩの両長官を、ペンシルヴェニア・アヴェニューに召集してあります」

「ロシア側は全面的な協力と情報交換を申し出ているんだな？」

「間違いありません」

エイナンデールがちらりとリムジンの窓の向こうへ目をやった。通りはいまも交差点を封鎖して交通規制が行なわれており、車の姿は一台もなかった。彼らはその中央車線をオートバイ隊に警護されながら、周囲の建物がかすんで見えるほどの猛スピードで突っ走っていた。大統領が車内へ視線を戻していった。「世論調査の数字を聞くのは早すぎるか？」

ノースは少し考えてから答えた。「あなたは同情の大波に乗っています。いまでも、すでに十五ポイント上がり、なおも上昇中です」

「もう一つの件についてだが、何か聞いておくことはあるか？」

ノースはうれしくなった。これまで延々と機密電話にかじりついていた甲斐があったというものだ。彼はワシントンだけでなくオースティンにいる地元党幹部と話し、敵対しているテキサス州選出の上院議員が独自に行なっている調査について、できる限りの最新情報を収集していたのである。その調査とは、エイナンデールがテキサス州知事時代に石油採掘と開発の契約を許可した四つの会社から、最初の大統領選挙のときに献金を受けながら、それを申告していないことについてのものだった。「証拠として提出した監査済みの収支報告書には、不正を示すところはまったくありません」

エイナンデールはちらりと笑みを浮かべたものの、すぐに真顔に戻って訊《き》いた。「新聞はどうだ？　騒いでないか？」

「散見されないこともありませんが、それらも、こっちでの狙撃事件の付け足し程度です」そもそも、このモスクワ訪問はテキサスの調査を圧倒するために調整されたものだった。

「どんなことをいってるんだ？」

「心配するような記事はありません」と、ノースはいった。彼はエイナンデールがテキサス州知事だった時代からともにいて、選挙参謀として一期目の大統領選を勝利に導いた人物だった。

「それを聞いて一安心というところだな」エイナンデールはそういうと、ふたたび窓外へ目をやった。車はクリムスキー橋を渡り、ズボフスキー・ブールヴァールへ入って、アメリカ大使館への最終進入にかかっていた。

「確か、オクロフはＫＧＢにいたんだったな？」

「そうです」

「何らかのつながりがありうると思うか？」

「それについてはすでに当たってみましたが、大使はそうは考えていないようです」

「ロシアには死刑があったな？」

「はい」と、ノースは得たりとばかりに答えた。ほかのすべての質問と同様、それも訊かれるだろうと予想していたことだった。

「よし」と、エイナンデールがいった。「こんなことをしでかしたろくでなしは、必ず電気椅子《いす》送りにしてやる」

ロシアの死刑は銃殺刑だが、ノースはそれを黙っていることにした。

その会議のために、アメリカ大使館の大広間の一つがあてがわれた。そうなった主な理由は、席について待機しているワシントンの閣僚全員をまとめて映し出すには壁の一面をほとんど占領してしまうぐらいの大型衛星スクリーンが必要だからであり、接続機器の並ぶ一画はやりとりを同時に行なうための中継設備とカメラで溢《あふ》れんばかりになるからだった。ワシントン側はニュースで見たように、大統領が思いつめ、うつむいてモスクワの会議室に現われるのではないかと躊躇《ちゅうちょ》したが、ウェンドール・ノースは立ち上がることでその問題を解決した。そして、モスクワでもワシントンでも、全員が彼に従った。エイナンデールは何もいわずに身振りで全員を着席させ、自分はジャケットを脱いでネクタイを――もしよければ、同じようにしてもかまわないと、もう一度身振りで示しながら――ゆるめたあとで腰を下ろした。

ロバート・クラーク副大統領がワシントンからいった。「今回の不幸な事件について、ここにいる者を代表して同情を申し述べたいと思います。ファースト・レディの一日も早い全快を願っています」

ワシントンにいる者たちが次々と大統領を思いやる言葉を口にし、それが記録された。エイナンデールはそれにいちいち礼をいっていたが、ウィルフレッド・ピンクトン国防長官が数秒前に財務長官がいった言葉をほとんど一字一句違えることなく繰り返したあとで、素っ気なくそれを打ち切った。

「先ほどアレクサンドル・オクロフ大統領代行と会ったのだが」と、エイナンデールはつづけた。「彼は条約交渉を続行したがっている。少なくとも趣旨議定書には同意できると、そうほのめかした」

ノースがいった。「今日オクロフと撮った写真に説得力を持たせるための声明を発表する必要があります。トリシンはあなたとオクロフが同席しての共同記者会見を提案しています」

「それをやったら、私がオクロフを後継者として支持すると公式に認めたことになる」と、エイナンデールがいった。

「この国の憲法では、彼は後継者です」と、ジェイムズ・スカメル国務長官がいった。彼もまた、エイナンデールが知事だったころからの古い盟友だった。

「それは緊急時に限られる」と、エイナンデールが訂正した。「きちんとした選挙が行なわれるまでの暫定的《ざんてい》なものに過ぎない……もっとも、ユドキンが助からなかった場合のことだがな。もしオクロフが立候補して共産主義者たちに敗れたら、私は誤った人物を支持したと見られるだろう」

「ユドキンが狙撃されず、それでも共産主義者に敗北した場合でも、あなたはここへきたことによって、やはり誤った人物を支持したことになります」と、スカメルが指摘した。「われわれは条約に関して何らかの発言をしなくてはなりません」

エイナンデールが正面からカメラを見据えた。「国防長官、このことに関してのきみの考えを聞きたい」

「統合参謀本部は共産主義者が大統領のあとを襲うのを懸念《けねん》しています」と、ピンクトンが答えた。「われわれとしては、オクロフが後継者としての支持を得ていると信じていますが」

「それは現地の意見を聞いてみるべきかもしれんな」と、スカメルが即答を避けて大使を見た。

コーネル・バートンは生え抜きの外交官で、自分は出世街道を驀進《ばくしん》しており、今回の大統領のモスクワ訪問もそれを加速させるだけだと信じていたが、いまはその確信が揺らいでいた。はっきりしているのは、自分が一歩たりと踏み誤る余裕がなくなったということだった。「オクロフは物事を公《おおやけ》にしないで処理する能力に長《た》けた男です。国家会議《ドゥーマ》ではそれで尊敬を集めていますが、もし共産主義勢力が拮抗《きっこう》するだけの力を持った場合に――おそらくそうなるだろうと予想されていますが――連合しなくてはならないはずの小規模政党のいくつかを疎《うと》んじてもいます」

「そうなった場合にはどうなるんだ？」と、エイナンデールが訊いた。

「ユドキンなら和平決議を取りまとめて条約を成立させたでしょう。しかし、オクロフがそうするかどうか、私にはあまり確信がありません」

「KGBのほうの話はどうだ？　何がわかった？」

出席者の目がFBIのジョン・ケイリーに向けられた。「ユドキンはあの組織を強引かつ徹底的に改変しましたが、そのやり方を教えたのがオクロフなのです。守旧派のなかでは、オクロフは敵に寝返った裏切り者だといわれています」と、ケイリーが答えた。

「それは非常に巧妙に裏の裏をかいている可能性があるぞ」と、バート・ジョーダンが示唆《しさ》した。

「説明してくれ」と、エイナンデールが促した。

「オクロフは大統領の地位を禅譲されるのを待っているわけですが、もはや待ち切れずに痺《しび》れを切らしたとしたらどうでしょう」

「それを調べてくれ」と、エイナンデールが命じた。「オクロフとKGBのつながりが気になってならないんだ」

「われわれは飛び抜けて重要度が高い何かを見落としていませんか？」と、ノースがほのめかした。「今度の事件をしでかした男のことです。そして、彼がそれをやった理由です。もし彼が現状に不満を抱いている共産主義者だと証明されたら、われわれはまったく真っ白なままの絵に最初から色を加えていくことになるんですよ」

「あの男はそういう共産主義者なのか？」

その質問は周囲にいる者たちのだれにともなく発せられたものだったが、その答えは、ワシントンからほとんど勢いあまったというように戻ってきた。アメリカ側の捜査はFBIによって主導されるべきだと決意したFBI長官、がっしりした体軀《たいく》の元巡回判事であるポール・スミスが口を開いた。「現在、二十人を越えるFBI捜査官がそちらへ向かっており、今夜遅くには到着するはずです。彼らは犯人の父親ピーター・ベンドールに関して、われわれが——CIAとFBIということですが——持っているすべてのファイルを携行しています。ピーター・ベンドールはイギリス対内情報機関にとって災厄ともいうべき存在でした。私がいまあなたと同席しているジョンから聞いて理解しているところでは、大統領、イギリス側の担当者は自分たちが入手した情報はすべてわれわれに明らかにしたといっているそうです。ピーター・ベンドールの息子はいまだ意識を回復せず、ひょっとすると昏睡《こんすい》状態にあるのかもしれません。母親は刑務所に収監されています。われわれが彼女を取り調べることについては保証を取り付けましたが、われわれだけで彼女を尋問することに関しては要請中で、まだ返事をもらっていません。証拠品については、狙撃直後に、ロシア側保安機関が一つ残らずかき集めたはずです。また、凶器のライフルも、こちらのペンシルヴェニア・アヴェニューで鑑識検査をさせてもらいたいと要請していますし、さらに——」

「いまは自分たちだけで勝手に捜査をしているわけではないんだ！」と、エイナンデールがさえぎった。

スミスは思わず唇を嚙《か》み、最初の質問への応答をケイリーに引き受けさせなかったことをすぐさま後悔した。「ですから、それをジョンの指揮下でやろうとして、部下をそちらへ送ったのです。ですが、私自身がそちらへ行ったほうが役に立つはずだと考えます」

エイナンデールが低い、しかし険悪な声でいった。「私はアメリカ大統領夫人殺害未遂の捜査をアメリカ人によって行ないたい。進展に私が満足するまでは——すなわち、すべてに協力するという今日のアレクサンドル・オクロフの約束が守られていると満足するまでは——条約に関する話し合いは、それについての温度がどんなに下がろうとも一切先送りだ」

ノースと国務長官がちらりと眉《まゆ》をひそめて顔を見合わせた。スカメルが再度促した。

「何らかの声明を発表する必要があります、大統領」

エイナンデールがしばらく沈黙した。「いまから口述する——われわれはロシアの非常時指導者と協議中である……今回の襲撃が内包している意味を考慮する必要があるが……協力と緊張緩和が継続されるというわれわれの約束は毫《ごう》も揺るぐものではない……こんなところでいいだろう。これなら病院で撮った写真にもぴったりだ。われわれは要求が全部かなえられるまで、いかなる形であれ、オクロフと合同でメディアに相対することに同意しないからな」そして、国務長官と大使を見てつけ加えた。「きみたちにはウェンドールとの連絡役をやってもらいたい。共産主義者どもの力がどの程度のものか、実際のところを突き止めてくれ。タカ派になって防衛システムを守るほうがアメリカでの受けはいいかもしれん……」彼はテーブルを見渡した。「何か意見はあるか？」

「ユドキン——あるいは、彼の後継者——は、生き延びるために条約を必要としています。だから、われわれはここにいるのです」と、スカメルがもう一度念を押した。「何も与えないで放置すれば、敵に侵入を許すきっかけを作ってやることになります」

「何も与えずに放置したりはしない」と、エイナンデールが応《こた》えた。「やりとりを見ていればわかるだろう、ジェイミー。彼らが手にしていないのは最終調印だけなんだ。われわれはしっかりとことを大袈裟《おおげさ》にして、いかに困難であるかを信じさせようとしているんじゃないか！」

「そうですね」と、スカメルが認めた。

エイナンデールがウェンドール・ノースを見た。「ユドキンの首席補佐官に通告するんだ……名前は何といったかな」彼はそこでいいよどみ、指を鳴らした。

「ユーリイ・トリシンです」

「そうだ、トリシンだ」と、大統領は教えられた名前を繰り返した。「彼には——あるいは、だれであれ彼の報告を受ける立場にある人間には——私の妻に関する限り、今回の捜査を主導するのがだれであるかということについて、いかなる疑いも残させたくない。わかったな」

「よくわかりました」と、ノースが答えた。

「私が直接そちらへ行ったほうがいいでしょうか、大統領」と、FBI長官が衛星リンク越しに伺いを立てた。

「その必要はない！」大統領が即座に拒否した。「もう指揮官《チーフ》は足りている。必要なのは兵隊《インディアン》だ」

開拓者の子孫であり、先祖がチェロキー・インディアンの血を引いているという伝説をもつジョン・ケイリーは、その比喩《ひゆ》が気に入らなかった。

ダウニング・ストリートでの緊急会議は丸一日かかるはずだったが、情報部長のサー・ルパート・ディーンは、午後の早い時間に、政治顧問のパトリック・ペイシーとともにミルバンクの本部へ帰ってきた。それ以外の管理グループは、すでにそこに集っていた。

「今回の件が過去と関連していることは受け入れられたが、それはわれわれの問題であるという決定が下された」と、ディーンが宣言した。彼の指はすでに数珠《じゅず》を弄《もてあそ》ぶようにして眼鏡をひねくり回していたが、それが不安を表わす尺度であることは、そこにいる者たち全員が知っていた。後退しはじめた髪が大波のようにそそり立ち、思いがけない問題に対する神経質な表情が加わっていることが痛ましかった。

「なぜなら、ほかの連中はこの問題からできるだけ遠く離れていたいからだ」と、ペイシーがいった。

「さして驚くには当たらんな」と、部の法律顧問であるジェレミー・シンプソンが認めた。「それについては法務長官から聞いている。法的な説明を準備しているところだ」

「それは教えてもらった」と、ペイシーが応じた。

「あなたたちがダウニング・ストリートへ行っているあいだに、マフィンから連絡がありました。あの男は銃撃についておかしなところがあると考えています。しかし、あの男自身よりおかしなものをだれが想像できますか？」と、ジョスリン・ハミルトンがいった。牡牛《おうし》のような分厚い胸をもち、髪が薄くなりはじめたこの次長は、ロシア危機のときのディーンよりも落ち着かない気分だったが、それを巧みに隠していた。彼は過去にチャーリーをモスクワから追放しようとする企てを支援したことがあり、それが失敗に終わったときに公式な咎《とが》めを受けずにすんだのは運がよかったのだとわかっていた。ハミルトンがあからさまにチャーリーへの個人的嫌悪《けんお》を表わすのを見て、ディーンが眉をひそめた。「何だと？」

「彼はすでに、テレビで放送されたニュース・ヴィデオを編集したものを向こうから発送しています。銃撃の際の音声と時間を比較してほしいとのことです」

「何だって！」と、ペイシーがすぐさまその意味を理解して声を上げた。「それは彼の仮説なのか？　それとも、ロシアのものなのか？」

「私が理解している限りでは、彼の仮説だ」ハミルトンが答え、ためらってからいった。

「彼は大使に対し、ベンドールと公式に面会する場合はいつでも自分を含めるよう要請している。私のほうからは、こちらから正式に指示するまでは動くなと伝えておいた。私としては、もちろん、こちらから捜査チームを派遣すべきだと考えている」

ディーンは沈黙をもって非難に変え、テーブルを囲んだ面々が当惑して身じろぎをしたときにようやく口を開いた。「どうしてそう考えるんだ？」

次長が顔を赤らめた。「事の大きさを考えればそうなるでしょう。一人の男の手に余るのは確かです」

「モスクワへ多くの人間を送り込むなどは、パニックに駆られた無思慮な反応にしかならない」と、ディーンがはねつけた。「マフィンは公式な連絡がある何時間も前に、われわれにジョージ・ベンドールのことを知らせてきているんだ。彼はうまくやっている」

「そして、これは過去と関連している問題でもある」と、ペイシーが繰り返した。「ベンドールは三十年近くモスクワに住んでいるんだ。ダウニング・ストリートは、彼がイギリス人だとしても、その実態はほとんどないと考えている。もはや彼はイギリス人ではないし、過去にもそうではなかったということだ。われわれは頼まれたことは何でもするが、ワシントンとモスクワに先を越されることだけはしない」

「マフィンが要請してきた科学的な比較についてはどうしますか」と、ハミルトンが執拗《しつよう》に尋ねた。

「悶着《もんちゃく》の種になるおそれがあるな」と、ディーンが認めた。

「チャーリー・マフィンあるところ、常に悶着の種ありですよ」と、ハミルトンが警告した。

マックス・ドニントンは写真撮影に使われたピロゴフ病院のラウンジでエイナンデールを待っていた。この銀髪で大柄な海軍の外科医は、いまも殺菌した手術衣と踝《くるぶし》までの手術用ブーツ姿だった。

エイナンデールがすぐさま訊《き》いた。「容態に変化は？」

「悪くなってはいません。ちょっとなら話もできます」

「何を話せばいいんだ？」

「レントゲン写真をご覧になれば、もっとよく理解してもらえるはずです。この廊下沿いに部屋を準備してあります」

エイナンデールはドニントンのあとについて建物の奥へ向かった。姿も見えず音も聞こえない発電機から伸びたケーブルが新しいきれいな廊下にテープで留められ、五メートル間隔で並んだシークレット・サーヴィスが、大統領が通り過ぎるたびに直立不動の姿勢をとった。エイナンデールが案内された部屋は新しくつけ替えられた蛍光灯が明るく輝き、きつい消毒薬の臭《にお》いがした。一方の壁に取り付けられたレントゲン写真を見るためのスクリーンは、すでにスイッチが入れられてぼんやりとした光を放っていた。

ドニントンが最初の一枚をクリップに挟み、肩の末端の広範囲に真っ黒になっている部分を指でなぞった。「ここが銃弾が命中したところです。腕神経叢《わんしんけいそう》と呼ばれている部分です。首からそこへ神経が入り込み、第四頸神経《けいしんけい》と第一胸神経のあいだへ伸びていっているのです。わかりやすくいい換えるなら、交差点だと考えてもらえれば結構です。腕神経叢からは特定の三本の神経が腕に伸びています――撓骨《とうこつ》神経、正中神経、尺骨神経です」彼はそこで、腕の部分を撮影した写真に取り替えた。「銃弾は腕神経叢でそれらの神経を破壊していました……」

「切断しなくてはならないのか?」と、大統領が虚《うつ》ろな声で訊いた。

「いえ」ドニントンがふたたび写真を取り替えながら、間髪を入れずに答えた。「ここまで待ったのは血液の流れが阻害されていないかどうかを確認しなくてはならなかったからですが、そういうことはありませんでした。銃弾は動脈をそれていました。夫人の腕は永久に痺《しび》れて萎《な》えた状態にはなるでしょうが、壊疽《えそ》が起きる危険はありません。腕を切断する必要はありません」

「しかし、腕は使い物にならなくなるということか？」

「そういうことです」と、ドニントンが素っ気なく答えた。

「しかし、神経はふたたびつながり得るはずだ。それぐらいは私のような素人《しろうと》でも知っているぞ」エイナンデールが口走った。

「この場合はダメージが大きすぎます」と、ドニントンが否定した。

「きみが間違っている可能性だってあるだろう……医療が――外科技術が――進歩するかもしれない」エイナンデールが食い下がった。

「もちろん、セカンド・オピニオンが必要でしょう……サード・オピニオンもフォース・オピニオンも必要かもしれない。相談し得るあらゆる専門家に意見を聞いてください」と、ドニントンが気を悪くした様子もなくいった。「私は最初の、しかし十分に考慮した、プロとしての見立てを申し上げているだけです」

「最初の見立てなんだな！」と、大統領がその言葉に飛びついた。

「その見立てが変わるとは思いませんが、大統領、それでも間違っていると証明されればいいと願っています。嘘《うそ》ではありません」

「いつ彼女をアメリカへ連れて帰って、ほかの医者に診せられるかな」と、エイナンデールが訊いた。

「少なくともあと二日は――あるいは、もう少し長くなるかもしれませんが――危険を冒したくありません。待つぶんには、いかなる意味でも、腕に何の影響もないのです。飛行機の離着陸を考える前に、私としては肩を安定させたいのです」

大統領がしばらく、茫然《ぼうぜん》とレントゲン写真を眺めた。「妻には何といえばいいんだ？」

「私が話しましょうか？」と、ドニントンが申し出た。

「いや」と、エイナンデールが即座に断わった。「自分で話す」

ルース・エイナンデールの身体《からだ》の上には保護枠がおかれ、首から腰のところまでベッドカヴァーの圧力が一切かからないよう処置されていた。顔は拭《ふ》いてもらったせいできれいだったが土気色で、豊かな黒髪は枕《まくら》の上で汗に濡《ぬ》れて絡《から》まり合っていた。ドニントンはこの初期段階で首に影響が出るのを恐れ、そこに触ることを厳しく禁じていた。彼女は目を閉じ、口をかすかに開けて、ときどき頬をひくひくさせながら横になっていた。無事なほうの腕は枠の外に出てベッドの上にあり、手の甲には点滴用の針が常にテープで固定されて、そこを通して鎮痛剤を適宜投与できるようになっていた。カテーテル・チューブがベッドカヴァーの下から蛇行し、心臓、呼吸、血圧をモニターする機械にも何本ものケーブルがつながれて、スクリーンに小さな波形が安定した形で描き出されていた。二人の滅菌した制服を着た付添い看護師は、やはり殺菌処置を施した帽子をかぶっていた。エイナンデールも同じ帽子をかぶり、ドニントンは大統領が殺菌した白衣に着替えるときに新しい白衣に着替えて、やはり帽子をかぶっていた。二人が病室へ入っていくと、二人の看護師はドアのところまで引き下がったが、出ていこうとはしなかった。

看護師の一人がいった。「奥さまは意識を回復されています」その声を聞いて、ルース・エイナンデールが目を開いた。

その目が焦点を結ぶのにしばらくかかったが、やがてはっきり見えるようになったとき、彼女は夫がきていることに気づいてかすかな笑みを浮かべた。「あまり感覚がないのよ。肩のところにちょっと感覚があるだけで、ほかはまったく何も感じないの。憶《おぼ》えてないんだけど……」

「きみは撃たれたんだよ」と、エイナンデールが教えた。「だから、最善を尽くして治療しているところだ」

「わたし、そんなに悪いの？」

「できるだけ早く、きみをアメリカへ連れて帰る。向こうのほうがもっといい治療が受けられるからね」

「右腕がまったく感じないんだけど」

「よくなるよ」

「いつアメリカへ帰れるの？」

「もうすぐだよ」

「腕がなくなったわけじゃないわよね。わたし、よくなるわよね！」彼女の声が高くうわずった。

「よくなるとも。専門家を一人残らず見つけて、完全によくなるようにさせるから。約束するよ」

「なぜ……だれが……？」

「犯人は捕まえた。詳しいことはいま捜査中だ」

「わたしのほかに負傷した人はいるの？」

「ロシア大統領と警護の人間が何人かやられた」

「その人たちは大丈夫なの？」

「いまはまだわからない」

ルース・エイナンデールの目が揺れ、やがてまぶたが下がった。エイナンデールはドニントンの手を腕に感じ、音をたてないように病室を出た。「私は嘘はつかなかったぞ。必ず医者を見つけて妻の腕を治してやる」と、彼はいった。

「はい、大統領」と、ドニントンは答えた。

チャーリーは映像分析室から戻ったとき、ようやく届いていた内部メッセージへの返事を急がなかった。まずロンドンから届いていたものに目を通し、自分のeメールをチェックし、それからドナルド・モリソンのオフィスを冷やかしにいった。

「あなたの任務だということはわかっています」と、モリソンが挨拶《あいさつ》した。

こいつも年を取って知恵がつくにつれてやる気をなくしていくんだろうな、とチャーリーは思った。「まだはっきりそうと決まったわけじゃないさ」実際には、さっきチェックしたサー・ルパート・ディーンからのeメールの一本が、はっきりそう決まったと告げていた。

「私は何であれ必要な手助けをすることになっています」と、年下のモリソンが包みを差し出した。「ヴォクソール・クロスが入手したすべてです」

チャーリーはそれを受け取った。「さっそく手に入れてくれたことに礼をいうよ」

「私を仲間に入れてくれないんですね？」と、モリソンが悲しげに予想した。

「わからない」と、チャーリーは正直に答えた。「今度の件がどっちへ進むかはだれにも推測できない。一つの機関が担当しつづけることによって、できるだけ外交的なダメージを限定するほうがいいんだ」

「捜査チームが派遣されてくるものと思っていたんですがね」

いったとおり、関わる人間を限定したほうがいいんだよ」

「もし可能なら、私にも何かをさせてください」

「憶えておくよ」と、チャーリーは約束した。彼は依然として、ロンドンの命令の意味するところを理解しようとしつづけていた。それはロシア・ホワイトハウスの演壇に二人の大統領と一緒に立っていたのと同じぐらい危険な矢面に自分を立たせるはずのものだった。おそらく過去のいつにも増して、必死で用心しなくてはならないと思われた。さもないと、五番目の犠牲者になりかねなかった。

チャーリーは予告なしでリチャード・ブルッキングを訪ねた。オフィスに着いたとき、大使館事務局長はまったく何かをしていた気配のない、吸い取り紙とペン・セットと電話が一糸乱れることなくきちんと配列されて、しかも実際に磨いたように見える机の向こうに坐《すわ》り、考えに耽《ふけ》っている様子だった。

「どこにいたんだ。だれもきみの居所を知らなかったぞ」ブルッキングが不意にチャーリーに気づいてなじった。

「調べ物をしていたんです」と、チャーリーは毒にも薬にもならない答えをした。自分の推理を教えるつもりはなかったし、アン・アボットも科学的な分析結果が確認できるまでは黙っているのが一番いいと同意してくれていた。

「ロンドンから指示が届いている」と、ブルッキングがいった。「われわれは公式に領事面会を要請しているが……」そして、面白くなさそうに間をおいた。「きみもそのメンバーに含まれている」

「私のところにもその旨《むね》のメッセージが届いていました」と、チャーリーはいった。

ブルッキングがチャーリーを頭のてっぺんから爪先《つまさき》まで露骨にあらためた。「きみは外交官の地位を得ることになるんだ。替えのスーツは持っていないのかね？　それに、もう少しきちんとした靴は？」

チャーリーは渋面を作った。「冠婚葬祭用のスーツなら一着ありますが」

「それを着る機会ができたぞ」と、ブルッキングがしたり顔でいった。「たったいま、アメリカのシークレット・サーヴィスの一人が死んだという公式の知らせがあったところだ」

「では、殺人事件になったわけですね」と、チャーリーはさすがに真剣な口調になった。

「もう一つメッセージがある」と、ブルッキングがつづけた。「ロシアから捜査に協力するという公式の申し出があった。きみの連絡将校の名前もわかっている。女だったが……」

チャーリーはブルッキングが差し出したメモを素知らぬ顔で受け取ったが、内心ではどきどきしていた。やがて見下ろしたメモにあったのは、オルガ・イワノーヴナ・メルニコワ大佐という名前だった。

7

最初から衝突したわけではなかった。事実、チャーリーは――二人がこの件について話し合わないのは馬鹿げているし、不可能でさえあると説得しようと――彼女に読んでもらうためにピーター・ベンドールの記録をレスナヤ街へ持ち帰ったと宣言することによって、その反対の形を取ろうとしていた。チャーリーが驚いたのは、彼のためにヴェラ・ベンドールの予備尋問記録を持って帰ったとナターリヤがいったときだった。彼女はチャーリーがオルガ・メルニコワと次の日に会うこともすでに知っていて、FBIの駐在員もメルニコワ大佐と会う予定になっているのだと告げた。

二人はそうできるときはいつでも、サーシャのことだけを考えて一緒にいてやるという確立された日常を変えないようにしようとしていたから、彼女がゆっくりと初歩の読本を読み、彼女が大人の学校と呼ぶものについて話し合った一時間のあいだ、二通の一件書類は目を通されないままでラウンジ・テーブルの上に放置されていた。そして、ナターリヤが娘を入浴させて寝かしつけているあいだに、チャーリーは尋問記録を読んでいった。彼はそれを二度通読すると脇《わき》へおき、アイラ・モルトの二杯目のグラスを胸においてだらしなくくつろいで、たったいま読んだものよりもむしろナターリヤのことを考えはじめた。

いまのところ、今夜の十五分の会話に関して——ゆうべ、ナターリヤがピーター・ベンドールの正体を特定するについて一足早いスタートを切らせてくれたにもかかわらず——彼はいかなる判断も下せないでいたが、ナターリヤが態度を変えたように見えることで勇気づけられていた。その態度の変化は仕事に関してだけではなかった。今回に限っては仕事は二の次で、何より優先すべきは、二人の個人的な関係の崩壊を食い止めることだった。セックスは頭になかった——二人とも、それについてはもう滅多に考えなくなっているように思われた——が、チャーリーはゆうべベッドに入ったときに、ナターリヤが眠っていなかったのを知っていた。だが、セックスはもはや彼女を刺激するものではなかった。それに、状況がはっきりするまでは、何であれ彼女を刺激しないように用心する必要があった。

ナターリヤがサーシャの寝室から姿を現わすと、チャーリーはきみも一杯飲《や》らないかとグラスを上げて見せたが、彼女は首を振ってそれを断わり、低いラウンジ・テーブルの向かいの椅子《いす》に腰を下ろした。彼女はそこで待っていたピーター・ベンドールの一件書類をしばらく見下ろしたままだったが、チャーリーはそれを見て、書類を手に取るのを渋っているのは、これに関わりたくないという彼女の最後のためらいなのだろうかと訝《いぶか》った。何もいうな、何であれ、いま口を開くのはまずい、と彼は自分にいい聞かせた。それは一見して尋問記録よりもはるかに分厚く、ナタ—リヤが読み通すのにも、もっと長い時間が必要だった。彼女が目を通しているあいだに、チャーリーはアイラの三杯目を注いだ。彼女がマニラ・フォルダーをサイド・テーブルにおいたころには、三杯目もほとんど空になっていた。

「息子に関しては、いたということ以外には何も記録されていないわね」と、ナターリヤがいった。

「母親のほうもあまり有望とはいえないな。そう思わないか？」その質問には会話を持続させたいという望み以上のものが込められていた。ナターリヤは驚くほど直感力に優れていて、これまでにチャーリーが出会ったなかでも最高の尋問官の一人であり、ぜひとも彼女のプロとしての考えを聞きたかったのである。

ナターリヤがうなずいた。「わたしも実際に録音されたものをそのまま聞いたけど、彼女が嘘《うそ》をついているとか、何かを隠しているという印象は持ってないの。でもその一方では、とても抜け目のない嘘つきも知らないわけじゃないし」彼女は立ち上がると、チャーリーが夕食のために開けたヴォルネをグラスに注いだ。

「さっきは飲まないといったじゃないか」

「あれは三十分前のことよ。あのときはほしくなかったけど、いまは飲みたいの」どうしてこんなにつっけんどんなんだ？　「それから、わたしたちが最初に会ったとき、わたしはあなたを嘘つきだとはいっていませんからね」

後退したほうがいい、とチャーリーは思った。「では、ジョージ・ベンドールは精神的に不安定な単独犯で、彼のことはだれも知らないという可能性が一番高いわけか」彼はいかなる意味でも自分を偽善者だとは思わなかった。いま頭にあるのは、銃声に関する疑惑だけだった。もしそれが確認されたら、彼女に教えてやろうと考えていた。

「際立《きわだ》って世間の注目を浴びようという第一級の殺人者はあんなふうじゃないわ。あの男は十五分の栄光を求めただけのまったくの小物よ」

「だが、捜査対象としては、昔からそういうやつが最悪だ」

ナターリヤは肩をすくめたが、何もいわなかった。二人の仕事に重複している部分があるというのに、彼女はどうしてこんなにも譲歩したがらないんだろう？　それは過去のせいだ。いつでも過去のせいなんだ。そしてその過去とは、彼女がどんなに忘れようと努力しても、あるいは、彼女がおれをどんなに愛していても、決して完全には忘れられないものなんだ。おれがこんなにはっきりと努力してるのに、彼女はどうしてもっと努力できないのか？　もっと努力すべきではないのか？

チャーリーはこの流れを失いたくなかった。「ぼくたちは相談し合うことになるのかな？」


「全面的に協力しろという指示を受けてるわ。明日には、オルガ・イワノーヴナがあなたに記録の写しを渡すはずよ」

「もし公式にそういう指示がなかったとしても、きみはぼくにそれを見せてくれたかな？」

「世紀の大情報公開ってわけでもないでしょ？」その答えではどっちだかわからなかった。

「お互いにやりやすくなることは確かだろ？」

ナターリヤがまた肩をすくめた。「それはわたしにはわからないわ。でも、基本的には何も変わらないんじゃないの？」

遅かれ早かれ衝突は避けられそうにない。それなら、いまでもいいかもしれない。

「確かに物事は変わらないだろう、まさにその通りだよ、ナターリヤ。現状維持が精一杯だ。ぼくたちのことを……ぼくたちのあいだをもっとうまく行かせるためにこれ以上何ができるか、ぼくにはわからない。わかっているのは、ぼくたちの関係を壊すようなものは何も欲しくないということだけだ。そして、ぼくはその関係が壊れようとしていると思ってる……」

「要するに、わたしのほうが歩み寄るべきだっていいたいんでしょ！」わたしたちの関係は崩壊の危機に瀕《ひん》している。その原因はチャーリーよりもわたしのほうにあるのかもしれない。

「譲歩してくれなんて頼んじゃいないよ。現実を認識してくれといってるんだ、ぼくたちが一緒にいることについての現実と、その困難さをだ」

「そんなことをいまさら思い出させてもらう必要はほとんどないわ」

「何か重圧がかかっているのか？」

「かもね」

「例によってぼくを閉め出すのはやめてくれないか」

またいつもの議論ね、とナターリヤは気がついた。いつもの説得の論理よ。そして、それにはしっかり筋が通ってる。わたしがどんなに頑張っても、チャーリーとの喧嘩には勝てそうにないわね。「あなたが正しいのはわかってるわ」

「それなら、ぼくを信頼してくれ」

ナターリヤは間をおいた。「そうね。そうしなくちゃいけないわね」

「きみを失望させたりはしない。昔はともかく、これからは二度とそんなことはない」

「これはもうわたしたち二人だけの問題じゃないのよ。まずいことになりかねない問題が山ほど出てきてるの。サーシャに聞いたけど、子供たちのあいだでは、親が何をしているかが話題になったりしているそうよ。そのうちの二人は、父親が民警にいるっていったんだって」

「サーシャは何といったんだ？」無邪気な口から大問題が易々《やすやす》と飛び出すというのは間々あることだ。

「あの子はわたしたちが何をしているか知らないわ。そういう話題が出てきてるということよ。それで、訊《き》いてきたのよ」

「何と教えたんだ？」

「二人とも大きなオフィスで働いてるといっておいたわ。とりあえずはそれで何とかなるでしょうけど、もっと大きくなったらどう話すつもり？」

残念ながら、チャーリーは簡単な答え――ナターリヤを満足に近いところまで連れていけるような答えなら何でもいいのだが――を持ち合わせていなかった。彼は話題を変えた。「ぼくたちには答えの必要な、もっと重要な個人的問題があるだろう」

「わかってるわ」

「それは仕事のせいじゃない。仕事に影響は受けているだろうが、仕事そのものじゃないんだ……」チャーリーは突然気づいて含み笑いを漏らした。「ぼくたちは一巡して元の場所に戻っているんじゃないのかな？　まずぼくがきみを完全に信頼しなかったことによって――あれはとんでもない過《あやま》ちだった――すべてを台無しにしてしまい、いまはきみがぼくを信頼できなくなっている……」

「だから、今度はわたしの過ちだというの！」ナターリヤはとたんに反発したが、そういっている最中にすでに後悔しはじめていた。「そうじゃないよ」と、チャーリーは辛抱強くいった。「きみがそうなるのは当然だ。だが、ぼくの場合はそうじゃなかった」

チャーリーは彼女のグラスを満たすことで沈黙を埋めた。彼女は抵抗もせず、ワインが注がれるにまかせた。彼は四杯目のウィスキーを飲もうかと考えたが、思い直してワインに切り換えた。彼がふたたび腰を下ろすと、ナターリヤがいった。「わたしたちがうまくやっていける可能性はまだあると思う？」

「もちろんだ」チャーリーは即座に答え、彼女が返事をしないのを見てつづけた。「きみはどう思うんだ？」

「よくわからない」

「きみの望みは何なんだい？」

「あなたと一緒にうまくやっていくことよ。でも、怖いの。あまりに障害物が多すぎるんですもの」

「それなら、その障害物を排除しようじゃないか！」と、チャーリーは性急にいった。

「そうね」と、ナターリヤが曖昧《あいまい》に受け入れた。

「きみにかかっている重圧とは何なんだ？」

「ロシアの全部局間の調整をしなくちゃならなくなったのよ。すべてをうまく機能させなくちゃならないの」

「そいつは板挟みになって辛《つら》い立場だな」と、チャーリーは自分の認識を口にした。

「成功したら手柄は連中のもので、失敗したらきみが責任を押しつけられるんだろう」

「そんなところね」旧KGBのファイルが行方不明になっていることをチャーリーに教えるべきだろうか？

「きみにはぼくの協力が必要になるはずだ……仮説をぶつけてみるだれかがね。自分でいうのもなんだが、ぼくなら打ってつけだろう。抜け駆けは一切しないし、きみを――ぼくたちを――いかなる意味でも危険にさらしたりはしない」チャーリーの人生で今度ばかりは――おそらく、彼の人生で初めて――その約束は簡単に拡大解釈できるように潤色されたものではなかった。

「連邦保安局がピーター・ベンドールの記録を見つけられないでいるの」と、ナターリヤが出し抜けにいった。

チャーリーは首を振った。プロとして受け入れられないことだった。「それは現在も生きていて、記録しつづけられているファイルだったはずだ。評価、監視、心理的特徴、そういうことが、ピーター・ベンドールだけでなく、息子や妻についても記されていたに違いない。ジョージ・ベンドールについて何を調べるにしても、それが出発点になるんだ」

わたしはどうして自分が完全であるという邪魔にしかならない自負にこだわって多くの時間を無駄にし、多くを危険にさらしているの、とナターリヤは自問した。チャーリーの専門家としての腕を知っているくせに。「あなたの読みは？」

「そこに書かれている内容ゆえに、即刻抹消されてしまったんじゃないかな」と、チャーリーは示唆《しさ》した。「特にジョージについてはそうかもしれない。不細工だが、予想できる慌《あわ》て方だ。KGBはもはやベンドールが寝返ったときのKGBではなく、再編されたときに色々なものが取り紛れて、間違った場所におかれてしまったのだと、そういう言い訳が出てくるだろうな」ナターリヤはKGBに保管されていたチャーリーの一件書類を破棄し、彼女自身の記録のなかのチャーリーとの元々のつながりを記した部分を抹消していたが、いまの言葉が彼女にそのことを思いださせる心配はないはずだった。

「それ以上の策を弄する心配はないかしら？」

チャーリーはためらった。彼女はようやく自分に心を開こうとしている。ここで交換条件を持ち出したら――ここでその見返りに何かを提供する姿勢を見せれば――おれが暗黙の協定を守りつづけていると示せるのではないか。「もうだれかと専門的な話し合いをしたのか？」

ナターリヤが一心に彼を見つめた。「何について？」

「ぼくはアメリカ大統領の到着を取材した、四つの異なる放送局の音声付きヴィデオを手に入れた。ロシアのNTVのものだ」と、チャーリーは明らかにした。「憶《おぼ》えてるだろうが、CNNは音声を入れていなかった。それらのヴィデオはロンドンで科学的に調べられることになっているが、ぼくも自分でざっと時間を測ってみたんだよ。ぼくが測ったところでは、五発の銃弾は九・二秒のあいだにすべて発射されていた。これは途方もない早業といわなくてはならない」

「わたしたちはジョージ・ベンドールの軍の記録を手に入れようとしているの」

「きみたちがか？」と、チャーリーは鋭い口調で訊き返した。

「厳密には、ジョージ・ベンドール――あるいはゲオルギー・グーギン――の軍の記録を渡すよう要請しているというべきね」と、ナターリヤが訂正した。

「そこに銃の腕前について何と書いてあるか、ぼくは特に関心があるな」

「あるいは、その部分が欠け落ちているかね」と、ナターリヤが認めた。「そもそもから恐ろしかったんだけど、いまのあなたの話を聞いて本当に怖くなったわ。狂人の単独犯行であってくれたほうがずっとよかったわ」

「その狂人の単独犯はどこで狙撃《そげき》用ライフルを手に入れたんだ？　あれが狙撃用ライフルであることは、あんなにはっきりテレビに映っていたんだから間違いようがないんだ」ほかにも調べることがあるぞ、とチャーリーは気づいた。しかし、いまここで持ち出すべきではなかった。

「モスクワ——というかロシア——には武器が溢《あふ》れているのよ。銃だって弾薬だって、そこらの暗がりでいくらでも買うことができるわ。わたしたちは自分の核兵器の面倒さえ見られないのよ！」

「でも、それは普通のカラシニコフとマカロフだろう。あのライフルのような特殊な銃は、どこででも手に入る代物《しろもの》じゃない」

「明日、オルガ・メルニコワにあなたの考えの幾分かでも話すつもりなの？」

チャーリーは首を振った。「いや、証拠なしには何も話さないよ」

「でも、わたしには話してくれたのね。ありがとう」

「それはぼくたちの関係の新規蒔《ま》き直しを受け入れてくれたってことかな？」

「ええ」

その夜、二人は愛を交わした。だが、お互いにとってそれは自然な情熱の発露というよりも義務感のほうが勝ったものであり、よくもなかった。

チャーリーはいった。「また熱い気持ちになれるさ」

「そうだといいけどね」と、ナターリヤが応じた。

冒頭の数秒、二人は互いを値踏みした。

意外なことに上級捜査官のオルガ・イワノーヴナ・メルニコワ大佐はまだ三十代半ばという若さで、それは彼女に特別な——ゆうべ調書を読んだ限りでは、あると推測できるはずのなかった——能力があることを示しているはずだった。胸の谷間は興味深かったが、いささか露骨すぎるように思われた。外したままのシャツのボタンは、完璧《かんぺき》に仕立てられてきちんとプレスされた格子縞《こうしじま》のグレイのスーツにも、あらゆる物が元々あった場所にきちんとそのまま配置されて秩序だっている大きな窓のあるオフィスにもふさわしくなかった。だが、いかなる場合でも、ナターリヤとのいつ壊れても不思議ではない脆《もろ》い関係をかろうじて保っているチャーリーには、何であれ女性関係を拡大するような危険な真似《まね》は許されなかった。機能的に整理された机が、リチャード・ブルッキングの机を思い出させた。今朝、大使館事務局長はチャーリーが出発する前に、従うべき外交慣例についてありきたりの講義をし、チャーリーが外交官としての服装規定を無視していることにたいそう腹を立てた。だが、チャーリーは今日のオルガ・メルニコワとの対面を仮装パーティとは見なしていなかった。運がよければ、今日の対面は、彼がうまく仕事を始めるための最初のチャンスになるかもしれなかった。

オルガは面にこそ出さなかったが、面食らっていた。モスクワはかなりの重みを持った派遣先であり、チャールズ・エドワード・マフィンはロシアが事実上お手上げ状態になっている組織犯罪に対抗するために、アメリカＦＢＩと同等の立場でモスクワに受け入れられて貢献を期待されている、特に選ばれたイギリス側要員であるはずだった。だが外見を見た限りでは、自分の向かいに坐《すわ》っているぼさぼさ頭で肥《ふと》りすぎのこの男が、いま身につけている型くずれしてポケットが膨らんだスーツと、筏《いかだ》のように幅が広くなったスエードの靴を買い換えるために、慈善バザーで数カペイカを使う以上の貢献ができるようには思われなかった。

「英語のほうがいいですか？」と、彼女は深みのある愛想のいい声でいった。その英語にはほとんど訛《なま》りがなかった。

「お気遣いはありがたいが、その必要はありませんよ」と、チャーリーはロシア語で応じた。

「わたしたちの共同作業がうまくいくことを希望しています」

「こちらこそ」と、チャーリーは返した。とりあえずはこの女の土俵に上がって、この女のテンポに合わせてやろう。おれがそうでないほうを選ぶまではな。

オルガがきれいに整頓《せいとん》された机の上の書類――すでに彼が持っているヴェラ・ベンドールの尋問記録のコピーと同じものに違いなかった――を彼のほうへ押しやった。「まったくの初期段階のものです」このむさ苦しい格好の男に自分を評価させることは、レオニード・ゼーニンと一緒にいるよりも落ち着かない気分だった。

チャーリーは彼女が提供してくれたものに対して、もっと分厚いＭＩ５の一件書類をもって応《こた》えた。「ピーター・ベンドールに関して、われわれが持っている情報のすべてです。息子については何もわかっていません」おれはヴェラ・ベンドールがレフォルトヴォにいるのを知らないことになっているんだからな、と彼はあらためて自分にいい聞かせた。「今日、私のところの大使に、公式の領事面会が許可された旨《むね》の連絡がありました」その情報だけが、今朝ブルッキングと会ったときの唯一《ゆいいつ》役に立つ成果だった。「あの男は墜落時に重傷を負いました。面会できるほどに回復するかどうかは、いまのところはっきりしません」この茶番劇が外交上必要なものであることは確かだったが、実際の利益にはほとんどならないといってよかった。ただし、この話し合いの結果如何《いかん》では、ヴェラ・ベンドールの面会の失敗を挽回《ばんかい》できるかもしれなかった。そのためには、この話し合いで自分が主導権を握っていることがテープに記録されなくてはならなかった。

「その面会許可は家族にも適用されるはずです」と、チャーリーは引き下がらなかった。「われわれが知る限りでは、ヴェラ・ベンドールは息子と同様、ロシアの市民権を獲得していません」そしてロシア側のフォルダーを顎《あご》で指し示し、自分がすでに答えを知っている質問をした。「そのフォルダーには、彼女がどこに住んでいるかも記録されていますよね？」

殺風景な机の向こうにいる男をしっかりと見据えて、オルガがいった。「彼女は保護拘束されています」

「だれから保護するんです？」と、チャーリーは訊《き》いた。

「自分たちの大統領を撃った男の母親に復讐《ふくしゅう》を企てるおそれのある者たちからです」

「それはともかく、彼女は市民権を獲得していませんね？」と、チャーリーは食い下がった。

この男を見くびってはいけない、とオルガは判定を下した。無宗教のイギリス人のくせに、ロシア人が畏怖《いふ》するもの——呪術師《じゅじゅつし》と魔法使い——をしっかりと身につけている怪物だ。「彼女が市民権を申請した形跡はありませんし、それが許可されたという記録も間違いなくありません」

ことを急《せ》くなよ、とチャーリーは自分にいい聞かせた。「わが大使館は——すなわち、わが政府はということですが——彼女を保護拘束してもらったことに感謝するに違いないでしょう……」そして、相手の返事を誘うかのように間をおいた。

「それはどうも」オルガがまんまとそれに引っかかって答えた。

「もちろんいかなる意味においても、彼女が保護拘束されたことによって、すでに公式に同意されている面会が阻害されることはありません。私も大使館のメンバーも、どこであれ彼女が保護されているところへ簡単に行けるわけですからね。それで、彼女はどこにいるんです？」

さっきの取り調べ記録を読まれたら、それがいかに無内容なものだったかが明らかになって、言葉には出さなくても批判されることは間違いないわ！「さっきもいったとおり、わたしの尋問はまったく予備的なものに過ぎないんです」

「尋問？」と、チャーリーは鸚鵡《おうむ》返《がえ》しにいった。「あなたは今度の件に彼女が何らかの形で関わっていると疑っているんですか？」

くそったれ、とオルガは内心で吐き捨てた。この男は本当に呪《まじな》い師の二枚舌を持ってるんだわ。「だれが関わっているか、だれが関わっていないかという可能性を判断するのはまだ早すぎます」そして、心ならずも自分の言葉を訂正した。「わたしは取り調べを始めたばかりだといいたかったんです」

「われわれは完全に協力するんでしたね？」と、チャーリーは誘いをかけた。

「そうですけど」と、オルガが硬い口調で答えた。この男はこんな簡単な言葉まで巧みに意味をすり替えられるのだろうか。

「もしわれわれが捜査を共同で行なうのであれば、優先順位をつける必要はないでしょうね」

「これは殺人事件の捜査となりました」と、オルガが抵抗した。「ロシアの法律が優先されなくてはならないはずです」

「私は国際弁護士ではありません」と、チャーリーはいった。「わが大使館の法律担当者に任せて、外交チャンネルを通じて扱わせることになります。これほどまでに世界中が注視している状況下では、われわれは自分たちの境界を越えて進むべきではありませんか？」

このろくでなし、とオルガは内心で呪《のろ》った。いい加減にわたしに意見を求めるのをやめたらどうなの。わたしを窮地に追い込むことにしかならない言葉を吐かせようとするのを。でも、どうしてこの男に敵対するの？　もしイギリスが面会を許可され、そのときの言葉を片言隻句《へんげんせっく》まで録音できれば、あるいは最初から最後までをヴィデオ撮影できれば、ヴェラ・ベンドールが無実か共犯かを示す何かが出てくる可能性があるでしょう。何か知るべきことがあれば、わたしはそれを知ることができる。それに、イギリスが何を提供してくれるかによって、彼らの協力が本物であるかどうかもわかるはずだ。また、その面会がわたしの行なったヴェラ・ベンドールの取り調べと同じく何も生み出さなかったとしても、いまわたしとチャーリー・マフィンを隔てる机の上で嘲《あざけ》るように横たわっている書類に関して、内部からも外部からも批判を受けることはありえない。さして重要でない一人の観客に敗北を認めるほうが、あるいは説得された振りを装《よそお》うほうが、もっとはるかに大きな劇場でもっと影響力のある観客にそうするよりはましだろう。

「誤解しないでください。わたしは優先順位を云々《うんぬん》していたわけではありません。わたしに関する限り、あなたやあなたの大使館の人々が彼女に会うべきでないという理由は、何であれありません」

こんなに早々と彼女が態度を百八十度改めるとは、チャーリーは予想していなかった。それどころか、態度を変えるとすら、実は思っていなかった。「では、ヴェラ・ベンドールの居場所を教えてください」

この男は鼠捕《ねずみと》りの罠《わな》と、決して忘れない記憶力を持っているんだわ、とオルガは認識した。

「レフォルトヴォです」

その保護留置場――入ったが最後、二度と出てくることはない、間違いなく一瞬たりと保護などされることのない、壁に囲まれた冷たく荒涼とした要塞《ようさい》――に、いったい何人の人間が行ったきりになってしまったのか？　最初の取り調べ記録は、すでに脅され、怯《おび》えている女性についてのものだった。いまごろヴェラ・ベンドールは恐怖のあまり、彼女が息子のためにほのめかした状態、すなわち、狂気の寸前にいるに違いなかった。

「そんな中央部なら便利だ。明日でかまいませんね」

それなら、オルガにとっても十分すぎるほどの時間があった。「十一時でいかがですか」

「結構」と、チャーリーは微笑した。「その時間なら、そのあとここへ直行して、浮かび上がったことを話し合えるでしょうからね」

「いいでしょう」その申し出に、オルガは平静を失いながら曖昧《あいまい》に同意した。

「目撃者に関しては、一人も保護拘束されていないわけですね？」

まるで猫が鼠をいたぶるようにわたしを弄《もてあそ》んでくれるわね。「そうです。彼らの発言をいま翻訳させているところです」

「ロシア語のままのほうがありがたいですな」

「明日、お渡しできるでしょう」

「素晴らしい！　つまり、ヴェラ・ベンドールに会ったあとで、それを手にすることができるわけだ」

「そうですね」この場にいて聞いているだけでも下手をしていると思われるだろうに、文字にされて読まれたら、その印象はもっと強くなるんじゃないかしら。

「鑑識検査の進行状況はどうですか」

「まさに進行中です。つまり、まだ完了していないということです」答えを回避したという満足感はあったが、その効果は微々たるものであり、結局は白旗を掲げて答えざるを得なくなるはずだった。

「その結果を明日もらうわけにはいかない？」

「どうでしょう」

「この取り調べではっきりわかったことは何か、それについてまだ話し合っていませんね」

「何であれ、はっきりわかったと断定するには時期尚早です」

「まだ話し合っていないもっとも重要な問題が残っています。それはピーター・ベンドールがロシアにいたあいだ、ずっと記されつづけていたはずの公式記録に関することです。そこには、ジョージ・ベンドールの成長過程における情報も含まれていたはずです」

オルガは冬のさなかのシベリアで丸裸にされているような気分だった。「それは機密に属します」

いまの答えはその記録をなくしてしまったことに対する準備されていた言い訳だろうか、とチャーリーは訝《いぶか》った。「しかし、あなたは公式にその記録を閲覧させるよう要請しているんじゃないですか？」

「この犯罪に相応の捜査手続きは、すでに一つ残らず実行されています」オルガは形式張った大袈裟《おおげさ》な物言いをしたことを、口を開いた瞬間に後悔した。だが、腹立ちと苛立《いらだ》ちのあまり、ほかの言葉を見つけられなかった。

「それを聞いて勇気づけられましたよ」と、チャーリーはいった。「わが大使館も同じように感じるでしょう。個人的なレヴェルでは、私たちはこの上なくうまく協力していけると確信しています」

わたしはそうは思ってないわ、とオルガは内心でいい返した。

チャーリーは建物の出口へ案内されるあいだに、オルガ・イワノーヴナ・メルニコワは彼女自身が思っているほど優秀ではないと判定を下した。だから、本意でないにもかかわらず、わざわざブラウスのボタンを外しておく必要があるのかもしれないぞ。それに、どこかに録音装置が隠してあって、このやりとりを記録していたに違いないが、それも彼女にとって大した役には立たないだろう。

ドナルド・モリソンがドゥルジニコフスカヤ通りから〈アルレッチーノ〉に入っていくと、バート・ジョーダンはすでに予約したテーブルで待っていて、ここだと手を振って合図をよこした。

「遅れて申し訳ない」と、モリソンは謝った。「なかなかタクシーが捕まらなかったんだ。なぜかはわからないが、昔の大使館にいたときのほうが捕まえやすかったような気がするな」

「だが、いまはエアコンがあるじゃないか」と、CIA駐在官がいった。背が低くこぢんまりとした体格で、両側に垂れた豊かな口髭《くちひげ》のせいで、いつも憂《うれ》いに沈んでいるように見えた。「イタリア料理でよかったかな？」と、彼がレストランの内部を身振りで示して訊いた。

「もちろん。だが、この店は初めてだな」

「お薦めはサルティンボッカ・アラ・ロマーナ（訳注 子牛の肉に生ハムとセイジを載せて焼いたローマ料理）だ」といって、ジョーダンがヴァルポリチェッラ（訳注 ヴェローナ周辺で産する辛口のワイン）を注いだ。「こういうふうに、邪魔の入らないところで、二人だけで会ったほうがいいと思ったんだ。大使館はやかましくてどうにもならんからな。お前さんのところはどうなんだい」

「その割には、かなり静かだな」自分が事実上仲間外れにされて役割がなくなっているなどと相手に教えるのは論外だった。彼がこのＣＩＡ駐在官の招待を受けたのは、チャーリー・マフィンが気に入ってくれて、自分を仲間に入れてくれるような情報を手に入れられるのではないかと期待したからに他ならなかった。

「みんなが歩調を揃《そろ》えるのはいいことだろう」

「たぶんな」

「おれのほうで何かがわかったら、お前さんのほうへも必ず知らせるよ」

「それはお互いさまだ」

ウェイターがやってくると、二人はともにサルティンボッカを頼み、ジョーダンはまだ半分残っているボトルを掲げて、早々と二本目を注文した。ウェイターが引き下がると、彼がふたたび口を開いた。「それで、どんなことがわかったんだ？」

モリソンは肩をすくめた。「ほとんど何もわかっていないに等しいよ。もうイギリス情報部の記録はチャーリーから手に入れているんだろう。あれは脱獄も含めて、全部国内のことだ。だから、ベンドールは彼らの頭痛の種であって、われわれ対外情報部の問題ではなかったんだ。ところが、彼がイギリスへ戻りたがっているという噂《うわさ》が流れはじめるや、当時モスクワにいたわれわれの部の人間に対して、彼を見つけ出して帰国の手助けをするよう指示が飛ばされた。もし彼がKGBと仕事をしているあいだに何か価値のある情報を得ていたら、彼がまだ服さなくてはならない残りの刑期を少しは短縮してくれるよう交渉してもよかったんだ。だが、彼の手掛かりはまったくつかめなかった。多少は報道の自由が緩和された一九九一年以降、こっちの新聞に何度か記事を載せて、可能なかぎりそういうことを匂《にお》わせてみたんだが、それでも彼は一度として接触してこなかった」

「KGBが何であれ微妙なことを彼に教えるような危険を冒すもんか。あいつらは亡命者を厚遇したことも、丁重に扱ったこともないんだ。やつらに協力していた外国籍の人間に対してもそれは同じだ」

「そのぐらいは驚くには当たらんさ」と、モリソンは常套句《じょうとうく》で応じた。「あんたのほうはどうなんだ？」

ジョーダンが頭《かぶり》を振った。「ピーター・ベンドールに関しては、CIAも大規模な作戦を行なったんだ。あの男がリークした情報はアメリカからのもので、その出所の大半はロス・アラモスだった。だが、われわれが突き止めた限りでは、ベンドールはいかなるスパイ細胞にも属していなかった。まったく独立したスパイで、ロンドンのソヴィエト大使館へふらりと現われては、われわれから受け取った情報を手渡していた」

「彼がモスクワにきてからはどうなんだ？」

「何もわかっていない」と、ジョーダンが答えた。「そのころにはＣＩＡも調査をして、やつが一匹狼《おおかみ》だと明らかになったからな。彼を捜す努力をしなかったんだ」

「それにしても」と、モリソンはいった。「これだけ大騒ぎになって混乱しているにもかかわらず、今度の件についてできることはそう多くないんじゃないか」

「そうだとしても、やはり手をつかねているわけにはいかないだろう。だから、こうやって会っているんじゃないか。あらためて約束するが、おれのほうでわかったことは何であれお前さんに知らせるからな」

「こっちもそのつもりだ」と、モリソンは勢い込んで応《こた》えた。「会ってよかったよ」


「これはいまや殺人事件になったのよ、ヴェラ。死刑を意味するのよ」

「ええ」

ヴェラ・ベンドールはまったく感情を表わすことなく、淡々とそれを受け入れた。その反応はオルガ・メルニコワの期待を裏切った。彼女はそれ以上の反応を、完全に気持ちが挫《くじ》けてしまうことをも期待していたのだった。二人はいま、この前と同じ部屋にいた。やはり同じ花が飾られ、今回もお茶とケーキが準備されて、目立たないようにおかれたテープレコーダーが、録音中であることを示す明かりを点滅させていた。

「お茶をどうぞ」

ヴェラ・ベンドールは促されるままに音をたててお茶をすすりながら、その合間にケーキを囓《かじ》った。「下着を返してもらえませんか？ それと、靴も何とかしてもらえませんか。とても落ち着かないんです」

「規則なのよ」と、オルガはその頼みを拒絶した。「どんなことを思い出したのかしら？」

「火曜日と木曜日です」

「火曜日と木曜日がどうしたの？」

「火曜と木曜の夜に、一番頻繁に家を空けていたような気がするんです。ときどきはほかの日にもそういうことがありましたが、たいていは火曜と木曜でした」

この前よりは多少ましな答えを得られそうね、とオルガは期待した。「そのときに何をしているのかは訊《き》いたはずよね？」

「この前もいったとおり、訊くと怒ったんです」

「火曜と木曜の夜のことを訊くと、特にひどく腹を立てたの？」

「そうだったと思います」

「彼は一度も話したことがないの？　一言も？　だれの名前も口にしなかったの？」

「はい」

「この前いっていた医者の名前はどう？　思い出せた？」

「いえ、だめでした」

「彼が家にいるときはどんな話をしていたの？」

「滅多に口をききませんでした。わたしたちはテレビを眺めていました。息子が関わっている番組もたまに見ることがありました。あの子は模型を作っていました」

「何の模型？」

「車とか船とか飛行機といった、動くものです。あの子は動くものが好きだったんです」

「どうやって作っていたの？　木を材料にして？　それとも何かほかのもの？」

「ときどきは木を削って作っていましたし、子供たちが持っているようなキットから作ることもありました」

「あなたのアパートを捜索した担当者は、模型なんか一つも見つけてないんじゃないかしら。捜索報告に記録がなかったもの」

「作ったとたんに壊してしまうんです。何の役にも立たないといって」

「ほかに趣味はなかったの？」

「一つもありませんでした」

「銃についてはどう？」この前の取り調べのときの質問よりも、何としてもましな答えを引き出さなくてはならなかった。

「わかりません……この前いったとおりです……」

「銃を撃ちにいったりはしなかったの？」

「息子は銃を持っていません」

「借りることはできたでしょう」

「わかりません」

「あなた、色々と思い出そうとしてるんでしょ？」

「努力しています」

「わたし以外にも、あなたに会いにくる人たちがいるわよ」

「どういう人たちでしょう？」ヴェラがとたんに警戒して、おろおろと訊いた。

「イギリス大使館の人たちよ。あなたを助けたがっているの。もっとも、わたしだってそうなのよ。だからあなたをここにいさせて、あなたの息子がやったことの代償をあなたに払わせようとするかもしれない者たちから守ってあげているの」チャーリー・マフィンを相手に失態を演じたあととあっては、いまの言葉を録音しておくことが何としても重要だった。彼女はあの男を過小評価していただけでなく、ひょっとするとそれ以上に、彼との共同作業が自分にどれだけの負担を強《し》いるかを計算違いしていた。

「その人たちがくるときには、あなたも一緒ですか？」

「いいえ」

ヴェラ・ベンドールが自分の垂れ下がった胸を見下ろした。「その人たちがくるときには下着を返してもらえないでしょうか。それに、靴紐《くつひも》も」

「いいわよ。でも、これからも考えつづけて、記憶を掘り起こしてくれるわね？」

「やってみます」

オルガは急いで刑務所をあとにしながら自分にいい聞かせた――今回の取り調べはほとんど手掛かりを提供してはくれなかったが、ジョージ・ベンドールとNTVで一緒に仕事をしていた者や知り合いの発言の再調査を正当化してくれるのは間違いない。そして、火曜と木曜の夜にジョージ・ベンドールが定期的に何をしていたかについての言及がそこになければ、彼らをもう一度取り調べて詳しく問い質《ただ》す必要がある。

「私に何の相談もなく、あの男の母親との面会の段取りを独断で決める権利など――それに権限もだ――きみにはないんだぞ！」と、リチャード・ブルッキングが抗議した。

「それはきちんとしたチャンネルを通じて、外交的に行なうべきことだ。サー・マイケル自らが、特にそう警告したではないか！」

「それには議論の余地がありますね、ディック」チャーリーは別の意味にもなるその愛称をわざと使っていった。「だが、私はそれを議論することに興味はありません。興味があるのは、まだ断定はできないにせよ、なぜイギリス国籍を持った人物が二人の大統領を殺そうとしたか、そして、いつその考えが浮かんだかを突き止めることです。それについては、今日と同様、あなたの事前承諾を得ずにやるつもりです。ロンドンへ抗議したければ、どうぞやってください。そのときには、もう一人の、長年モスクワに住んでいるにもかかわらず、それでもイギリス国籍を持っている人間がスターリン時代の刑務所に不当にぶち込まれている事実をどう思うかということも訊いてください」

「確かにそれは問題ですね」と、アン・アボットがチャーリーに加勢した。

「それは彼女を保護するためだといわなかったか？」

「そんなのは戯言《たわごと》ですよ」と、チャーリーははねつけた。

ブルッキングが当惑した様子でアン・アボットを見ると、彼女は笑みを浮かべていった。

「わたしもそう考えます」

「私が刑務所へ同行するのが適切かどうか、よくわからなくなってきた」と、ブルッキングがいった。

「それなら、同行しないでください」と、チャーリーはほっとして答えた。

「おそらく、この初期段階では、わたしたちに任せてもらったほうがいいかもしれませんね」と、アンも同調した。

「援護射撃をありがとう」と、チャーリーは自分のオフィスへと廊下を歩きながらいった。

「リチャード・ブルッキングのような馬鹿《ディック》どもがいなくても、状況は十分に困難なのよ」と、アン・アボットが応じた。

おれとアン・アボットはまさに同類かもしれないぞ、とチャーリーは考えた。そうであるとするなら、ありがたいことに馬鹿《ばか》や、人を食い物にすることしか考えていない連中ばかりに囲まれているわけではないということになるが。

国家会議《ドゥーマ》で行なわれたピョートル・チクノフの記者会見には、世界中の情報に飢えたメディアが殺到した。選挙参謀がブレジネフと顔を較《くら》べられるのを避けようとしている、ゲジゲジ眉《まゆ》で無愛想な共産党の大統領候補は、その席でこういった――やがて来るべき選挙のあとで自分が率いるであろう新政府は、現在行なわれている捜査がどうあろうと一切関係なく、今回の暴挙について全力を挙げて調査し、徹底的な尋問を行なうつもりである。

8

ナターリヤが連邦保安局対内情報部長に接触するためには、アレクサンドル・オクロフの権威を借りて仲介を頼まなくてはならず、そのために、彼女が接触したときには、相手激怒した大統領代行が彼女自らをルビヤンカへ向かわせるという知らせが、すでに相手に届いていることになった。それがナターリヤを落ち着かない気分にさせたが、相手のドミートリイ・スパスキー将軍も、明らかに彼女に負けず劣らず落ち着かない様子に見えた。

彼女自身も十五年間活動していたロシア情報機関の本部に入ったとき、唯一《ゆいいつ》時間を食ったのが、写真を撮り、身分を証明し、公式許可を得ていることを確認するという形式張った保安上の手続きだった。彼女は警備担当者にともなわれて——そんなものは不必要だったが、断ることはできなかった——大理石と柱でできているホールをエレヴェーター溜《だ》まりへ向かいながら、旧時代と新時代の相異は名前が変わったことだけだというチャーリーの言葉はたぶん正しいのかもしれないと思った。

いや、とナターリヤは即座に訂正した。そんなことはない。わたしはこの機関の外へ転属になったが、それは間違いなく喜ばしい変化だ。あるいは、ここまではそうだった。彼女は危機委員会の調整役に指名されたことで生じるであろうさまざまな仕事の上での危険は十分早く認識していたが、これほどあからさまな内部抗争にこんなに早く巻き込まれるとは——しかも、深みにはまるおそれもあった——予想していなかった。だが、彼女は調整役——大統領代行の事実上の使者——としてここにきているのであり、内務省の一介の副局長としてきているのではなかった。それはすなわち、彼女のほうがスパスキーより階級は下だとしても、立場はより強いことを意味していた。それに、彼女がここで働いていた当時の規則でも、外部のセキュリティ・クリアランスがあろうがだれの使者であろうが、訪問者は例外なく調べられることになっていた。だとすれば、物事は同じではなかった。彼女は自分に有利だと思われるいまの状況がつづいてくれることを願った。

ナターリヤが思わず口元をゆるめたことに、警備担当者は地下十二階までの回数表示があるエレヴェーター溜まりを故意に避け、そこから離れたエレヴェーターの前に彼女を連れていった。地下十二階には情報機関のエリートのために商店や道路が造られ、クレムリンへつながる鉄道まで敷設《ふせつ》されていた。かつて、スターリンはクレムリンから特別列車を仕立ててここへやってきて、元は仲間であり、いまは自分が追放した中央委員会のメンバーが尋問されるところを見物したのである。

煙草《たばこ》の煙が充満したスパスキーのオフィスからは、そういう犠牲者が苦悶《くもん》と失意に終止符を打った刑務所の中庭の一つを見下ろすことができた。この年季の入ったKGBの将軍がここをオフィスに選んだ理由には、とナターリヤは考えた。郷愁という要素も含まれていたのだろうか。

将軍はナターリヤが入ってきても立ち上がりもせず、ひたすら新しい煙草に火をつけようとしていたが、やがてその作業を完了するとこういった。「アレクサンドル・ミハイロヴィチを巻き込む必要はなかったはずだ」

「電話をしても受けてくださらなかったし――きのうもそうでした――メッセージを残しても連絡をもらえなかったではありませんか」この会話は必ず録音されているはずだった。ルビヤンカにあるすべてのオフィスには、音声テープが発明されて一週間以内に録音装置が設置されていた。このオフィスがそういう時代までさかのぼるほど古いのはナターリヤにとっていいことだったし、ひょっとすると幸運であるかもしれなかった。だが、それでも応答には用心する必要があった。なぜなら、スパスキーは自分が有利になるように、彼女には害をなすように、会話を編集できるからである。

「ここでの私の権威に疑義を呈することは許さんぞ、ナターリヤ・ニカンドロヴナ」

「そんなことをしているつもりはありません。きのうの会議で与えられた役目を十全に果たそうとしているだけです」スパスキーの扱いが厄介なことはオクロフの秘書官にしつこくいっておいたから、たぶんわたしは想像以上にしっかりと守られているはずよ。

「今日、会議を持つはずだったんだ」スパスキーはきのうの会議のときと同じように目に見えて汗をかいていたが、その臭《にお》いは煙草のそれに匹敵するほどではないように思われた。アルコールの臭いはしていたが、ウォトカは無臭のはずであり、ひょっとするとこの年寄りは色んな酒を混ぜて飲んでいるのかもしれなかった。

「あなたは二十四時間以内にベンドールのファイルを見つけると約束されました。その二十四時間はすでに過ぎています。アレクサンドル・ミハイロヴィチは、今日の午後に国家会議《ドゥーマ》に報告しなくてはならないのです」

「色々と考慮すべきことがあるんだ」

「たとえば、どんなことですか」

「それがだれに利用されることになるかだ」

「あなたはロシア連邦大統領代行の——しかも元はKGBの管区本部長だった人物の——セキュリティ・クリアランスが不十分だとおっしゃっているのですか？」

スパスキーが手を震わせながら新しい煙草に火をつけた。「まさか！」

「では、どうして異議を唱えられるのでしょう」

「異議を唱えているわけではない」

「ピーター・ベンドールのファイルは見つかったのですか？」

「ああ」

進み方が速すぎる、とナターリヤは判断した。わたしは何を見落としているのか？

「それは彼がイギリスからロシアへやってきて死ぬまでのすべてを、家族のことも含めて網羅した完全なファイルですか？」

普段は尊大な将軍のためらいが暗示的だった。「いま、完全なものにしようとしているところだ」

「どうやって？」

「ベンドールのケース・オフィサーの名前を相互参照させている」

スパスキーはいまにも倒れそうな時代錯誤の恐竜、つまり、嘘《うそ》をつくことと逃げを打つことを本能的に身につけていて、そうでなければ死に絶えていたはずの種の最後の生き残りだった。ナターリヤはそれをありがたく思うべきなのだろうと考え、しかし、彼がついに倒れたときに下敷きにならないようにしなくてはならないと不意に気がついて自分を戒めた。「ドミートリイ・イワーノヴィチ！　三十年以上に及んで彼を管理していたケース・オフィサーたちを相互参照するということは、もう三十年かかるかもしれないということでしょう！　あなたは三時間以内に、ジョージ・ベンドールに関する記録された情報を一つ残らず、われらが大統領代行に提供しなくてはならないのですよ！」

「彼については情報はないに等しいんだ」と、スパスキーがついに認めた。

簡単に片づけさせないように用心するのよ、とナターリヤは自分にいい聞かせた。ようやくわかりはじめてきたんだから。

「息子のことは父親の記録のなかで言及されているんですか？」

「ときどきだがな」

「その時期は？」

「初期のころだ」

「初期とは？」

「家族がモスクワで再会したころだ」

「どのぐらいの間隔で言及されているんですか？」ナターリヤは自分が本当に尋問をしているかのような満足と自信を、ずいぶん久しぶりに感じていた。

スパスキーが焼け焦《こ》げだらけの机に吸い殻を飛び散らせながら、いま吸っている煙草を灰皿に突き立てた。だが、今度ばかりはすぐに新しい煙草をつけようとはしなかった。

「たしか、一月か二月おきだったと思うが」

「どういう種類のことが記録されていたんですか？」

「学業の進み具合とか……どのぐらい順応しているかとかだな……」

「彼に関しての報告がなされなくなったのは、その作業が完全に打ち切られたからですか？　それとも、一時的に中断されたに過ぎないのですか？」

「一時的な中断――」といいかけて、スパスキーがはっと口をつぐんだ。だが、気づいたときには手遅れだった。彼は最も初歩的な尋問の罠《わな》、つまり、すでに答えを知られていると仮定した質問に引っかかってしまっていた。

「それらの記録は改竄《かいざん》されています」と、ナターリヤはあからさまに非難した。「整理されてもいなかった。行方不明になっている部分も見つかるはずだ」

「あれは不完全なものなんだ」と、スパスキーがそれでも抵抗を試みた。

「でも、間に合いませんよ」

「彼が十五歳か十六歳のときまでの情報なら、手元にあるものはすべてきみに渡すことができる」

「渡す相手はわたしではありません」と、ナターリヤは即座に訂正した。「連邦保安局の封印をし、連邦保安局の急使を使って、クレムリンにいるアレクサンドル・ミハイロヴィチ・オクロフに直接手渡してください」これでいいんだ、と彼女は考えた。ルビヤンカにいるときは過剰なほどに自分を守らなくてはならないのだから。「お願いですから、いますぐやってください。これ以上時間を無駄にするわけにはいきません」

スパスキーがあたふたと電話をかけつづけ、ついに至急便の伝票に自らサインし終わるまでのあいだ、ナターリヤは比較的リラックスして、いま自分とチャーリーが微妙な話ができるのがどんなにいいことであるかを思った。そして、深読みをしすぎないように用心しながらも、資料の脱落がこの組織の混乱と再編に起因するものではないかという彼の説は正しいのかもしれないと考えた。だが、そう思ったとたんに、やはりそのときに彼がいったこと、すなわち、ピーター・ベンドールが死ぬわずか二年前まで、ベンドール一家のファイルは生きていて、記録しつづけられていたはずだということを思い出した。

「文書保管部の落ち度だ！」と、スパスキーは急使が退出してドアを閉めるや主張した。

「内部保安の最終責任者はあなたでしょう」

「行方不明になった部分は見つけられるだろう」スパスキーのその言葉は、確信しているというよりも、そうあってほしいという願望のほうが強かった。

「あるいは、見つからないかもしれません」

「初期段階での文書保管部のミスだ」と、スパスキーはなおもいい張った。もう保身しか考えられなくなっていた。

ナターリヤにはこれ以上ここにいる理由がなかった。「この会話は録音されているんですか、ドミートリイ・イワーノヴィチ？」

「いや」一心に煙草に火をつけようとしていた将軍が、すぐさま否定した。「どうしてそんなことを？」

「以前はそれが普通でしたから」

「いまはそうではない」と答えて、スパスキーが回顧の笑みを浮かべた。「あのころがひどく懐《なつ》かしいんじゃないのか？」

「そんなことはまったくありません」ナターリヤはきっぱりと否定した。事実、一刻も早くここから外へ出たかった。


今回も情報と思われるものの儀礼的な交換が行なわれ、英語で話そうかという申し出とロシア語でかまわないというやはり儀礼的なやりとりがあり、互いが互いを値踏みし合った。

ジョン・ケイリーは身体《からだ》つきはチャーリー・マフィンとまったく異なっていて、もっとがっしりし、肌はもっと黒く、真っ黒な髪は驚くほど豊かで長かったが、オルガ・メルニコワは、型くずれしたスーツに皺のできたきのうのシャツを着ていても気にしないというだけではない共通点を感じた。今朝のあのイギリス人との話し合いが負けに等しい終わり方をした以上、この話し合いで同じ轍《てつ》を踏むわけには絶対にいかなかった。ジョージ・ベンドール——またの名をゲオルギー・グーギン——を知っているＮＴＶの人間の発言記録に簡単に目を通し、ヴェラ・ベンドールが思い出した火曜と木曜の夜に関してはさしたることを見つけられなかったにもかかわらず、オルガはヴェラ・ベンドールの二度目の取り調べのあと、多少の自信を回復していた。

ケイリーもチャーリーと同じく、オルガが階級の高さの割に若いのを意外に思った。彼が抱いた第一印象は、大統領が執拗《しつよう》に要求し、ケイリー自身もロシア側の捜査責任者が女性だと知ったときに、最初のうちは相手が女だからという理由で可能かもしれないと考えていたこと——すなわち自分が捜査の支配権を握ること——が、そう簡単にはいかないだろうというものだった。性差別的なところなどどちらりとも見せてはならないと肝に銘じたものの、あの胸の谷間は探検してくれと手招きしているのだろうかとも考えた。

「あなたが提供してくれたものを読む前に、手短に概要を説明してもらえるとありがたいんですがね」

「ベンドール自身は面会に耐えるほどにはまだ回復していません」と、オルガはいった。この前よりははるかにいい下稽古《したげいこ》をしてあった。「これまでに、わたしは彼の母親を二度事情聴取しています。ここに保護拘束されているんです。一度目のときは口を濁していましたが、二度目のときには——今朝のことです——きちんとした受け答えをしはじめました。今回のようなことをベンドールが単独でできるとは、わたしはまったく考えていません。お渡ししたものを読んでもらえばわかると思いますが、彼は火曜と木曜、定期的に何かをしています。わたしの考えでは、そこに何か大きな意味があるはずなんです……」

「会合をもっていたということですか？」

「母親はその二日を強調していましたね」

「彼女も関わっていると、そう考えているんですか？」ケイリーは香りの強い葉巻を入れたケースを取り出した。「吸っちゃまずいですか？」

本当はまずかったが、オルガはいいえと首を振ってその頼みを受け入れた。「直接関わってはいないかもしれません。しかし、これまでにわたしに話してくれている以上のことを知っているように思われます」いまやオルガは、この話し合いをどうコントロールするかだけでなく、これからこの奇妙なトロイカ――彼女とチャーリー、そしてケイリー――をどう御するかについても、はっきりとした考えを持っていた。これに先立つあのイギリス人との話し合いが自分に不利に終わったことを、実は――ほんのちょっとではあったが――感謝していた。いまの彼女は自分が相対するであろうものへの態勢を整え、十分な時間をかけて、自分のおかれている状況についての完全な評価を行なっていた。わたしは傲慢《ごうまん》になっていた、と彼女は気がついた。民警のなかで賄賂《わいろ》に蝕《むしば》まれている劣等な連中を基準にして人を判断していたせいだ。そういう基準には、チャールズ・エドワード・マフィンも、ジョン・ディーク・ケイリーも当てはまらない。この捜査を監督するためには自分たちのほうが能力も経験も力量もあって優れていると彼らが考えているのは、これっぽっちの疑いの余地もない。それでも、わたしはこの二人のそれぞれと一対一で競争することを恐れるものではない。クレムリンが一切包み隠さず彼らに情報を提供すると主張している以上、もしあのイギリス人とこのアメリカ人が共同して敵対してきたら自分は徐々に苦しい立場になっていくだろうが、その問題に対処するには、すなわち、自分を守り、願わくは有利な立場にいるためには、二人を対抗させて共同戦線を組ませないようにし、自分が漁夫の利を占めればいいはずだ。

「父親に関する記録があったはずですが」

「いま整理しているところです」

ケイリーが露骨に眉《まゆ》をひそめた。「いまだに？」

「今日の遅い時間には完成すると思います」

「目撃者についてはどうです？」

オルガは二人のあいだに積み上げられて小さな障害物となっているファイルを顎《あご》で示した。「それで全部です。母親がいったこととつながるものはまったくありません」馴《な》染《じ》みのない葉巻の臭《にお》いのせいで、何だか気分が悪くなったような気がした。

「ライフルもわれわれで鑑識検査をしたいんですがね」

「それもこちらで検査しているところです。間違いなく、完全な報告書をお渡しできるはずです」

「それでも、自分たちの目で凶器を見たいんですよ。それから、摘出された銃弾はありますか？」

「われわれのほうも、あなた方が持っておられる銃弾を見せていただきたいと考えています」と、オルガが応酬した。

もう少し強腰に出る潮時かな、とケイリーは判断した。「わがシークレット・サーヴィスが死んだわけですが、それは一人のアメリカ人がロシア司法権内でイギリス国籍を持つと思われる人間に殺されたということでもあります」

この男はどういう考えがあって、わかりきったことをいまさら口にしたのだろう？だが、その答えは相手の口からいわせればいいのだ。「複雑ですね」と、オルガは水を向けた。

「客観的にいって――われわれが常に客観的でなくてはならないのはまったく明らかですが――より重大なこの犯罪、つまり実際に起こった殺人事件には、一人のアメリカ人が関係しているわけです」これはおれが想像していたよりもはるかにうまくいきそうだぞ、とケイリーは考えた。

だが、オルガはそう簡単にことを運ばせるつもりはなかった。「三つの政府が全面協力に合意したのはいいことです」

「しかし、実際の共同作業のやり方を決める必要があるでしょう」と、ケイリーがその言葉に飛びついた。

「それがこうして会っている目的ですからね」

こいつはおれをおちょくってるのか？　「実際にはどういうやり方をすればいいと思いますか」

録音されているはずだったから、言葉には細心の注意を払う必要があった。「一緒にやることだと思いますけど」

「ここにはチャーリー・マフィンがいませんね」

チャールズではなくてチャーリーね、と彼女は記憶にとどめた。ケイリーとチャーリーが知り合いだとしても不思議はないが、どの程度の知り合いで、どのぐらい仲がいいのだろうか？　「まだすべてが完全に組織され、確立されたわけではありません」

「彼とはいつ会うんです？」

オルガが驚いた様子でためらった。「今朝、もう会いました。イギリス側は公式な領事面会を正式に認められました。もちろん、そこには母親も含まれています」

今度はケイリーが驚く番だった。彼は一瞬平静を失い、動揺していった。「あなたから聞いた話からすると、ここにあるファイルに目を通す前に彼女に会う必要がありますね」

「もちろんです」と、オルガは受け入れた。「でも、その前に外交的に考慮しなくてはならないことがあるのではないでしょうか。公式領事面会の目的は初期的な保護にあります。そして、わたしが彼女を保護拘束している理由も、結局はそれなのです。ですが、彼女は何らかの犯罪容疑で告発されているわけではありません。もっとも、現段階でわたしたちが持っている材料ではそれは不可能ですが……」

「彼女に会わせないということですか？」と、ケイリーが激しすぎるほどの口調で訊《き》き返した。

「まさか！　わたしはただ多少の外交的な協議が付加的に必要ではないかと提案しているだけです……たぶんあなた方の大使館のあいだか……あるいは単にチャーリーとあなただけでいいのかもしれませんが……」オルガはそこで肩をすくめた。「これから遭遇するであろう問題について話し合うべきではないんですか……」彼女はこのアメリカ人に対する不安を払拭《ふっしょく》しつつあった。あのイギリス人よりははるかに御しやすいはずよ。一時はジョン・ケイリーを操るために自分の肉体を使わなくてはならないのではないかと覚悟したけど――おそらく、彼には葉巻の臭いが染《し》みついているはずだ――その必要はなくなったんじゃないかしら。

「本当に彼女を保護拘束しておく必要があるんですか？」

オルガはその質問に対して完璧《かんぺき》な準備を整えていた。「彼女の息子に共犯者がいるとしたら、まず絶対にその必要があるでしょう」

「しかし、私が彼女と会って話を聞くことには反対されない？」

「イギリスが反対しない限り、わたしが反対することはありません」オルガはそこで間をおいた。「わたしたちは三人で会う必要がありますね……いくつかのルールを決めるために……」

「まったくその通りです」と、ケイリーが同意した。この話し合いは何一つとして成果を上げられないまま、とてつもなくろくでもない結果に終わった。それに、彼は二時間足らずのうちに、ワシントンにいる長官と直接話をしなくてはならなかった。

オルガ・メルニコワががっかりしたことがあるとすれば、ケイリーが帰るとすぐに灰皿を片づけ、オフィスの窓を全部開け放ったにもかかわらず、彼がそこにいたという形跡を消すのに手間取ったという一点だった。国防省からの使者がジョージ・ベンドールの軍の記録をもってやってきたとき、彼女はまだケイリーとの話し合いについて考えていた。

そのとき、町の反対側では、チャーリーがじりじりしながら待っていた外交郵袋《ゆうたい》がイギリス大使館に到着した。その中身にがっかりさせられるとは彼は思っておらず、心の準備もできていなかった。もしできていたら、それを読みはじめる前にアン・アボットに電話をしたりはしなかった。

チャーリーが依頼していた鑑識検査の結果は、三つの部分に分かれていた。実際の弾道、テレビ音声を録音したものからの音声測定、そして最後に、専門家の評価である。辛抱できないほど気持ちが逸《はや》っていたにもかかわらず、また、その検査結果に確信があったにもかかわらず、彼は自分が提起した順番にそれに目を通して、疑問の答えを得ることにした。

最初の部分は二ページ足らずで終わっていて、味も素っ気もない数字が並んでいるだけといってよかった。ドラグノフというのは、一九六〇年代後半にソヴィエト陸軍に導入された、照準望遠鏡装着型のソヴィエト製SVD狙撃《そげき》ライフルの西側の呼称だった。それはカラシニコフAKを基にしたものであり、高度な正確性を確保するために二十世紀初頭に開発され、いまや時代遅れになったリム（訳注　薬莢の底の縁が薬莢本体の直径より少し出っ張っている形状）付きの七・六二ミリ実包を使わなくてはならなかった。その弾丸は本来ボルト‐アクション式のモシン‐ナガン・ライフル用のものだったが、もはやロシア陸軍はそのライフルを制式採用していなかった。SVDはガス圧式のセミ‐オートマティックで、十発入りの弾倉を装着していた。その民間仕様のもの——メドヴェド——もあって、それには通常はスポーツ用の九ミリ弾丸が使われていた。そして、最後に写真と各パーツを詳しく描いた断面図が添えてあった。チャーリーはすぐに、ベンドールとカメラマンが取り合いをしていた武器が軍用モデルであると特定した。

アン・アボットが期待の笑みを浮かべて入ってきた。「どう？」

「まだ収穫はないな」といって、チャーリーは自分が読み終わった報告書を彼女に勧めた。

銃声の相異に関する評価は最初の部分より長く、もっと専門的だった。それはともに正確性を認められた二つの音響測定法――一平方メートルあたりのニュートン（訳注　質量一キログラムの物体に毎秒一メートルの加速度を起こさせる力）によるパスカル（訳注　一平方メートルに一ニュートンの力が作用する圧力）の変化を測定する方法と、一平方メートルあたりのワット数が作り出す音量を測定する方法――を使って行なわれていた。最もはっきりと記録されたのは、予想したとおり、モスクワのＮＴＶから録音した音だった。二発は十八アコースティカル・オームを、二発は二十、一発は二十一アコースティカル・オームを記録していた。アメリカの二つの放送局――ＮＢＣとＣＢＳ――の音のなかで最も高い反響を示したのは、最初の二発が二十オーム、一発が二十八、二発が三十三だった。カナダのＣＢＣは一発が二十五、次が二十六、二発が三十五を示していた。カナダの録音テープは五発目を測定するのに音質を最大限に上げなくてはならなかったが、その結果は四十二という数値になって表われていた。

チャーリーは一ページ読み終えるごとに、その報告書を黙ってアン・アボットのほうへ押しやった。彼女は顔も上げずに、それを順番通りに机の片側へ重ねていった。チャーリーは完全な、そして、できる限り科学的な分析を依頼していたのだが、以前から予想していたことがあった。その答えは最終的な合計をしてみればわかるに違いないと判断して、彼はその作業に取りかかった。

その五発は八・五秒のあいだに発射されていて、チャーリーが素人計算《しろうと》をした時間よりいささかも長くなかった。鑑定は凶器として使われたロシアのライフルの軍用と民間用の両方を使い、別々の二カ所のイギリスの射撃訓練場で別々のときに二回、大統領グループが集まっていたときと同じ大きさのNTVのテレビ・カメラ塔とホワイトハウスの演壇を距離も高さも変わらないように組み立てて、三人の狙撃兵によって行なわれていた。二回とも六・七五秒で射撃を完了していたが、そこには二人の大統領とアメリカ大統領夫人を確実に殺したうえ、死んだアメリカのシークレット・サーヴィスとロシアの民警を狙撃する時間も含まれていた。

結論は、一人の訓練された狙撃手がセミ－オートマティックのドラグノフで五発の銃弾を発射し終えるのは実際に八・五秒あれば十分に可能で、チャーリーの仮説は素人の解釈としては理解できるが、それは銃声の変化から誤って導き出されたというものであり、二人目の狙撃者が別の場所から発砲したことにはならないというのが弾道専門家の意見だった。銃声の大きさが異なっている原因としては、全銃弾が発射されたテレビ・カメラ塔からそれぞれ異なった距離に五台のカメラが配置されていたからではないかと考えられていた。また、銃声の大きさの違いは個々の標的に狙《ねら》いを定めるためにテレビ・カメラ塔の上で移動したことにも影響されていて、NTVの集音マイクが一番近くにあり——しかし、カメラ自体は音声を拾うようにできておらず、集音マイクからも離れていた——カナダの集音マイクが一番遠くにあったからだともいわれていた。

チャーリーが待っていると、アン・アボットが報告を読み終え、笑顔でチャーリーを見ていった。「やっぱりわたしが彼を首尾よく弁護して、有名になるのを邪魔してくれてるわね。残念ね、チャーリー」

「この報告書が間違ってるんだ」と、チャーリーはいった。

彼女が眉《まゆ》をひそめて彼を見た。「チャーリー!」

「銃声の大きさが違うのは、あの男がNTVのテレビ・カメラ塔の上で移動したからじゃない。そんなことができるほどあそこは広くなかった」

「でも、彼らが科学的に突き止めたのはそのことだけじゃないわ」

「そのことが間違ってるんだ」

「あなた、鑑定の材料は全部ロンドンへ送ったんでしょ? それを基に計算すべき、五台のカメラの位置も教えたんでしょ? だったら、反論できないわよ」

いや、できる、とチャーリーは考えた。だから、反論してやる。「ジョージ・ベンドールが高度な訓練を受けた狙撃手だというのは、仮定に過ぎないんだ」

「彼が実際にそうだとしたら……あるいは、そうだったとしたらどうするの？」

「あいつはテレビ局の使い走りだったんだぞ！」

「でも、陸軍にいたことがあるわ」アン・アボットは当惑した——自分が間違っていると圧倒的に証明されているというのに、この人はどうしてここまで自分の考えに固執するの？

「まだロシア側から手に入れていないものが山ほどある」

「そうだとしても、この鑑定結果を左右するようなものは何もないでしょうね」と、アンはいい張った。

「待ってればいい。そのうちわかるさ」それにしてもどうして、とチャーリーは訝《いぶか》った。おれは自分が間違っているかもしれないとこの弁護士に認めにくいんだろう？　そのときほっとしたことに、ドナルド・モリソンが入口に姿を現わした。

「たったいま、あのＣＩＡと昼飯を食ってきましたよ」と、年下の男が宣言した。

「それで？」と、チャーリーは期待して先を促した。

「サルティンボッカがうまいということを除けば、ジョーダンのいってるのはたいてい嘘《うそ》でした」

オルガ・メルニコワの判断では、ゲオルギー・グーギンというロシア名で登録されているジョージ・ベンドールの軍の記録が、彼を告発するうえで重要かつ有罪を決定的にする部分を形作るはずだった。彼は合計で八年間軍務についていて——それはオルガが想像していたよりも長く、あの愚かな母親が教えてくれなかったことの一つだった——そのうちの二年は東ドイツに、一年半はアフガニスタンに派遣されていた。そして、基礎訓練中に狙撃手としての適性が明らかになったために専門家養成コースへ送り込まれ、入隊して二年後には、SVDライフルによる第一級狙撃手の資格を獲得していた。アフガニスタンでは確実に十人を殺したと評価され、さらに三人についても、ほぼ彼が射殺したものと判定されていた。確実に殺したうちの四人は、タリバン体制形成期の上級指導者と認定された。

精神状態に問題が生じたのではないかと思われる最初の兆候が現われたのは、アフガニスタンにいるときだった。カブールで六週間留置されていたが、それは記録によると、逆上していわれなく分隊の仲間に襲いかかり、その顎《あご》の骨を砕いたからだった。ほかにも三件の暴力関連の懲戒報告があり、その一件はアフガニスタン人を巻き込んだものだったが、刑務所送りにはなっていなかった。また、ロシア軍少佐に致命的な銃弾を浴びせた四人の容疑者の一人として名前を挙げられており、その事件に関しては一人の兵士は最終的に有罪を宣告されていて、ベンドール自身も捜査のあとで狙撃部隊から一時外され、二度と復帰を認められていなかった。さらに、九回も泥酔《でいすい》を咎《とが》められていたが、そのうちの二回は軍の輸送車両のディーゼル燃料を水で薄めて飲んだというもので、その結果、痙攣《けいれん》を起こして病院へかつぎ込まれていた。アフガニスタンから戻ったあとはオデッサの駐屯地にいたが、そこでついに軍法会議にかけられ、六カ月の懲役を宣告されて、軍を追い出されていた。容疑は民間のタクシー運転手を力ずくで襲い、強盗を働いたあげくに片目を見えなくさせたというものだった。

オルガがその一件書類について複数のコピーを取るように指示した直後、上階のオフィスにいるレオニード・ゼーニンから内線電話がかかってきた。「連邦保安局はジョージ・ベンドールについての記述を、彼の父親に関するKGBのファイルにまったく見つけられないでいるぞ。大半が行方不明になっているみたいだ」

「わたしはたったいま、陸軍からジョージ・ベンドールの記録を手に入れました。それがあれば、彼を告発するのにKGBの記録はほとんど必要ないと思います。あの男は凶暴な酔っぱらいの狂信者です」

「しかし、それはさして決定的な材料にはならないんじゃないか？」

「そうですね」と、彼女はその前のゼーニンとの会話を思い出して同意した。「それで、どうなさるつもりですか？」

「アメリカやイギリス側とはうまくいっているのか？」と、ゼーニンが訊《き》いた。

「十分うまくいっています」オルガはちらりと動揺した。

「彼らはＫＧＢの記録を見せろといっているのか？」

「はい」

「全面的な協力をしろという命令だ。われわれ――いや、ＫＧＢの後継機関というべきだな――が、それをあいつらに見せられない理由を明らかにしないでおくわけにはいかないだろうな」

でも、とオルガは落ち着かない気持ちで考えた。それを明らかにするのはわたしの役目よね。

「あんたのいったとおりだな、チャーリー。ほんとに凄《すご》い眺めだ！」河岸《かし》の向こうでは、夏の太陽がダイヤモンドをちりばめたようにモスクワ川をきらめかせ、遊覧船がそれに彩《いろど》りを添えていた。

「オクロフの議会《ドゥーマ》演説だが、テレビで見たか？」きのうのもてなしのお返しに、チャーリーは二人が向かい合っている机の上にアイラ・モルトをおいていた。

「ピョートル・チクノフが、舌鋒《ぜっぽう》鋭くオクロフの痛いところをついていたようだったな」

チャーリーも同じ印象を抱いていた。「警備のゆるみをワシントンに突かれているんじゃないかと、推論ではあるにしても、かなりはっきりいっていたな」

「その発言に関しては、賛同する者は一人も出てこないと思うがね」

「それはお前さんの外交官としての意見か？」

ジョン・ケイリーが首を振った。「私見だよ。あんたはどう考えてるんだ？」

「いまはまだ何ともいえないな」

「今日の午後、あの女大佐と会ったんだ」

そっちへ話をもっていこうとしてるんだな、とチャーリーは推測した。こいつはバート・ジョーダンがドナルド・モリソンを相手にしてやってみせたよりも、多少は抜け目のないやり方をするだろうか？　あの男が嘘をついたのは、つまり、ピーター・ベンドールが亡命してからはＣＩＡは彼を捜そうとしなかったといったのは愚かなことだ。あのときも事実上の合同作戦だったのだから、イギリス側のファイルにも記録が残っているに決まっているではないか。チャーリーはいった。「その感想は？」

「美人だし、胸もでかいな」

「仕事に関してだ」

「一回会っただけじゃ判断は難しいな。仕事のやり方を決める必要があるという点では一致したがね」

「彼女は何か提案したのか？」

「いや、手元にある資料を全部くれただけだ。たぶん、あんたにも同じものを渡したんだろうな」

「そうだといいがね」

「二回目の母親の取り調べは、一回目よりもうまくいったんじゃなかったのかな」と、ケイリーがほのめかした。

なかなかやるじゃないか、とチャーリーは認めた。それをまだ見ていないことを認めるべきか、それとも、ブラフをかけてみるべきだろうか。「オルガはどう考えていたんだ？」

「何かがあるかもしれないといっていたよ」

「お前さんもそう思ってるのか？」

「全部にきちんと目を通してみるまでは何ともいえないな。ところで、あんたがどう考えてるかをまだ聞いてないぞ」

切り札を切ってみる頃合いだ、とチャーリーは判断した。「自分で彼女に会うまでは、偏見は持たないでいるつもりだ」

「それが一番だろうな」

「おれもそう思うよ」

「明日でいいかな？」

タイミングはいいが戦術が誤ってる、とチャーリーは判定した。「いいとも」

「お互いがこうなるのがいいんだ」と、ケイリーが実際に人差し指に中指を重ねて成功を祈る仕草をして見せた。

「情報は一つ残らず提供するよ」と、チャーリーは請け合った。

「おれがあんたと一緒に行くというのはどうだろう」

そんなのは自暴自棄も同然の行為だ！　「これはイギリスの公式領事面会で、外交に属するんだ。おれだって渋々同行を認められているに過ぎないんだ」リチャード・ブルッキングが同行しないのでは、外交に属するとはほとんどいえなかったが、ケイリーがそれを知るはずはなかった。

「わかってるのか？　おれには大統領の圧力がほぼまともにかかってるんだぞ」

「情報は一つ残らず提供するといったじゃないか。それ以上はできないよ」

「そこを何とかしてもらえるのを期待していたんだがな」何とかしてやらないとやばいかもしれないぞ。「おれはジョージ・ベンドールの母親と会ったあとで、オルガのところへ直行する。そのときに、三人で仕事のやり方を決めればいいんじゃないか？」

「がっかりだよ、チャーリー」

まさしくそれこそが、この男に対してオルガ・メルニコワ大佐の目論《もくろ》んでいることではないのか、とチャーリーは推測した。

ウォルター・エイナンデールはリモコンのスイッチを乱暴に押してヴィデオを切り、それまで見ていたアレクサンドル・オクロフの議会演説の一部始終を画面から消した。

「今度の事件のすべてがわたしの個人的な責任にされてるじゃないか。しかも、私の妻が大怪我《おおけが》を負ったことまで含めてだ。いったいどういうことだ！」

「それは極端な解釈というものでしょう」ウェンドール・ノースがたしなめた。無事に処理されて二度と出てくることがないのを願っていた警備上の過失がふたたび持ち出されて、彼は落ち着かない気分だった。

「アメリカには極端を期待している連中がいるんだ。それはわかってるだろう！」

「確かに、オクロフはあそこまでいう必要はありませんでした」と、首席補佐官は引き下がった。

「あの男を捕まえて……名前は何といったかな……？」

「トリシンです」ノースは教え、どうして大統領はあの男の名前を憶《おぼ》えられないのかと訝《いぶか》った。

「そうだ、トリシンだ。あいつに、ロシア大統領代行がたったいまいったことは気に入らないと伝えてやれ……何から何まで、まったく気に食わんとな……それから、わが広報担当に指示して、われわれに随行しているメディアにたいしてだけでなく、ワシントンにも働きかけを開始するよう指示しろ。もしオクロフが汚ないやり方をするというなら、私だって反撃してやる……あいつの拳《こぶし》を砕いてやるからな……」

「ロシアが責任逃れをしようとしていると示唆《しさ》することはできるでしょう。実際にその通りですから」と、ノースは提案した。

「それでいいだろう」と、大統領が同意した。

「しかし、雰囲気をよくすることにはなりませんよ」と、ノースはほのめかした。

「もはやよくすべき雰囲気などどこにもない」

取り返しがつかないほどに関係が悪化するような兆候を見せることは、双方にとって依然として致命的になるおそれがあるが、とノースは判断した。いまは外交だの妥協だのについて話すべきときではないだろう。「私はすでに四人の整形外科医と直接話をしました。みな腕神経叢《わんしんけいそう》の専門家で、マックス・ドニントンの推薦による医師たちです。ドニントンは大統領夫人の状態について、レントゲン写真も添えて完全なカルテを書き上げています。今日、それをアメリカへ発送するつもりです……それから、ベン・ジェニングスの遺体も帰国させます」

「どういう段取りになっているんだ？」

「海兵隊の葬送担当員が大使館から空港まで棺《ひつぎ》を運び、アンドルーズ空軍基地では儀仗《ぎじょう》兵《へい》が迎える手筈《てはず》を整えてあります」

「彼は結婚しているのか？」

ノースがうなずいた。「子供が二人います。ともに大学生です」

「私が自分で悔やみの手紙を書くべきだろうな」

「原稿はすでにできています」

「副大統領に葬儀に参列させるか」

「それがいいと思います」

「では、そうしてくれ」

9

ヴェラ・ベンドールの靴には靴紐《くつひも》があったから、ブラジャーも返してもらったのだろうと思われたが、編み方の粗末なカーディガンの下の胸は形が崩れたままだった。白髪《しらが》混じりの髪は手で梳《と》かした程度らしく絡《から》まり合ったままだったし、化粧もしていなかった。顎《あご》の下には泥か埃《ほこり》の染《し》みがつき、両手は汚れて、縁が黒くなった爪《つめ》は、もう少しで血が出るまでに嚙《か》み切られて奇妙な形に変形していた。靴紐を結んでいるにもかかわらず、彼女は引きずるような歩き方で取調室へ入ってきた。今度は何が起こるのだろうかという未知の恐怖に押しひしがれていることを、丸まった背中が示していた。チャーリーが立ち上がると彼女は不安げに足を止め、空いている椅子《いす》を差し出されると当惑したように下唇を嚙んだ。

「すみません」と、ヴェラが慌《あわ》てて謝った。

「怖がらなくてもいいんですよ」と、アン・アボットが英語でいった。「わたしたちは大使館の者です」

「どうか助けてください」とたんに、ヴェラが哀願した。「そのつもりです」と、アンが約束した。「わたしたちはそのためにここにきたんですから」

「われわれもあなたに助けてもらいたいんですよ」チャーリーはヴェラ・ベンドールが英語で答えたので自分もそうすることにし、小型のポケット・レコーダーを取り出していった。「全部録音します。いいですね？」

ヴェラ・ベンドールが依然として丁寧に肩をすくめた。「はい、たぶん」

彼女が連れてこられるのを待っているとき、アンがレフォルトヴォ内部の状態の劣悪さに怯《おび》えて、そのことを口走ろうとした。チャーリーは首を振ってそれを制したが、ロシア側の録音装置が隠されていそうな場所を探す手間をかけたりはしなかった。もし標準型の魚眼レンズを装着したカメラが天井灯の周辺に設置してあるとしたら——そこに隠されているのが普通だった——チャーリーがアン・アボットに送った身振りの警告は、おそらく見逃されていなかった。その取調室は機能一点張りの殺風景さで、中央にテーブルがおかれ、硬い背の木の椅子が三脚あるだけだった。ドアは鉄製で丸い覗《のぞ》き穴がついており、壁には呼出し用のボタンが埋め込まれていた。室内はほとんど面食らうほど妙に静まり返っていて、外へ音が漏れないようにしてあるだけでなく、内部でも音を吸収しているかのようだった。刑務所特有の、小便や悪くなった食べ物、洗ってない身体《からだ》、腐敗物などが発する悪臭がこもっていたが、チャーリーの考えでは、そこにはおそらくヴェラ・ベンドールのものも混じっているに違いなかった。

「ジョージのことを教えてもらいましょうか」と、チャーリーは促した。しかし、オルガ・メルニコワの一回目の聴取が不調に終わったことも、それよりはましな結果になった二回目の聴取のことも――彼女がまだいまのところ手に入れていないその録音記録を、チャーリーはゆうべナターリヤにもらってほかの資料とともに確認していた――知っている素振りを見せないように用心しなくてはならなかった。また、この面会でアン・アボットの質問者としての技量がどんなものかわかるはずであり、チャーリーはそこにも興味があった。

ヴェラ・ベンドールは息子が何を計画していたかも、何をしていたかも知らないともどかしげに否定し、自分は断じて何の関係もないし、母親と息子という関係がまったく機能不全に陥っていたのだとくどくどといいつづけたが、そこにはオルガ・メルニコワに話した内容が事実上すべて含まれており、火曜と木曜の夜に決まって家を空けたことも、アン・アボットの質問に対する答えのなかに現われていた。

「あなたはロシアに住んでいることをどう思っていましたか？」と、チャーリーはやさしく探りを入れた。「ジョージと同じぐらい、嫌だと思っていましたか？」

「それほどではないと思います」

「しかし、好きではなかった?」

「わたしは長い時間をかけて順応したんです。それ以外にどうしようもありませんでしたから」

「あなたはイギリスで学校の先生をしていたんですよね」と、チャーリーはイギリスの記録を思い出して訊《き》いた。

「そうです」

「ピーターが亡命したために、強制的に辞職を余儀なくされたんですか?」

「いいえ」

「どうしてピーターのあとを追ったんです?」と、アンが割って入った。

「わたしはあの人の妻でした。ですから、そうするのが義務だったんです」

「彼はあなたを捨てたんですよ。あなたとジョージを」と、アンがさらに追及した。

ヴェラ・ベンドールが物憂《ものう》げにまた肩をすくめた。「そうするのが正しいと考えたのです」

「ジョージはわずか五歳でしたね?」と、チャーリーは指摘した。もしその必要が生じたら、サーシャは住み慣れたロシアを離れるのを嫌がるだろうか?

「いいえ、まだ四歳半でした」

「では、彼はイギリスのことをほとんど憶《おぼ》えていないんではないですか?　ここの生活と較《くら》べようがなかったはずでしょう」

ヴェラが眉《まゆ》をひそめてその質問を考えた。「そうですね」と、アンがチャーリーの方向に沿って訊いた。

「彼はなぜロシアへの嫌悪《けんお》を募らせたんでしょうね」

その質問に、ヴェラは――いまはその面影はなかったが、かつてはさぞ精彩を放っていただろうと思われた――すぐに答えなかった。「たぶん、ピーターとわたしのせいだと思います」

「どういうことですか？」と、チャーリーは訊いた。

「わたしがこっちへきて以来、夫婦仲がうまくいかなくなったんです。わたしがこなかったほうがどんなによかったかと、口論ばかりしていました。当時は、わたしとジョージはうまくいっていたんです……あとでそうではなくなりましたけど。あの子はよくわたしの味方になってくれました……たいていいつも、そうだったように思います……わたしの記憶ではそうなんです。わたしとジョージ対ピーターという図式で……毎日……」辛《つら》い記憶が蘇《よみがえ》ったらしく、途中で言葉が途切れた。

「ピーターがイギリスへ戻りたがっているという話というか、噂《うわさ》のようなものがありましたが？」

「わたしはジョージを連れて帰りたいと思っていました」

「ピーターはどうでした？」

「帰りたがっていたかもしれませんが、わたしにはよくわかりません」

「どうしてあなたとジョージだけでも帰らなかったんです？」

「あの人たち？」いまやチャーリーだけが質問し、アンは沈黙していた。

「ピーターが協力して仕事をしていた人たちです」

「KGBですか？」

「そうです」


靴に押し込まれているチャーリーの足が、ぴくりと痙攣《けいれん》した。彼はゆうべ、ナターリヤがルビヤンカから自宅へ持ち帰ってくれたレコーダーの上に一時間以上屈《かが》み込んでいたのだが、驚いたのは、そういう録音装置を持っているにもかかわらず彼女が一切調べられもせずに受付を通り抜けられたことであり、スパスキーのオフィスに隠し録《ど》りを防ぐための全可聴周波数攪乱《かくらん》装置が設置されていなかったことである。チャーリーの勘――そして、二度目の足の痙攣――が、ピーター・ベンドールについてのKGBのファイルに欠落があるのは、たまたまそうなったのではないと知らせていた。「ピーターから、あるいは彼が協力していたロシア側の一人から、あなたはイギリスへは戻れないのだといわれたことはありませんか？」

「ピーターからいわれました」

彼女の声にためらいがあることに、チャーリーは瞬時に気がついた。少しずつ、忍び足で進む必要があった。「ピーターからだけですか？」

「ロシアの民警の大佐にもお話しした通り、最後の数年間、ピーターはときどきフトルスカヤ街の自宅で仕事をしていました。あのころの喧嘩《けんか》は本当にひどいものでした。ジョージは十六歳か十七歳になっていましたが、ピーターの言葉は信じられないし、自分たちを捕虜にしつづけているんだといいました。あるとき、あの人たちがピーターに会いにきて、そのうちの一人がジョージを部屋に連れていったんです」

ヴェラがレコーダーの隣りにおいてある水差しを見た。チャーリーは黙ってグラスに水を注いでやった。

「その部屋で何があったか、ジョージはあなたに話しましたか？」

「その男が、ジョージにやってもらわなくてはならないことがあるといったそうです。でも、ジョージはやるつもりはないと答えたといっていました」

「それはどんなことだったんです？」

「教えてくれませんでした」

「訊かなかったんですか？」

「はい」

この女はどうして自分の身に起こったことから目を逸《そ》らし、黙ってそれを受け入れるんだ、とチャーリーは激しい欲求不満を感じた。「彼は何といったんです？」

「自分はピーターのように弱くはない、いまにびっくりさせてやるといいました」

「ピーターも、彼らと一緒にその部屋にいたんですか？」と、チャーリーはさらに追及した。

「はい」

「では、彼はそれが何であるかを聞いていたはずですね」

「たぶん聞いていたと思います」

「ピーターには尋ねなかったんですか？」と、今度はアンが訊いた。

「わたしの知ったことじゃないとはねつけられて、もう手遅れだし、もしここにいたくないのなら、そもそも自分を追ってくるべきではなかったんだといわれました」

もしナターリヤが西側のどこかでおれと一緒に暮らすためにサーシャをロシアから切り離したら、おれとナターリヤの関係も最終的には破滅的に崩壊するのだろうか、とチャーリーはまた考えた。そして、ほとんど即座に否定した。いや、そんなことはないはずだ。どう考えてみても、われわれとベンドール一家を同一には論じられない。あまりに環境が違いすぎる。「ジョージはそれを受け入れたんですか？」

ふたたび、ヴェラ・ベンドールが諦《あきら》めたように肩をすくめた。「そのときから問題が起こりはじめました」

「どんな問題ですか？」と、アン・アボットが訊いた。

「学校へ行かなくなり……お酒を飲みはじめ……ついには盗んだ車で事故を起こしたんです。でも、車の運転ができなかったから、窃盗罪での告発は免れました。ロシア名を使うようになったのもそのころからで、自分のことはゲオルギーと呼べといい張りました……」

「ロシアの名前は使うけれども、ロシアは好きではなかった？」チャーリーはすでに答えを知っているにもかかわらず、敢《あ》えて尋ねた。盗聴されていれば、彼らはその質問が発せられるのを当然予想しているはずだった。

「もうジョージ・ベンドールでいるのは嫌だということでした」

「それは突然のことだったんですね？」と、アン・アボットが念を押した。

「そうだったと記憶しています」

「当然、あなたはそのことについて……つまり、どうしてそうなったかという理由について、考えたはずですね」

ヴェラが薄い笑みを浮かべた。「ええ、考えました。馬鹿馬鹿《ばかばか》しいかもしれませんが、あの子は素行を悪くすると放り出してもらえるんじゃないかと……この国から追放してもらえるんじゃないかと考えたんじゃないでしょうか」

「それをたしなめようとしましたか？」

「直接にはしていません。一度だけ、そんなことをしてもうまくいかないだろうし……前科が残るだけだと諭《さと》した記憶はあります。それに対する答えは、何のことだかわからない……どっちにしても、どうでもいいんだというものだったと思います」

「彼とフトルスカヤ街にきていたKGBは、それからも接触をしていたんですか？」

ヴェラがうなずいた。「また、同じ人がやってきました。そのときは、ピーターは彼らと部屋に入りませんでした。やがてほかのKGBの人たちがやってきて、息子を精神科医に連れていったんです。そのあとしばらくは、息子も落ち着いていました。でも、外にいることがほとんどでしたけど……つまり、家に帰ってこなかったんです」

「その精神科医というのはだれですか？」

「知りません」

「でも、彼が精神科医に診てもらっていたのは知っているじゃないですか？」

「そのことはピーターが教えてくれたんです。それが一番いいんだと、彼はそういいました。あんな大馬鹿者を産んだお前が悪いんだと」

「ジョージの素行はよくなったままでしたか？」

「わかりません。あのころは十八歳になっていたはずですが、軍に入ったんです。それ以後はわたしもピーターも、ほとんど、まったくといっていいほど息子に会っていないんです」

チャーリーは口を開こうとしたが、自分がジョージ・ベンドールの軍歴を知らないことになっているのを不意に思い出し、用心深く質問を変えた。「ジョージはどのぐらい軍にいたんですか？」

「長いあいだでした。数年に一回ぐらいしか連絡をくれませんでしたし、くれたとしても常にわたしに対してで、ピーターには一度もありませんでした。一番長く連絡がなかったのは二年間です。軍にいるあいだを通じて、息子が手紙をくれたのはせいぜい十回ぐらいではないでしょうか。それも、いつもお金の無心でした。長いこと、特に最後のほうは、息子はたぶん死んだのだろうと考えていました。ところが、オデッサの刑務所から手紙をよこしたんです。軍を追い出されたと書いてありました。そして、ある日、いきなり姿を現わしたというわけです」

「そのとき、ピーターはまだ生きていたんですか？」

「はい」

「彼は何といいました？」

「それを受け入れました。もう、かなり弱っていたんです」

「KGBは依然としてやってきていた？」

「滅多にこなくなっていました」

「軍から戻ったあと、ジョージはKGBのだれかとふたたび会ったりしませんでしたか？」

「憶《おぼ》えていません」

「軍をやめたあと、どんな仕事をしていたんです？」

「長いこと、何もしませんでした」

「では、フトルスカヤで暮らすためのお金をどうやってあなたに渡すことができたんでしょう？」と、アンが訊《き》いた。

「お金なんか渡してもらっていません」

「やはり、飲酒癖はつづいていた？」

「とんでもない大酒飲みになっていました。毎日、一日じゅう飲んでいたんです」

「お酒を買うお金はあなたが渡していたんですか？」

ヴェラがはっきりと首を横に振った。「そもそもお金なんかなかったんです。お酒を買うお金があるはずがありません。ピーターが死んでからは、月に三千四百二十ルーブルの年金が入ってくるだけでしたから」

それじゃ最後の一カペイカまでおろそかにできなかっただろうな、とチャーリーは思った。十六ポンド足らずじゃないか。「ジョージはどうやって酒代を工面していたんですか？」

「盗みを働いていたんですよ。たびたびシェレメチェヴォ空港へ行っては、旅行者のスーツケースを盗んでいたんです。それに、キエフやカザンといった鉄道駅の出発ターミナルとか、コムソモールスカヤの中央待合室でも同じことをやっていました。アパートには、いつでも西側の盗品がごろごろしていました。さすがに、それはやめてくれと頼みました。もし捕まったらアパートを追い出されるからって……」彼女が一瞬、また下唇を嚙《か》んだ。「きっと、今度はそれが現実になるんでしょうね。そうなるかもしれないと、あの民警の大佐から聞きました」

「それは私にはわかりません」チャーリーは多分そうなるだろうなと思いながら答え、急いで先をつづけた。「それで、彼は盗みをやめたんですか？」

ヴェラがうなずいた。「つい一年足らず前ですけど。そのころ、テレビ局で仕事をしはじめたんです」

「そうなった経緯は？」

「経緯も理由も、わたしにはわかりません。でも、ジョージはぷっつりと盗みをしなくなりました。それからずいぶんしてから、友人の医師に診てもらっていて、その人が力になってくれているんだと打ち明けてはくれましたけど。その人の名前は記憶にないんですが、あなた方がそれを知りたいと考えておられるのはわかっています。だから、思い出そうとしてみます。本気で努力しますから」

「仕事に関してはどうですか？」

「力を貸してくれる人に会ったといっていました。そのお医者さんのことじゃなかったんでしょうか」

希望の灯が見えてきたぞ、とチャーリーは思った。だが、絶対にことを急《せ》くなよ。

「それでも、依然として飲酒癖はつづいていたんですか？」

「仕事中はどうだったかわかりませんが、家にいるときは確かに飲んでいました。いつも酒瓶がごろごろしていましたから」

「どうやって手に入れていたんでしょう？」

「わかりません」

テレビ局からくすねてくるのはそう難しくないはずだ。「しかし、自宅に酒をおいておくぐらいの稼ぎは、間違いなくあったのではないですか？」

「そのようですね」

「ジョージに就職の世話をしてくれた人物とはだれですか？」

「教えてもらえませんでした」

「火曜と木曜に会いに行っていた人物である可能性はありませんか？　家に帰ってこなかったときは、その人物の家に泊まっていたということは？」と、アン・アボットが訊いた。

「あり得なくはないと思います」

「その人物もテレビ局で仕事をしていたとは考えられませんか？」

「そうだったとしてもおかしくはないんじゃないでしょうか」

「それは男性でしたか？　それとも女性？」

「わかりません。ただ、息子にはガールフレンドもいませんでした。ですから、おそらく男性だったんじゃないでしょうか」

「ご主人に会いにきていたKGBの名前は何といいましたか？」

「あの人たちは名乗らなかったんです……紹介はされましたが、名前は抜きでした。それに、ピーターも教えてくれませんでしたし」

「一度も？」チャーリーはまさかと訝《いぶか》りながら訊き返した。

「はい、一度も」

「ご主人が亡《な》くなったあと、彼の書類などはどうなりました？」と、チャーリーはいま思い浮かんだ疑問を口にした。「ご主人は日記とか日誌とか……手紙などを遺《のこ》していましたか？」

「日記がありました。それ以外にも、書き物が遺っていました。あの人はいつでも書いていましたから」

チャーリーの隣りでアンが元気づくのがわかった。「それはどうなりました？」と、彼は訊いた。

「持っていかれてしまいました」と、ヴェラが短く答えた。「ピーターが死んだ日に、保安関係機関の身分証を持った人たちがやってきて、用事がすんだらすぐに返すからといって、一切合財持っていってしまったんです」

「返してくれたんですか？」

「いいえ」

「電話をかけて……どうなっているのか訊けるような人はいなかったんですか」

「はい」

「返してくれといってみましたか？」

「だれの機嫌も損ねたくなかったんです。わたしにはほかのアパートを見つけることもできないでしょうし……年金なしで暮らしていくこともできないでしょうから」

「ジョージは日記をつけていましたか……色んなことを書き留めたりはしていませんでしたか？」

「つけていたかもしれません。でも、あの子はわたしを部屋に入れてくれなかったんです。民警もアパートを捜索にきましたが……わたしはここへ連れてこられたので、彼らが何を持っていったのかはわかりません。それに、だれも何も教えてくれませんし」

アパートから押収されたジョージ・ベンドールの私物のことは、ナターリヤは一言もいわなかった。きっと、オルガ・メルニコワも話していないに違いない。「調べてみましょう」と、チャーリーは請け合った。

「お願いですから、ここから出してください」年老いたヴェラが出し抜けに口走った。「わたしは何も悪いことはしていません。いまは独房に入れられているんですが、あそこにはトイレもないし……身体《からだ》をきれいにすることもできないんです」

「出してあげますとも」と、アン・アボットが約束した。「あなたがこんなふうに拘束されるいわれはありませんからね」

あんまりやる気に逸《はや》らないほうがいいんだがな、とチャーリーは案じた。

「いまですか？　いますぐ、あなたたちと一緒に行けるんですか？」

「公式な釈放許可を取る必要があります。その手続きをしなくてはならないんですよ」と、法律家のアン・アボットがいった。

ヴェラの顔が一気に歪《ゆが》んだ。「もうお話しできることは全部お話ししました……わたしにできることは、これ以上何もないんです。お役に立てるようなことは何も知らないんです……」

「できる限りのことを、できるだけ早くやりますから」と、アンが慰めた。

ヴェラ・ベンドールの唇が震え、目から涙が溢《あふ》れた。「わたしを見捨てないでください……お願いだから、そんなことはしないでください」

「もちろんです」と、アンが保証した。

アン・アボットは刑務所の門をくぐるまで口を閉ざしていたが、一歩外へ出たとたんに息を吐き出し、大袈裟《おおげさ》な声でいった。「まったく！　あんなおぞましいところへ行ったのは生まれて初めてじゃないかしら！」

「そうだろうな」と、チャーリーはいった。

「わたしたちの話が録音されてるなんて、あなたは本当にそう思ってるの？」

「撮影もされてるよ」

「まったく！」と、アンが繰り返した。

「ロシアへようこそ」

「彼女をあそこに拘束する正当性なんかないじゃないの」

「そうだな」と、チャーリーは同意した。

「彼女を大使館へ引き取ることに、サー・マイケルは同意するかしら」

チャーリーは何を馬鹿《ばか》なことをいっているんだという目でアンを見た。「そんなことがあり得るなんて、一瞬たりと思ったことはないね」

「彼女はイギリス人なのよ」

「そうだとしても、亡命したスパイの妻であり、夫のあとを追って亡命した女であり、人殺しの母親でもある。ヴェラ・ベンドールはできる限り遠くへ追いやったままにされるんじゃないかな。大使は――それに、ロンドンもだ――できるだけ彼女には触らないようにしたがるはずだ」

「その程度の同情なのね」

「その程度の厳しい政治的現実があるということさ」

「でも、あそこよりはましなところを見つけてあげなくちゃ」

「幸運を祈るよ」

「ところで今日のことだけど、全体的な首尾としてはどうだったのかしら？」

彼女はおれの知っていることを全部知っているわけじゃない、だとしたら、何から何まで打ち明けるわけにはいかないぞ、とチャーリーは気がついた。「全体的にいえば、どうにかこれまでより多くの質問をし、そのうちのいくつかについて答えを得たということだ」だが、おれにはまだ口にしていない疑問があるんだがな。

「わたしもそう思うわ。それに、わたしたちはチームとしてかなりうまくやったんじゃないかしら」

確かに彼女の質問はすべて的を射たものだったな、とチャーリーは考えた。「回数を重ねれば、もっとよくなるんじゃないかな」

「実はお祝いに一杯奢《おご》ってもいいなと思ってたんだけど、気が変わったの。ヴェラ・ベンドールを助ける努力を優先すべきだもの」

「そうだな、また今度にしよう」と、チャーリーは同意した。アン・アボットとこっそり一時間ばかり飲むのはとても楽しいに違いないが、おれのほうにも優先すべきことがある。

「凄《すご》く悪いんでしょ？　あなたが教えてくれたよりも、もっとよくないのよね？」

エイナンデールは保護枠の下に横たわる妻の傍らで、その顔を見下ろした。二人は二十二年ものあいだ夫婦でありつづけ、彼が何度も誘惑に屈しそうになったにもかかわらず、幸福な結婚生活を送っていた。それに、私生活では常に妻に正直だったし、ルースも彼に対して正直だった。「腕の神経が損傷しているんだよ」

「だから感覚がないの？」いま、髪には軽く櫛《くし》が入れられ、顔もきちんと拭《ふ》いてもらって——軟膏《なんこう》も塗られていなかった——てかてか光ってはいなかったが、顔色は死人のように白いままだった。そして、無事なほうの腕には、血漿《けっしょう》と生理食塩水の点滴チューブがつながれていた。

「感覚は戻るの？」

「そうなんだ」

「治療は必要だ。アメリカへ戻ったらすぐに診てもらえるよう、もう専門家もリスト・

アップしてある」

「どんな治療なの？」

「神経を再建するんだ」

「銃弾のせいでこうなったの？」

「そうだ」

「再建できなかったらどうなるの？」

「絶対に再建できるように、世界一の名医に診てもらうんだよ」

「でも、彼らにもできなかったら？」ルース・エイナンデールが刑事弁護士のような執《しっ》拗《よう》さで食い下がった。彼女は結婚する前、まさにそれを職業としていた。

エイナンデールはためらい、唾《つば》を飲み込んだ。「そのときは、永久に感覚は戻らないだろう」

「完全に麻痺《まひ》したままなの？」

「そういうことだ」

「まったく使えなくなるということ？」

「そうだな」

ルース・エイナンデールは泣かなかった。突然の痛みに襲われたかのように一度顔をしかめただけで、すぐに無表情に戻った。そして、夫から顔をそむけたままでいった。

「わたし、子供のころにスケートをしていて脚を折ったことがあるの。十二歳かそこらだったんじゃないかしら。そのときでさえ、病院にいて考えたのは、骨がくっついても元に戻らないんじゃないか、普通には歩くことができず、死ぬまで脚を引きずらなきゃいけないんじゃないかって、そればかりだったわ」

「ぼくが治ると保証するよ」

「あなたはわたしの面倒を見なくちゃならなくなるのよ、ウォルト。しかも大変な面倒をね。わたし、きちんと動かない身体なんてほしくない……普通に見えない身体なんかいらないわ……」

「ぼくたちは治るまで諦《あきら》めないんだ」

「そうね」と、ルースが同意した。「わたしたちは諦めないのよね」

ロシア外務省はアメリカ大使館から歩いていける距離にあり、それはウェンドール・ノースとアメリカ国務長官にとって幸運だった。なぜなら、スモレンスカヤ・センナヤ・プロスカードが大渋滞し、結局は徒歩で行かざるを得なかったからである。

すでに二人のロシア人は、車がぎっしり詰まっているハイウェイを実際に見下ろすことのできるボリス・ペトリンのオフィスで待っていた。ノースが遅くなったことを詫《わ》びようとすると、外務大臣がそれをさえぎっていった。「窓越しにあなた方を見ていたんですよ。あの渋滞はいつものことなんです」

そのオフィスは天井から床まで全面が二重窓になっていて、外の音を完全に遮断していたが、ペトリンはそれでも、もっと奥の洞窟《どうくつ》のような部屋へ彼らを案内した。そこでは火のついていない暖炉の前にイージー・チェアとカウチが配置され、低いガラス・テーブルの中央にミネラル・ウォーターの瓶とグラスが整列していた。アメリカ側の二人は、外相が示したほうの席に腰を降ろして待った。

トリシンがいった。「あなた方の警護担当者が命を落とされたことについて、公式に哀悼の意を表したいと思います」その棺《ひつぎ》がシェレメチェヴォで帰還用の機に載せられる場面を、地元テレビ局はすでに大々的に報じていた。

ノースはうなずいただけで何もいわず、ジェイムズ・スカメルも口を閉ざしたままだった。

ペトリンがつづけた。「助言者も秘書官も同席させないという条件に同意してもらえて何よりです」

アメリカ側は依然として沈黙しつづけた。

「政治的には、そろそろ前に進まなくてはなりません」と、ロシア側首席補佐官が切り出した。「その点についても、同意してもらえるものと確信していますが？」

「前に進むといわれても、この状況ではどういう動き方ができるのか、私にはよくわかりませんな」と、スカメルがようやく口を開いた。

「条約はすでに締結されるばかりになっているではありませんか」と、ペトリンが主張した。

「交渉の最終段階に到達したというに過ぎません」と、スカメルが解釈を制限した。

「残っているのは容易に解決できることばかりでしょう」ペトリンが食い下がった。

「われわれの見解はそうではありません」と、ノースが反論した。「あなた方の大統領は生きてはおられるが、職務の遂行ができない状態にある――」

「しかし、アレクサンドル・ミハイロヴィチ・オクロフは法的に認められた大統領代行であり、ロシア憲法で決められているとおり、すべての大統領決定を行なう力を与えられています」と、トリシンがさえぎった。

「法的に認められた現職大統領が永久に職務を遂行できなくなったり、あるいは死亡した場合、ロシア憲法下での選挙を速やかに行なうことも要求されています」と、やはり十分な予習をしているノースが、最後まで自分の意見を述べた。

「選挙を特に前倒しすることはありません」と、トリシンが抵抗した。「それはすでに行なう予定になっています」

「あなたたちに都合のいい状況下ででしょう」と、スカメルが突っぱねた。彼はアメリカ大使館で、あらかじめ憲法の専門家から説明を受けていた。「これはわれわれの助言ですが、選挙の前に何であれ公式に調印することを考慮するのは法的に危なっかしいし、双方が拙速に陥るおそれがあるでしょう」

ロシア側が目に見えて硬化した。

「では、どうすればいいと考えておられるのですか？」と、トリシンが硬い口調で訊《き》いた。

「今回の不幸な事件を遺憾に思い、いまだ生きている人々の全快を希望するという共同声明を発表するのです。そのなかで、今回の事件が条約交渉を危うくすることはいかなる意味においてもなく、交渉は続行されると保証するのです」と、スカメルが淀《よど》みなく述べたてた。

「ロシア連邦共産党を挫《くじ》くためには、どうしても調印された条約が必要なのです」と、ペトリンがいい張った。「われわれは最初からそう理解しているし、また、同意もしています」

「選挙までの下準備のあいだに、私がロシアへきつづければいいでしょう」と、スカメルが申し出た。「そして、たった一つのことをはっきりといえばいいんです」

「この条約はわれわれと同意するものであって、共産党と同意するものではない、ということをですね」と、トリシンがその言葉の続きを引き取った。

そのシナリオはノースが書いたものであり、彼はそれが詳しく披露されるのを黙って聞きながら、満悦に浸っていた。彼から見れば、双方が納得できるものでありながらも、アメリカのほうがはるかに優位に立てるという、実によくできたシナリオだった。

「しかし、残念ではありますな」と、ペトリンが控えめな感想を述べた。

「完全に打ち切ってしまうというのではありません」と、ノースは主張した。「一時的に延期するというだけです。それに、そうするほうが正しいのです」

「共同声明についてはどうしますか」と、トリシンが訊いた。

「絶対に共同声明でなくてはなりません」ノースが即座に、重々しくいった。「われわれのあいだで厳密に同意された、未成熟な部分や予想外の文言が一切含まれていないものです。私はいまここで、われわれに無関係なものは何一つないということをアメリカ側として断言します」

トリシン首席補佐官がペトリンと鋭い視線を交わし、そのあとでいった。「その意味は理解したと考えてもらっていいでしょう」

「もしその共同声明が双方の指導者の権威を知らしめるものであるならば、それはスポークスマンを通じてでなく、二人が直接発表すべきです」と、ペトリンが要求した。

「われわれはそれが絶対に不可欠であると考えます」

「しかし、保安上の問題が……」ノースが異議を唱えようとしたとき、ペトリンがそれをさえぎるようにして反論した。

「保安上の問題はありません！」彼は四人しかいない広いオフィスを見回し、これがだれにも知られるおそれのない話し合いであることを思い出させた。そして、その暗黙の脅しを終えると、ふたたび口を開いた。「アメリカ大統領とアレクサンドル・ミハイロヴィチが直接声明を発表すれば、それが未成熟な部分や不都合な文言が含まれることはないという完全な保証になるでしょう。そうは思いませんか？」

チャーリーが民警本部に着いてみると、オルガ・メルニコワのスイートに隣接する狭い会議室で、すでにジョン・ケイリーが待っていた。チャーリーが安堵《あんど》したことに、ケイリーも今回は部屋に葉巻の煙を充満させていなかった。

チャーリーは今朝のヴェラ・ベンドールとの面会記録をケイリーに渡した。「コピーした録音テープも入ってるよ」

ケイリーが仏頂面《ぶっちょうづら》でうなずいた。こいつ、今朝の面会に連れていってもらえなかったことにまだ腹を立てているんだな、とチャーリーはそれを見て解釈した。

「どうでしたか？」と、オルガが訊いた。彼女はすでに自分がレフォルトヴォで盗聴した録音の内容を聞き、チャーリーが同行していた女性に首を振って警告するところも、隠し撮りしたフィルムで見ていた。

「一、二点、興味深いことがありましたよ」と、チャーリーはほのめかした。

「では、仕事にかかりましょう!」と、オルガがきびきびと宣言した。

「いいだろう」と、ケイリーがいきなり口を開いた。「だが、ここはその場所でもないし、やり方も違う」

チャーリーは驚きを露《あら》わにしてケイリーを見た。まさか、きのうの恨みをここまでしつこく引きずってるんじゃないだろうな? オルガもすぐにケイリーの苛立《いらだ》ちに気づき、その対象がチャーリーであることを願った。

チャーリーはいった。「それははっきりした根拠があっていってることなのか?」

「もちろんだとも」と、ケイリーが宣言した。「おれたち三人が十分うまくやっていくことは可能かもしれない……だが、そうでないかもしれない。おれたちはお互いをまだよくわかっていない。だが、こんなふうに資料や材料を回覧するというやり方は妙だ。おれたちは一緒に集中して作業をする必要がある。独立した部屋、すべてを索引化し、相互に関連づける訓練を受けた人間、コンピューター、電話、すぐに利用できる鑑識設備がいるんだ。三人が全部の作業を一緒にできる場所がなくちゃだめなんだ。きのう、アメリカからそういう設備が全部空輸され、すでにアメリカ大使館の地下に配置されて、いつでも使えるようになっている。おれはそこでアメリカ側の捜査の指揮を執ることになっているんだ。アメリカ側はきみたちにすべての情報を提供するつもりでいるが、おれはきみたち二人にもそこへ合流してほしいんだ。きみたちの側の情報や資料をすべて携えて、そこへきてくれと招待したいんだ。三方で合意がなされれば、いずれにしてもそうなるだろう。だが、必要な一元化がなされなければ、三カ所で別々にやることになる。今回の狙撃《そげき》事件が起こってから四十八時間になんなんとしているというのに、われわれはまだ緒についてさえいないといっても過言ではないんだ……」そして、オルガを見てようやく笑みを浮かべた。「あなたのやってきたことを非難しているわけじゃないんです。しかし、いいですか……」彼はチャーリーの前の一件書類の山を示した。「彼はこの書類を一目たりと見る機会を与えられていないんです」ケイリーは何としても、必要とあらばもっと強引にでも、二人を説得しなくてはならなかった。彼は今朝、ポール・スミスから明確な最後通牒《つうちょう》を受け取っていた。すなわち、二十四時間以内に完全にアメリカ側の要求を呑《の》ませてすべてを自分たちの管理下におくか、さもなくば、明晩のワシントン行き直行便に乗ってアメリカへ帰るか、二つに一つだということである。

チャーリーはいまケイリーが口にするはるか以前にその意図に気づいており、すでにその先を考えていた。ケイリーの提案が現実になれば、それはチャーリーにとって実に好都合だった。ロシア側の捜査状況に関しては、すでにナターリヤを通じて自由に知ることができた。もしアメリカの施設に出入りできるとなれば、たとえアメリカ側が非協力的であったとしても、自分が欲するもの、あるいは必要とするものを必ずや見つけ出してみせる自信があった。

いまはオルガが憮然《ぶぜん》としていた。「あなたはそんな大事な問題をあらかじめわたしに──わたしたちに──相談もせずに、勝手に決めてしまったんですか？」

「私はそういう形でアメリカ側の捜査をやりたいんです」と、ケイリーは繰り返した。

「だから、あなたたち二人にもそれに参加してほしいんですよ。だって、われわれはいわば一心同体のはずでしょう。あんたの考えはどうなんだ、チャーリー？」

今度もチャーリーはもっと先を考えていた。ほんの二十四時間足らず前、オルガはおれとケイリーのあいだに楔《くさび》を打ち込もうとした。そのつけが、あっという間に巡り巡って彼女自身に降りかかるというわけだ。「おれはいい考えだと思う。いずれにしても、合同捜査をすることになるわけだからな」

「そういう設備なら、ここにもすべて揃《そろ》っています」と、オルガが抵抗した。

チャーリーはおれに味方してる。だとすれば、もっと強腰に出てもいいはずだ、とケイリーは計算した。「あなたが参加したくないというなら、私としては無理強《むりじ》いする立場にはありません。私はチャーリーと一緒に、ノヴィンスキー・ブールヴァールで活動し、そこからあなたと連絡を取り合って、すべてを共有することにしましょう。完璧《かんぺき》とはいえないが、三人が別々に動いている現状よりはましですからね」

そんなことをさせるわけにはいかないわ！　この二人は共同戦線を張ってわたしに対抗し、わたしを切り捨てようとするに決まっている。「たしかに、そのほうが活動はしやすくなるでしょう。わたしとしては、試しにそのやり方をしてみてもいいと考えています。もし何らかの理由でそれがうまくいかないとわかった場合には、別の方法を考えなくてはならないでしょうけど」

「もちろんです」と、ケイリーは笑みを浮かべてオルガの逃げ道を認めてやった。勝ったぞ！――彼は内心で快哉《かいさい》を叫んだ。

「あなたのいう通りね」と、ナターリヤがチャーリーとヴェラ・ベンドールの聴取記録から顔を上げていった。「たくさんの疑問が浮かび上がるわね」

「ところが、その大半を最後まで追及できなかったんだよ」と、チャーリーは自己批判めかして認めた。その日の三人の話し合いは、思いがけないことにそれからもつづいたが、チャーリーの考えでは、彼が予期していたよりもはるかに生産的だった。ケイリーは三人それぞれが新しく得た情報を互いに知り合う必要があると指摘し、アメリカ大使館が適切かどうかの最初の評価を明朝まで延期すべきだと主張した。その段階では、ケイリーとオルガのどちらを重んじるべきかを判定するのは無理だったが、チャーリーはとりあえずケイリーの議論に与《くみ》した。なぜなら、ロシアの鑑識鑑定の結果や不完全なKGBの一件書類、それにジョージ・ベンドールに関する医学的予備報告に新しい情報が含まれるかもしれないと考えたからである。

「今度はいつ、ヴェラ・ベンドールに会うの？」

「アメリカ大使館での話し合いが終わったら、その場でオルガに手配してもらって、レフォルトヴォへ直行するつもりだよ」

「アメリカ大使館を基地にするなんて、あなた、本気でできると考えてるの？」

「ここだけの話だが、われわれは二つの側から情報を隠そうとされているんだ。アメリカ側からほしいものを手に入れるためなら、そのチャンスを最大限に利用するさ」いまの時点でおれがほしいのは、ある特定の数値だけなんだ。

その言葉をほかのだれかから聞かされたら傲慢《ごうまん》だと思うでしょうけど、チャーリーの口から出るとそうは聞こえないわね、とナターリヤは思った。せめてこの仕事の上での信頼を、わたしたちの個人的な状況に移し替えられればいいのに。「ヴェラ・ベンドールの言葉を根拠に、KGBがジョージ・ベンドールを利用していたと考えてるの？」

チャーリーは頭《かぶり》を振った。「その可能性を否定はできない。だが、つじつまが合わないんだ。きみはKGBにいたことがあるから訊《き》くが、あいつらがジョージ・ベンドールのような男を雇うなんて想像できるか？」

「わたしは現場要員じゃなかったのよ」と、ナターリヤは思い出させた。「でも、予想がつかない人間だという理由で使い道があったかもしれないわね」

「あと二つ、つじつまが合わないことがあるんだ」と、チャーリーはそれを列挙した。

「一つ目は、ジョージ・ベンドールのような大酒飲みで何をするかわからない、しかも旅行客を相手に盗みを働いて生きていたような社会不適合者が、どうやっていきなりテレビ局に――どんな仕事であろうと――職を得、それを維持しつづけていられたかだ」

「それはわたしが訊こうとしていたことよ。わたしが知るはずがないわ」

「二つ目だ。ジョージ・ベンドールはイギリス国籍を有していた。それなのに、どうやってロシアの軍隊に受け入れられたんだろう」

「当時のロシア軍はソヴィエト連邦の十五の共和国全部からの徴集兵と志願兵で成り立っていたのよ」

「いまも昔も、イギリスはソヴィエトの共和国じゃないよ」

「あなた、それがヴェラ・ベンドールのKGBについての発言とつながりがあると考えてるの？」

「GRU参謀本部情報総局は軍情報部だ」と、チャーリーは思い出させた。「KGBはそこにどんな影響力を持っていたんだ？」

「もしそうしたければ、彼をそこへ押し込むぐらいの影響力は持っていたでしょうね」

チャーリーは直接的な質問をしようとしてためらったが、いまや二人のあいだの緊張はそれが許されるぐらいには和らいでいるはずだと判断した。「オルガはぼくとケイリーに、ピーター・ベンドールの一件書類には行方不明になっている部分があるといったが、それはきみの省からの指示によるものなのか？」

ナターリヤはまったくためらわなかった。「まさか」と、彼女は間髪を入れずに否定した。「それに、管理グループの指示でもないわ。きっと、自分たちだけに責任が押しつけられないようにしようとした民警内部からの指示よ」

自分たちの身の安全を守るために不可欠なものとして、チャーリーとナターリヤはレスナヤ街の自宅アパートにそれぞれの独立した電話を引いていた。彼女の電話だとはっきりわかる呼び出し音が鳴ったとき、ナターリヤはサーシャが起きるのではないかと急いで立ち上がった。ナターリヤの受け答えの言葉は非常に短く、しかも、チャーリーに背を向けていたために、彼にはその言葉がとぎれとぎれにしか聞こえなかった。

彼女は受話器をおいたあとも電話のそばにとどまり、チャーリーに向き直っていった。

「ジョージ・ベンドールの意識が回復したわ。それから、一時間前にレフォルトヴォの看守が彼の母親の死体を見つけたそうよ。彼女はあなたと会ったあとも、ブラジャーを取り上げられなかったの。そのブラで首を吊《つ》ったのよ」

ヴェラは人生でそのときだけは顔をそむけずにすべてを受け入れたわけだ、とチャーリーは思った。

10

チャーリーは一階上の踊り場でエレヴェーターを降りると、急ごしらえで改造されたアメリカ大使館の地下を高みから概観して、これまでに聞いた疾風怒濤《どとう》のような話が——アメリカでは一夜にして家に絨毯《じゅうたん》が敷き詰められ、キッチンに細工がされ、庭では芝が刈り揃《そろ》えられ、立派な樹木を植えられて、それぞれに独立した船着き場が造られる——結局は嘘《うそ》でも何でもなかったのだと考えた。

石膏板《せっこうばん》で仕切られた犯罪捜査のための蜂《はち》の巣箱を見下ろすと、そこに住む忙しそうな働き蜂と、そうでもない雄蜂がざわめいていた。そのど真ん中にあるのが臨時捜査本部で、そこに並んだ机のほとんどにすでに人が配置され、コンピューター、電話、専用のファクシミリがそれぞれ個別にあてがわれていた。一方の壁際《かべぎわ》は一段高くなった演壇と、ほかよりも大きな何もおいてない机に支配され、小型のコンピューター・ディスプレイが二台と、その脇《わき》にはそれぞれにホワイト・ボードが四脚設置されていて、向かいの壁際には架台に載せられたプロジェクターがあった。その部屋から開放通路でつながっているのが――チャーリーの見たところでは――移動式鑑識研究室で、天板が金属でできた二脚の長い作業台――二脚とも排水口のついた流しで分離されていた――で二分され、その上にも三台のコンピューターが用意されていた。さらに、二つの独立してはいるが比較可能なヴューイング・ベースを持った四台の精巧な顕微鏡がおかれ、四台の正体不明の電子機器が据えられていた。また、真ん中に蛇腹のついた大きな装置が独立したテーブルを占拠しており、チャーリーはそれをカメラだろうと考えたが、本当のところはよくわからなかった。三番目の通路に接した仕切りの内側はグレイのファイリング・キャビネットが胸壁を造り、そのど真ん中には文書保管用コンピューターがコの字形に配列されて、すでにオペレーターが背中を丸めてキイボードを叩《たた》き、ディスプレイを文字で埋めていた。

そのすべてを独立したアウター・ルームが蜂の巣状に取り巻いて、そこにも、一瞬にしてあらゆる情報を取り出せるコンピューター、ファイリング・キャビネット、電話、そして、ファクシミリが備えられていた。そのアウター・ルームにはそれぞれにドアがついていて、内側の共有区画へつながっていた。

屋根のないその施設全体が、頭上から照らす蛍光灯の明かりに白っぽく輝き、コンクリートの床は人造木板で高くされて、すでに防音カーペットに覆《おお》われていた。チャーリーの計算では、その応急の床下には、文字通り何マイルにも及ぶ通信ケーブルやワイヤーが隠されているはずだった。

ジョン・ケイリーは性別は違うけれども万能の女王蜂をもって自らを任じているかのように、メイン・ルームの大きな指揮机にでかい尻《しり》の片方を載せて待っていた。チャーリーが驚いたのは、オルガ・メルニコワがケイリーの隣りにいることだった。てっきりジョージ・ベンドールのベッドサイドにいるものと思い込んでいたのだが、どういう順番でおれと話すほうを選んだんだろう？　チャーリーがそこに姿を現わすと二人は彼を見上げ、ケイリーが降りてこいと手を振った。チャーリーはメイン・ルームの全員が自分を注視しているのをちらりと意識してそこへ向かいながら、オルガもさっきはおれと同じように視線を浴びていたんだろうなと思った。ただし、今日のオルガはシャツのボタンを外していなかった。それどころか、マオ・カラーのビジネス・スーツという機能的な服装で、ボタンも全部留めてあり、シャツすら見せていなかった。声の届くところまで近づいたとき、ケイリーがいった。「ここの感想はどうだ？」

「映画のセットなら文句なしだな」と、チャーリーは応じた。

ケイリーがかろうじて硬い笑みを浮かべた。「これは本物だ」

「そうであることを願うよ」

ケイリーの顔から笑みが消えた。

「ヴェラ・ベンドールが死にました。息子のほうは意識を回復しました」オルガが滑稽《こっけい》なほど性急に、ほとんど舌をもつれさせんばかりにして報告した。

チャーリーはあからさまに驚いて見せた。「死んだ？　どうやって？」

「首を吊《つ》ったんです。あなたと会うときのために返してやった下着でね」

それは自分たちだけに責任があるのではないという、へたくそな企てだった。「どうして、私と会ったあとで取り返しておかなかったんです？」

「確かに迂闊《うかつ》でした」と、オルガが認めた。

こんなに早々と攻撃していいものだろうか、とチャーリーはためらった。しかしその疑いは、とりわけ不完全なKGBのファイルのことを考えれば、正当なものだろう。それに、ナターリヤには備えをしておくようにすでに注意してある。「彼女は自分で首を吊ったんですか？」

「あなたがそういう意味で訊《き》いているのだとしたら、彼女の首の骨は折れていませんでした。喉《のど》が絞めつけられたために窒息死したんです」と、オルガが答えた。

「私が訊いたのはそういう意味ではないんですがね」と、チャーリーはいった。「レフォルトヴォはどこの管轄《かんかつ》下にあるんですか？　民警ですか、連邦保安局ですか？」

「そうか！」と、ケイリーが意味を理解して声を上げた。

オルガも同じだった。「連邦保安局です」と、彼女は抑揚のない声で答えた。チャーリーのそのほのめかしを、彼女はできるだけ早くレオニード・ゼーニンに伝えなくてはならなかった。今日の午前中に、危機委員会が開かれることになっていた。

チャーリーは言葉をつづけた――「ヴェラ・ベンドールはわが大使館と公式に面会することになっていたはずです。私としては、検屍《けんし》報告書のコピーをもらいたいですね。それに、検屍をできる限り詳細に行なうこともお願いしたい」

オルガは死後の処置がどのように予定されているかよくわからなかったが、直ちに検屍を行なわなくてはならないことは確かだった。「もちろんです」

「おれはあんたが彼女に事情聴取したときの録音を聞き、記録にも目を通したが」と、ケイリーがいった。「彼女はあそこに捕らわれていることにひどく動揺していたな」

「自殺するほどにか？」と、チャーリーは詰問《きつもん》した。

ケイリーが肩をすくめた。「それは神のみぞ知るだ」

チャーリーは応急に設《しつら》えられた設備を感嘆の振りを装《よそお》って見回しながら、自分が欲しているものを手に入れるのに――実際にそれがここにあって、見つけられるとしての話だったが――どのぐらいの時間がかかるだろうかと訝《いぶか》った。それに、どういうやり方をしすればいいのかもよくわからなかった。彼はいまだに、事実よりも勘に頼って仕事をしていた。ロシア側の鑑識写真は決定的ではないし、彼ら自身も有能とはいえなかった。それは当然訊《き》かれるべき疑問だが、とチャーリーは考えた。そこを突かれたらロシア側が気分を害するのは間違いない。まずはほかのことを優先させる必要があるだろう。いや、果たしてそうだろうか？　おれはジョージ・ベンドールに可能な限りの利益を与えるために仕事をしているのか？　あるいは、しようとしているのか？　かつては自信を持っていたものを捨ててしまった、その資格のない専門家であることを証明しようとしているのではないのか？　都合のいい証拠で事件を簡単かつ不正に終わらせてしまうのを──旧ＫＧＢのファイルは明らかにそれを意図して改竄《かいざん》されていた──阻止できるかもしれないと信じ、確信を持てるまでは一切口をつぐんで、何から何までこんなふうに振る舞わなくてはならないなどと考えるのは、実際のところ、正気の沙汰《さた》ではないのではないか？　チャーリーは自分が自信を失っていることに驚いたが、それは単なる自信喪失にとどまらず、例によってナターリヤのことにまで拡大されていった。もし彼の勘が半分でも正しければ、彼女は現時点で彼女自身が心配しているよりもはるかに大きな危険──ひょっとするとおおっぴらな戦いになる可能性さえある、組織内の権力抗争──に巻き込まれるはずだった。それが大袈裟《おおげさ》だとはナターリヤもはっきりとは口にしていなかったが、彼女がそう考えているのはわかっていた。完全に説明もしないで次々と警告を与えつづけているにすぎないのだ、と。それも仕方がない、とチャーリーはこれまで腹をくくっていた。おれの意見に左右されずに、彼女が独力で結論に到達することが大事なんだ。しかし、それも、いま目の前にある不確かさの答えにはならなかった。これまでに何度も試され検証されてきた勘に従うんだ、と彼は自分にいい聞かせた。

「ベンドールに関してはどうなんです？　彼と会えるんですか？」

「意識を回復したといっても、とぎれとぎれなんです」と、オルガが答えた。「わたしも午後には病院へ戻ります」

「もう彼に会ったんですか？」

「わたしのいっていることも……何もわからないんです。何をいっても反応がありませんでした」

ジョージ・ベンドールに会うのを急ぐ必要はないな、とチャーリーは判断した。オルガは本来いるべき場所でないところにいて焦《じ》れているかのように、そわそわと小刻みに足を動かしていた。だが、とチャーリーは思った。たぶんおれのほうがもっと焦れているはずだ。彼はふたたび周囲を見回した。「ところで、ここはどういうふうになっているんだ？」

「顔を上げてくれ、諸君！」と、ケイリーがそこにいる者たちに呼びかけた。「これから仲間を紹介する」彼は新居を見せびらかす男のように、自慢げに設備を案内して回った。大半の者は笑顔でうなずくだけだったが、鑑識部門を管理する科学者と文書保管部門の責任者は名前付きで紹介された。巡回ツアーはメイン・ルームを取り囲むサイド・オフィスで終わりとなった。メイン・ルームに隣接して、チャーリーとオルガのために、特に二つの部屋が設けられていた。

「おれはあんたのすぐ後ろにいるからな」と、ケイリーがチャーリー用の部屋の真後ろの部屋を示していった。

お前がおれの前に出ることなんかあるもんか、とチャーリーは思った。「隠れ家としちゃ、打ってつけだ」

「コンピューターの手助けが必要になりそうかな？」と、ケイリーが気を遣って見せた。

「そのときには、こっちから頼むよ」と、チャーリーは応じた。アクセスは全部監視されるはずであり、電話だって盗聴されるに違いなかった。それに、部屋はガラス張りで、金魚鉢のなかの金魚の気分になれること請け合いだった。オルガはいまも小刻みに足を動かしていた。おれも彼女も、焦れったさを解決する潮時だな、とチャーリーは考えた。

「もう全部記録されたのか？」

「たったいま、目撃者の供述のプログラミングが終わったところだ」と、ケイリーがいった。

「では、すべての情報が最新のものになるんだな」と、チャーリーは念を押した。「そして、その全部を見られるんだな？」

ケイリーがとたんに注意深くなった。「あんたがそれ以外の情報を持っていない限りはな」

チャーリーは首を横に振った。

「あるいは、頭のなかに特別な何かを隠し持っていない限りはな」と、ケイリーがさらにいった。

「そんなものはないよ」と、チャーリーは微笑した。「おれも早くここに慣れたほうがよさそうだ」

チャーリーはそのオフィスが気に入った。急いで造られたことによるゴミや資材のかけらも一つもなく、それどころか艶出《つやだ》しまでかけられていて、そのはっきりと残っている芳香が、それ以前にそこにあったはずの臭《にお》いをきれいに消し去っていた。そのうえ、彼の専用と思われるキャビネットの横の隅では、空気清浄機の作動中を示すランプをともしながら、しかし、音もなく働いていた。嘆願とケイリーの葉巻に対する答えだな、とチャーリーは思った。机は本物の木でできているように見えたが、たぶんそうではないはずだった。コンピューターを載せたサイド・テーブルには、ありがたいことに詰め物をした四角い小振りな台がついていて、チャーリーは常に不快を訴えている足を即座にその上に休ませた。コンピューターはＩＢＭ製で、予想通り、チャーリーがイギリス大使館で使っているのと同じ、最新の〈マイクロソフト・ワード〉がインストールされていた。バック‐アップ用のディスクはないかと引き出しを開けてみたが、空っぽだった。驚くには当たらなかったが、それは彼が何かをダウンロードして持ち出すとは思われていないということであり、あるいは、持ち出させようとしていないということでもあった。ジャケットを脱いで、コート掛けに都合よく引っかけてあったハンガーに吊《つる》しているのが見えた。ていると、隣りのオフィスにいるオルガ・メルニコワがしきりに電話に向かって話して

いるのが見えた。

電話の通話もコンピューターへのアクセスもすべて監視されているはずだというさっきの予測を肝に銘じて、チャーリーは自分が一番関心を持っているものをすぐに呼び出す代わりに、すでに入力されている目撃者の供述をスクロールして、ウラジーミル・ペトローヴィチ・サコフの供述を見つけ出した。狙撃《そげき》ライフルを奪い合ってジョージ・ベンドールと格闘した、刺青《いれずみ》のカメラマンである。それはきのう、オルガ・メルニコワが提供したロシア側の記録そのままで、二度目のＦＢＩの事情聴取によって出てきた事実はまったくつけ加えられていなかった。それはＦＢＩが気にも留めなかったか、彼ら単独の事情聴取をそこに載せたくなかったことを意味していた。しかし、チャーリーの考えでは、その可能性は両方ともまずあり得なかった。三つ目の可能性は、すべて記録されているとケイリーが保証したにもかかわらず、彼らがそれを最新のものにする暇がなかったということだった。

わざわざ確認するまでもなかったが、チャーリーは自分が単独でヴェラ・ベンドールを聴取したときの一語一句変更されていない会話記録を呼び出し、つかえつかえ発せられた言葉をスクロールしていった。やはり、ロシア側の情報を参照すればわかるはずの

 こともつけ加えられていなかったし、明白な疑問に対する説明も加えられていなかった。瞬間的に興奮を感じたのは——昔から最も敏感な左足が、はっきりと疼《うず》いた——アメリカ大統領夫人の肩を砕き、シークレット・サーヴィスのベン・ジェニングスを死に至らしめた銃弾の画像を見たときだった。それらは口径測定用方眼を背景にして、ロシア大統領とそのボディガードから摘出された銃弾に関するロシア側の証拠写真とまったく同じやり方で映し出されていた。チャーリーはその証拠写真をすでに見ていたし、いまここに持ってきてもいた。

彼はいかにもさりげない振りを装い、ガラスの仕切りの向こうを見た。オルガはいまや自分のコンピューターを一心ににらみつけており、背後のジョン・ケイリーの部屋は空っぽだった。少しでもチャーリーに関心を持っているように見える人間は一人もいなかった。彼はマウスをクリックして印刷を開始し、ディスプレイ画面を隠すようにしてブリーフケースを膝《ひざ》の上に載せると、プロトチヌイ横町から持ってきたロシア側の写真を取り出そうとした。比較はロシア側の写真を完全に取り出すまでもなくあっという間に終わり、彼はいまや自分を納得させてくれたプリントアウト——アメリカ側の確たる証拠——をブリーフケースにしまい込んだ。そして、銃弾の画面を閉じると、今度は弾道の一覧表を呼び出してみた。彼が手に入れたかったもの——あってほしいと願っていたもの——は、オルガ・メルニコワが提供してくれた資料のなかになかったのと同様、やはりそこにもなかった。

チャーリーは足を休ませている台を失わない程度に、椅子《いす》を後ろに引いた。

さて、どういうやり方をすればいいのか？　ここまできちんと手に入っていないのはKGBの文書だ。ひょっとすると、ロシア情報機関と民警がフトルスカヤ街のアパートから持ち去ったとヴェラ・ベンドールがいっていた、ピーターとジョージの私的な文書も手に入れにくいかもしれない。しかし、はっきりと角突き合わせることになるとしても、それらをよこせと要求せざるを得ないだろう。重要なのは、それを衆人環視のなかで、何も隠したりできないようにしてやることだ。それとも、もう少し時間をかけてナターリヤを説得し、完全なロシア側の弾道証拠を入手できるところまで待ってはどうだろう。いや、だめだ。それはナターリヤを実際の捜査活動のあまりに近くまで引き寄せることになり、彼女にとって危険すぎる。実際の捜査活動を行なうのは彼女が指示された領域ではないし、その一部分ですらない。おれがたったいまこの目で見、比較したものから考えると、捜査活動は間違いなく、もっと難しくなっていくはずだ。アメリカ側の実際の物理的証拠はまだここに、この通路沿いにあるのだろうか？　それとも、もうワシントンへ送られてしまったのか？　それを突き止める必要があるのは間違いない。

チャーリーはオルガに気取られないようゆっくりと立ち上がって身体《からだ》を伸ばすと、メイン・ルームへ入っていった。数人が顔を上げて彼に微笑し、彼もそれに笑顔で応《こた》えた。

ケイリーの姿は依然として見えなかった。チャーリーは両手をポケットに突っ込み、新しい不慣れな環境に適応しようとしている男の振りを装《よそお》いながら、人気《ひとけ》のない指揮区画をぶらぶらと通り過ぎて、鑑識部門へつづく通路へ入っていった。鑑識部門の責任者――ビル・サヴェッジだったな、とチャーリーはすぐに思い出した――が近づいてくる彼を見、トンネルを抜けて姿を現わしたところで立ち上がって出迎えた。

「どうです?」その口調は軽快で、はっきりアメリカ人とわかる訛《なま》りがあった。髪がないことと、その埋め合わせの髭《ひげ》に白いものが混じっているせいで、実際よりも老《ふ》けて見えた。

「喜んでいますよ。きちんとしたシステムのなかで仕事をするというのは、これまでありませんでしたからね」

「こんなことはまず滅多にはありませんよ」と、サヴェッジが同意した。

「ところで、そちらはどうですか」

「実をいうと、ちょっと手持ちぶさたでね」と、サヴェッジが認めた。

「ロシア側はまだ凶器に使われたライフルをあなた方に渡していないんですね? それに、発見された銃弾も?」と、チャーリーは予想した。応急に造られた部屋にはサヴェッジのほかに四人の男がいて、そのうちの二人は雑誌を読み、残る二人は器具のテストと調整をしているようだった。

「ジョンが要請しているんですがね」

「あなたは弾道の専門家ですか？」

サヴェッジが首を振り、雑誌を読んでいるほうの一人を示した。「それはウィリー・インですが、なぜそんなことを？」

チャーリーはすぐには答えず、サヴェッジをともなってインのほうへ歩き出した。そして、彼に聞こえる距離まで近づいたところで大きな声でいった。「コンピューターに入っている銃弾に関する記録ですが、行方不明になってしまった部分があるようなんですよ」

中国系のウィリー・インが、とたんに読んでいた軍事雑誌から顔を上げた。

インが突っかかるような口調で訊《き》いた。「どんな問題があるというんです？」

チャーリーは無邪気な笑みを浮かべて見せた。「私のやり方が下手なんですよ。例によって、イギリス人はその方面でも遅れていますからね」

サヴェッジは笑みを返さなかったし、言葉も発しなかった。

チャーリーはつづけた。「大統領夫人とベン・ジェニングスから摘出された銃弾は、ここにあるんですか？　それとも、もうワシントンへ送られたんですか？」

「どうしてそんなことを訊くんですか？」と、インが反抗的な口調で訊き返した。

ひょっとすると――本当にひょっとするとだが――やはり神はいるのかもしれない

ぞ!」「きっとコンピューター上で見失ったんだと思いますが、その火薬量の記録が見つからないんですよ。どこにあるか教えてもらえませんか？」

「いま、ロシア側からの証拠物件を待っているところです」と、インがいった。「すべてをきちんと比較する必要がありますからね」

「おれが知っておく必要のあることか？」

ジョン・ケイリーの声を聞いて、チャーリーは内心で舌打ちをしながら振り返った。FBIの監督官が、恋人とのピクニックに遅れるのではないかと怯《おび》える象のように通路から姿を現わした。無理をしてでもここでやめるわけにはいかないぞ、とチャーリーは判断した。自惚《うぬぼ》れた小賢《こざか》しいイギリス人というレッテルを貼《は》られる屈辱は覚悟の上だ。これまでの愛想のよさをかなぐり捨て、むしろ強腰に出るほうが好結果を生むのではないかと計算して、チャーリーはいった。「われわれが知っておく必要のあることだ。しかも、できる限り迅速かつ正確にだ」

「何だって？」と、サヴェッジがむっとして声を上げた。

「やってもらいたいことがあるんだ」と、チャーリーは頼んだ。「あなたたちが証拠として持っている銃弾の重さをウィリーに量ってもらいたい」

「何だと？」と、ふたたびサヴェッジが唸《うな》った。

ウィリー・インはすぐには答えず、やや考えてからいった。「待っているところだといったはずです。それに、どうしていまそんなことをしなくてはならないんですか？」

「どうしても、いますぐやってもらいたい！」と、チャーリーは急《せ》かした。「写真は見ているはずだ」

インがどうしたものかという顔でケイリーを見、ケイリーがチャーリーに訊いた。

「何か握ってるのか？」

「銃弾の重さを量ってくれ」チャーリーは譲らなかった。

まだビニールの証拠袋に入ったままの、衝撃で変形した金属の重量をインが計測した。非常に軽い証拠袋の重さはすでにわかっていたから、答えを出すために総重量から差し引くのは難しくはなかった。インはその簡単な実験を三回繰り返してから顔を上げ、まっすぐにチャーリーを見た。「ロシア側の銃弾をテストするまでは、これを実証結果として提出するつもりはありませんよ」

「私もそんなことは期待していません」と、チャーリーはいった。満足と安堵《あんど》が全身に満ちた。「しかし、その二発の銃弾が同じライフルから発射されたということは、絶対にありえないのではないですか？」

「その通りです」と、弾道専門家のインが小声で認めた。

今回がこの前より小さな集まりになるという前もっての指示はなかったが、ナターリヤは自分の個人的な部分に明確な問題はないと判断していた。チャーリーはきちんと説明もしないでその不安があるといい張っていたけれど、そんなことはないはずよ。それに、ゆうべ十分に予習をしたから、何が出てこようと完璧《かんぺき》に対処できる自信もある。たった一つ予想外だったのは、レフ・ルヴォフ将軍がいないことだけど、考えてみれば、彼のいまの仕事は、もう一人の欠席者であるアレクサンドル・オクロフ大統領代行を警護することだもの。微妙な言い回しと噂《うわさ》に満ちたモスクワの政治的不安定の中心地では、警備の不手際《ふてぎわ》の責任者としてドミートリイ・スパスキー将軍が槍玉《やりだま》に挙げられていた。そのことはスパスキーもすでに非常に明確に認識していて、いまも彼の前の灰皿には早くも吸い殻が溢《あふ》れ、矢継ぎ早に煙草《たばこ》に火をつけつづけるその手は、いつにも増してはっきりと震えていた。

「心強い知らせがある」と、ユーリイ・トリシンがいった。「大統領の意識が回復した。ピロゴフ病院の医師からの最新の報告では、大統領の容態は安定しており、差し迫った危機は脱したとのことだ」

「それは実に心強い。素晴らしい知らせだ！」スパスキーが最初に自分の名前を記録に載せようとするあまり、慌《あわ》てて咳《せ》き込みながらいった。

大統領首席補佐官はナターリヤと四人目の出席者——レオニード・ゼーニン民警司令官——の反応を、目に見えるほどじりじりしながら待ち、二人が応えるやいなやいった。

「では、私が心強い知らせを聞く番だ。何を教えてもらえるんだ？」

ナターリヤはそれが自分に向けられた質問であると認め、何もないわと思いながら口を開いた。レフォルトヴォ刑務所当局者によれば、ヴェラ・ベンドールが自らの命を絶つのではないかと思われるような兆候はまったくなかったそうです。しかし、それは自殺を企てる道具として使えるような衣類をそのまま身につけさせ、看過していた落ち度の言い訳にはなりません。今日遅くにジョージ・ベンドールの事情聴取ができればいいと考えています。また、捜査はアメリカ大使館を基地として一元的に行なわれることになりました。ルース・エイナンデールは快方に向かっていますが、右腕が永久に使えなくなる兆候があります。あの銃撃で負傷したロシア側警護官――フェリクス・ワシーリエヴィチ・イワーノフです――の脚を切断するかどうかは二十四時間以内に判断されることになっていますが、現状ではそうせざるを得ないようです。

ナターリヤは終わりにきて躊躇《ちゅうちょ》した。きみの条件で、きみの演出ですべてをやるんだ、とチャーリーは教えてくれていた。だれであろうと、きみより先に言い訳や説明をさせるんじゃないぞ。まずはスパスキーを攻めなくてはならない。「ドミートリイ・イワーノヴィチがわたしと共有していない記録が二時間ないし三時間のうちに発見されなかったら、かなりの当惑が生じる危険があります。かつての情報機関のファイルのなかで、今回の捜査にとって不可欠であるかもしれない情報を含んでいる重要な部分が行方不明になったままなのです……」彼女は民警司令官を見た。「同時に、わたしは民警捜査官のオルガ・メルニコワ上級大佐の関わった話し合いのテープを聴いて、アメリカ側とイギリス側の捜査官もその事実を知っていると理解していますが、いかがですか?」

最初に口を開いたのはゼーニンだった。「アメリカ側やイギリス側がその話を彼女から聞いたということは、私は関知していない。もし事実であるなら、その資料が不完全である理由を訊かれたときの答えのなかで、彼女が話したとしか考えられない」

スパスキーが素早く、しかも驚くほど力のある声で、慎重に考えた否定の仕方をした。「私は過去においても現在においても、直接的にも個人的にも、文書に関する責任者だったことはない」

「あなたはルビヤンカ内の対内情報、すなわち内部保安の責任者です」と、ナターリヤは追及した。

「その通りだ! われわれは部の管理の誤りについて話しているんだ」

「われわれ?」と、ナターリヤは訊き返した。「わたしは〈われわれ〉とは考えていませんが」

「その文書が行方不明だというのは間違いないのか?」と、トリシンが訊いた。

「はい」と、スパスキーがようやく認めた。

ナターリヤはいまの勢いを失いたくなかった。「意図的に削除したのではありませんか？」

「意図的に妨害したという証拠はない」と、スパスキーがいい張った。

「徹底的に調べたんですか？」と、ナターリヤは執拗《しつよう》に問い質《ただ》した。

「もちろんだ」と、スパスキーがふたたび答えた。

「連邦保安局が管理している刑務所の独房内でヴェラ・ベンドールが死んだのは、不幸な事故ではないのか？」と、いきなりゼーニンが割り込んだ。「私はこれ以上ないほど徹底的な、独立した調査を行なうべきだと提案する」

だからチャーリーはオルガ・メルニコワとレオニード・ゼーニンがこの話し合いの前に接触したのではないかと疑ったのね、とナターリヤは気がついた。しかし、それも束《つか》の間《ま》で、頭のなかはたちまちのうちに、たったいまのゼーニンの提案に取って代わられた。容易には信じられなかった。この民警司令官はロシア情報機関を外部組織によって捜査しろと実際に迫っているが、それは考えられないことだ。一九九一年の、ＫＧＢが裏で糸を引いたミハイル・ゴルバチョフに対する失敗に終わったクーデターでさえ、調査が行なわれたことにはなっているが、実際には、厳密にコントロールされた内部裁定委員会によるものに過ぎなかった。ナターリヤは不安に思いながら考えつづけた。これがチャーリーが予想し、実際にわたしに備えをさせようとしていたことなのか？　これはロシア情報機関とロシア民間警察といわれている組織の核戦争並みの衝突であり、わたしはどうしようもなく、これまで恐れていた以上に抜き差しならない状態で、そのど真ん中に捕らわれてしまったのだろうか？　だとすれば、わたしは文字通り、その中間で立ち往生することになる。だって、かつてはKGBの上層部にいて、いまは民警に対して究極の権限を持つ内務省の部局の責任者だもの。

いまナターリヤと一緒にこのクレムリンのオフィスにいる男たちも、個人的な重要度は同じではないにせよ、明らかに彼女と同様の分析をしていた。

スパスキーはあまりの信じられない提案にあんぐりと口を開け、とりあえずは「何だと？」とつぶやくようにいうのが精一杯だった。その声があまりに小さすぎたので、彼はもっと大きな声で、憤然としていい直した。「何だと?!」

トリシンも同じぐらい驚いたように見えたが、それでも、もう少し冷静だった。「それは事実上、公《おおやけ》の告発を試みるということだぞ」

当然のことながら、とナターリヤは思った。文民の指揮官には夢にも想像がつかないでしょうね。七十年以上にわたって発展してきた情報機関に立ち向かうほどの――立ち向かえるほどの――強さを民警が持っているなんてね！

「ことの重大さを考慮すれば、徹底的な調査が必要であると信じます」と、ゼーニンはなおもいい募った。「また、アメリカ側およびイギリス側もそう考えていると理解しています」

ナターリヤはすぐさま、しっかりと身構えた。チャーリーはそれについては何も指示してくれていない。それどころか、すべての指示について、きちんと完全には説明してくれていない。それに、ゼーニンはアメリカ大使館にいるオルガ・メルニコワと話して、わたしよりも新しい情報を手に入れているに違いない。「そういう提案をされる理由は何でしょう」

「アメリカとイギリスの捜査官と直接接触している、私の複数の捜査官の印象だ」

「複数のですか」と、ナターリヤはその部分を取り出して繰り返した。捜査官はオルガ・イワノーヴナ・メルニコワ一人でしょう。ゼーニンは強引に物事を押し通そうとしているわ。

「あの女はレフォルトヴォの民警の房にいたんだ。連邦保安局の房ではないんだ！」と、スパスキーが不適切なことを口走った。

「それこそまさに、調査をすべきだと私が考えている理由だ」と、ゼーニンが応酬した。「私はわが民警に対するいかなる名誉毀損《きそん》も——たとえどんなものであろうとだ——一切受けつけるつもりはない」

ことはそんなに簡単だろうか、とナターリヤは思った。一切攻撃せずに、何であれ咎《とが》められる前に守るだけですむのだろうか。「だれによって、あるいは何によって、そういう調べが行なわれるべきだと考えておられますか？」

「大統領権限以外に何がある？」と、ゼーニンがいった。

正面衝突はきちんと避けたわけね、とナターリヤは気がついた。信じがたい挑戦を仕掛けはしたものの、自分は直接手を下さずに離れているということね。

「私が考えるに」と、トリシンが口を開いた。「その提案は考慮する必要があるだろう。ほかの者とも話し合わなくてはなるまい」

ドミートリイ・イワーノヴィチ・スパスキーが新しい煙草に火をつけたが、その手はぶるぶると激しく震えていた。

チャーリー・マフィンの、上へ、そして外へ向かって動く傾向のある哲学のなかではとんどすべてがそうであるように、その立証は心のなかのトロフィー棚へ追いやられて、あとで急いで磨き上げられるのをしばらく待つことになった。実際のところ、それをすぐにやるのは不可能だった。というのは、銃弾とジョージ・ベンドールのライフルがようやく、遠くモスクワ郊外のチャギノにある民警鑑識研究所から、本当に送られてくることになっていたからである。

彼らは自分たちのオフィスで待機し、コーヒーを飲みながら、それぞれに考えていた。チャーリーはケイリーとオルガが自分たちのオフィスから身振り手振りを交えて電話をしているのを見たが、自分はイギリス大使館へ電話をしないつもりだった。不完全な検査から生じた疑惑を満足のいくように証明したいま、ほしいのは完全な弾道分析であり、ロンドンへ爆弾を投下するのはそのあとでよく、いまこの瞬間に差し迫って考える必要はなかった。

いまや狙撃犯《そげきはん》が二人いたことは疑いようがなく、その事実から、狂信的かつ愛国的な陰謀の存在がはっきりと浮かび上がっていた。そして、その陰謀はKGBの文書が行方不明になったことと、証人になってくれる可能性のあった女性が独房で死んだことによって、ジグソー・パズルの重要な部分が抜け落ちた形になっていた。その女性は、すでに捕らえられている狙撃犯のものも含めて、さらなる書類や私物が公式に持ち去られたと記憶していたが、オルガ・メルニコワ大佐が提供してくれた情報は、それについて一切言及していなかった。しかしもっと重要なのは、チャーリーがゆうべ細かく質問したときに、ナターリヤがそういう事実を知らなかったことだった。ただでさえ霧がかかったようになって見えにくかったものが、霧が濃くなってますます見えにくくなっていた。チャーリーは自分が始めたときとはまったく異なる状況に直面したときの、いつもの心地よさのようなものを感じた。明白だと思われたことが明白なままで終わったことは、少なくとも、彼のこれまでの人生では一度もなかった。

隣りのオフィスで不意にオルガが動き出し、チャーリーは現実に戻って身構えた。送られてきた証拠物件が到着したらしく、ケイリーがそれを公式に受け取るために、彼女をともなって大使館受付へ向かった。この新しい施設にいるほぼ全員が、正確にとはいわないまでも事情を知っているのは明らかだったが、ケイリーはそれでも鑑識部門にいる特定のスタッフ、オルガ、チャーリー、そして彼自身をのぞいては、だれにもはっきりしたことを教えていなかった。ロシア側が送ってきた包みには、医師によって摘出された銃弾と、それに何重にも包装されたライフルも収められていたが、ウィリー・インはとりあえずライフルには目もくれず、今度もねじくれた金属の検査に集中した。その検査はこの前のそれと同じように手際《てぎわ》よく、三十分足らずのうちに四回も繰り返して行なわれた。

インがついに背筋を伸ばして結論した。「まったく疑いの余地はありませんね」

ケイリーがいった。「詳しくわかりやすく説明してくれないか。興味津々《しんしん》で待っている大勢の連中に教えてやらなくちゃならないんだ」

インが説明役をチャーリーに譲ろうかという素振りを見せたが、チャーリーはそれを断わった。「専門家はあなただ」

インが説明を始めた。「西ヨーロッパおよび中央ヨーロッパの銃弾は、正式にはグレインという単位で量られます。一グレインはまさに文字通りトウモロコシ一粒の重さの平均値、つまり、七千分の一常用ポンドです……」そして、まだ未検査のライフルを示した。「あのソヴィエトの――いまはロシアですが――ライフルは軍用SVD、ドラグノフですが、使用されるのは七・六二ミリ弾薬で、その銃弾の重さは百四十五グレインです。メドヴェドと呼ばれている民間用SVDに使われるのは九ミリの狩猟用弾薬で、重さは二百二十グレインです。犯行現場で回収されたあの狙撃用ライフルで九ミリの弾丸を発射することは、技術的に不可能です」彼はテーブルを見て、二つの半透明の薄い袋を取り上げた。「これについている証拠札によれば、この二発は七・六二ミリで、一方はロシア側警護官フェリクス・イワーノフから摘出されたものであり、もう一方はわれらがベン・ジェニングスを殺したものです……」そして、今度は三つのビニール袋を手に取った。「この三発——ロシア大統領を撃ったものが二発、アメリカ大統領夫人を撃ったものが一発です——は、いずれも九ミリです。この三発は、われわれがまだ手に入れていない銃から発射されたと考えざるを得ません……」

「それに、その三発をだれが撃ったかもわかっていない」と、チャーリーは補足した。

「さて、ほかにもわかっていないことがある。それを話し合おうじゃないか」

「われわれは一九六三年十一月二十二日のテキサス州ダラスの話をしているのか！」ウォルター・エイナンデールが驚きのあまり無意味な言葉を口走った。

「もう一人の狙撃犯がいたことには疑いの余地がありません。論理的に考えれば、一味でしょう」と、ケイリーはいった。彼が大使館の地下から上がってきて、ウェンドール・ノースとジェイムズ・スカメルをコーネル・バートンのオフィスへ招集するまで、わずか五分だった。脇《わき》には大使も控えていた。

「もうここにはいられない」と、大統領が断言した。「ルースを連れてアメリカへ帰る」

「すぐにドニントンを捕まえて、状況が変わったことを知らせなくては」と、ノースが机の上の電話へ向かいかけた。

「待て！」と、エイナンデールが制止した。「まず、これを徹底的に話し合うんだ。今度の事件全体が、そもそもから仕組まれていたものではないのか？」

「そんなことを軽々に口にしてはだめです」と、スカメルが警告した。「しかし、非常に早い時期に、つまりわれわれが交渉を始めたとたんに、それをチャンスと見て——何のためかはよくわかりませんが——計画しはじめた連中がいるという可能性は、もちろん考えられるでしょう」

「どういう連中だ……だれの息のかかったやつらだ？」と、大統領が迫った。「ユドキンの部下か？　共産主義者どもか？　オクロフの手下か？　一体だれなんだ？」

国務長官が絶望的に肩をすくめ、ＦＢＩ駐在官のジョン・ケイリーを見た。「それについては、私はいまだ答えを持ち合わせていません」

「私もです」と、ケイリーはいった。

エイナンデールが首席補佐官を見た。「これ以降、われわれはいかなる公の場にも出ていかない。オクロフとも、ユドキンとつながりのあるだれとも、個人的に会うことはしない。交渉の継続を希望するという声明をスポークスマンを通じて発表するが、それはわれわれが離陸して一時間後、ワシントンへ向かっているときだ。それについては、全員了解したな？」

「了解しました」と、ウェンドール・ノースは鸚鵡《おうむ》返《がえ》しに答えた。

エイナンデールがふたたびケイリーを見た。「よくやった、ジョン。このことは憶《おぼ》えておくし……長官にも間違いなく伝えよう」

「やはり、チャーリーは正しかったんだ！」と、サー・ルパート・ディーンがジョスリン・ハミルトンを見て宣言した。チャーリーに批判的な次長も、今度ばかりは何も言葉を返さなかった。

チャーリーがモスクワから送ったファクスのコピーが、管理グループ全員の前におかれていた。

「アメリカのシークレット・サーヴィスを殺した銃弾は、やはりジョージ・ベンドールのライフルから発射されていたわけですね」と、法律顧問のジェレミー・シンプソンがプロらしく指摘した。

「それに、ベンドールの単独犯行ではないこともわかった」と、ハミルトンがタイミングを見計らっていった。「われわれにとって状況がよくなったのではなく、もっと悪くなったということだ」

「われわれはどういう状況かを知らないじゃないか」と、パトリック・ペイシーがいい返した。いつも必ずといっていいほど非難がましい物言いをする次長への苛立《いらだ》ちが、ただでさえ血圧が高くて赤い顔をさらに赤くさせていた。

「状況がさらにエスカレートしているのはわかっているじゃないか」と、ハミルトンがいい張った。「われわれは先を見越して考え、計画を立てる必要がある」

「確かに、マフィンを呼び戻して善後策を協議する必要はあるだろう」と、ディーンが両手で眼鏡を弄《もてあそ》びながら認めた。

「それだけでなく、不測事態対応計画を準備し、モスクワでのわれわれの捜査を強化するためにも、あの男を呼び戻す必要がある」と、ハミルトンが主張した。「この部のいまと、ひょっとすると将来が、今回の結果いかんで決せられるかもしれないんだ」

「それはマフィンを交代させろということか?」と、豊かな髭《ひげ》を蓄えたシンプソンが真っ向から非難した。

「この部と、それからわれわれ自身を守るということだ」と、ハミルトンが意味を限定した。

11

オルガ・イワノーヴナ・メルニコワは溢れた川――三月に雪解けが始まると増水する、生まれ故郷のゴーリキーのヴォルガ川――に飲み込まれ、渦を巻いてその下に暗礁《あんしょう》を隠している奔流になすすべもなく押し流されているような気分だった。そういう気分は、慎重にキャリアを積み上げ、そのためにより慎重に災厄を避けてきたオルガ・メルニコワにとって、いまのいままでまったく無縁のものだった。もちろん、飲み込まれるのを恐れてはいなかった。オルガ・メルニコワは不確かさの最初のさざ波の下に沈んでしまうような人間ではなかった。ただ、一瞬の逆流がほしいだけだった。束《つか》の間《ま》でいいからその場で立ち泳ぎをして、自分を溺《おぼ》れさせようとしているものをすべて調べるだけの時間がほしかった。

チャーリー・マフィンの挑戦を予期しておくべきであり、ヴェラ・ベンドールの死が事故ではなかったかもしれないというほのめかしについても、もっと備えをしておくべきだった。そして、そのことを、オルガは客観的に認めていた。ロシア側が回収した銃弾のサイズが明確に異なっている事実を指摘されなくてもすんだはずであり、一つも見つからなかった薬莢《やっきょう》についての要求に関しても、準備をしないままでいるべきではなかったのだ。それが見つからなかった理由は明らかで、犯行現場がパニックに陥って混乱していたせいだったが——そのことは少なくとも五つのテレビ局のヴィデオを全員が見てわかっているはずだった——それでも、明らかに承認したと思わせるような物言いをするのではなく、話し合いを申し出るべきだった。しかし、明らかに屈辱に近いといってもいいぐらいの最大の当惑の種は、初期にフトルスカヤ街のアパートを家宅捜索した民警が——彼女の部下ではないか！——ジョージ・ベンドールの記した個人的な文書を押収したという事実を、知らないと認めなくてはならなかったことかもしれなかった。あの愚かな女の供述を盗聴したテープを、実際にそれが話されてから一時間もたたないうちに聞いたというのに、それから二十四時間以上も、そのことについて質問もしないで放置していたなんて！

いずれはそれを何とかしなくてはならないわよ、と彼女は自分にふたたびいい聞かせた。いえ、いずれではなく、ほとんどいますぐによ。間違いなく、明日には何とかしなくては。でも、こんな短時間に、これ以上ないぐらい細々《こまごま》としたことを、どうやったら全部手に入れて検討できるというの？　もちろん、あの糞忌々《くそいまいま》しいイギリス人なら簡単でしょう。だって、すべての情報を易々と手に入れられるわけだし、捜査全体を監督する必要もなければ、あらゆることについていちいち政治的な意味を考えなくてすむんだから。

それらの政治的な意味は、どれを取っても大きすぎて、いますぐうまく包み込んでしまうのは不可能だった。しかし、事態は段階的に拡大し、そのおかげで、ジョージ・ベンドールの最初の尋問にレオニード・ゼーニンが同席しても不自然ではなくなっていた。しかもそれだけでなく、そこには、つまり段階的な拡大のなかには、彼女の手落ちについての非難は含まれていなかった。それは本来ならあり得るはずがなかったが、アメリカ大使館の地下での幸運にも限られた少数を前にして、くそったれイギリス人から神経にさわる厄介な質問を次々と浴びせられたことは記録されておらず、したがって、ゼーニンにはそれを知るすべがなかった——いまも、おそらくこれからも。しかし、二度とこんなへまをしでかすわけにはいかなかった。そもそもまったくあってはならないことだった。過《あやま》ちを認識することは次の過ちを犯さないということよ、とオルガはぴったりのロシアの格言を思い出して自分を戒めた。いまはもう、流れに飲み込まれまいともがいているような気分は消えて、硬くてしっかりした地面に足がついていると感じられた。オルガは一刻も早く尋問を始めたくてたまらず、ゼーニンが遅れないことを祈った。

彼女は窓辺に立ち、ゴスピタルナヤ街から聖ペテロとパウロ教会の青いドーム屋根のほうを見た。ゼーニンはその方向からやってくるはずだった。こちらへ向かうから待っていてくれと電話でいってきたときの彼の声は、うれしそうで、興奮してさえいるように聞こえた。オルガは今朝の危機委員会で何が話し合われたかを知りたくてたまらなかった。明らかに、チャーリーとケイリーとの彼女の話し合いより、彼の首尾のほうがよかったに違いなかった。

レオニード・ゼーニンが現われたとき、彼女は危うくその姿を見落とすところだった。というのは、てっきり公用車でくるものと思っていたのに、徒歩でやってきたからである。ゼーニンはピョートル大帝のお気に入りだったスイス生まれの将軍、フランソワ・ルフォールの小さな記念碑の前を大股《おおまた》に通り過ぎた。ルフォール将軍自身は知る由《よし》もなかったし、仮に知っていたら当然面白く思わなかっただろうが、ロシア史上最も悪名高いその刑務所の名前は、彼にちなんだものだった。あの髭《ひげ》の民警司令官は制服も似合うけど、私服のほうがもっといいわね、とオルガは判定した。そして、ちらりと興味をかき立てられて愉快になった——どっちも着ていないときの、運動選手のような肉体はどんなふうなのだろう。

彼女は待ちわびていたことをこれっぽっちも気取られないよう、十分に窓際《まどぎわ》を離れた。そのとき、ゼーニンが埃《ほこり》っぽい待合室に飛び込んできた。彼は笑みをたたえていたが、オルガはそれを見て、わたしと電話で話しているときにもあの笑みを浮かべていたに違いないと想像した。白衣のワジム・ニコラーエフが横にいるにもかかわらず、ゼーニンが大声でいった。「まったく、何という汚ない部屋だ！　病気になったら終わりだといっているも同然じゃないか！」

侮辱された医療部長が反論した。「クリミア戦争の英雄たちの治療は、ここで行なわれたんです！」

「そのときのベッドが、いまもそのまま使われてるんじゃないのかね」ゼーニンは相手の機嫌など意に介するふうもなかった。「それで、例の囚人の容態はどうなんだ？」

「三十分なら面会できます」

「私は時間のことをいっているんじゃない。意識は完全に回復したのかと訊《き》いているんだ」

「はい」

「ものごともちゃんと理解できるんだな？」

「グエルグエン・セミョーノヴィチ・アガヤンはそういっています」

「ベンドールはどんなことを話したんだ？」

「それは彼に付き添っている民警の将校に訊いてください」

「きみに何を話したかと訊いているんだ」

「治療上の質問には答えてくれました」

「ほかには？」

「ほかのことは訊いていません」

「では、そろそろ、だれかが訊くべきときだな」

ほとんど過剰なぐらいに自信満々じゃないの、とオルガは驚いた。公式の場では——といっても、これまで同席した場合に限ってではあるが——ゼーニンは常にもっと控えめな態度だった。

自分の権威をないがしろにされたニコラーエフが、それを挽回しようとしていった。

「グエルグエン・セミョーノヴィチに確認してきます。ここで待っていてください……」

ゼーニンがオルガにいった。「私はクレムリンから直行してきたんだが、オクロフは動揺しているぞ。彼だけでなく全員が動揺していておかげで、ユドキンの周辺警護は倍に強化された。ピロゴフ病院の警備担当者を増やしたおかげで、そいつらの部屋を確保するために、ほかの患者を移動させなくてはならなかったぐらいだ……」そして、また笑みを浮かべた。「それから、行方不明になっているKGBの記録について、大統領命令が出されることになった。私がそれを提案したんだ。企みが確認された時点で、その場でオクロフが命令したよ」

「わたしたちはジョージ・ベンドールを何としても生かしておかなくてはなりません。したがって、彼の警備も恒久的に倍増しました」オルガはベンドールのアパートから押収されたもののことをゼーニンに伝える方策を見つけなくてはならなかった。

「あの男には何も起こらない。それは保証する」と、ゼーニンがいった。「アメリカ大使館の様子はどうだ？」

「内部の警備が強化されているかどうかはわかりません。アメリカ側の弾道専門家は、銃弾は同一のものでないと認識しているが、ロシア側の証拠物件が届くまで結論を待つといっています」

「チャギノの連中は何と言い訳しているんだ？」

「まだ検査に着手していないといっています」

「二日以上もたっているのにか！」

「明らかに、そんなことに手間をかける必要はないと考えているようです」

「記録しておけ。あとで処理する」

「もう記録してあります」

「あのイギリス人はご満悦か？」

オルガはためらった。「目立つほどではありませんが」と、彼女は正直に答えた。もう一つの当惑すべき事柄を自分の口からゼーニンに伝えなくてはならないとしたら、下手に小細工しないほうがいいだろう。「彼は薬莢のことを訊いてきました。われわれももちろん探しましたが、そのときにはその区域はきれいに片づけられたあとで、一つも発見できませんでした」

「それはライフルから自動的に排出されたはずなのか?」

「そう思われます」

「いくつかは見つけておくべきだったな」と、ゼーニンが不満を漏らした。

「それがベンドールの単独犯行でないというさらなる証拠です。実にしっかりと計画されていたということです」どうしてアメリカ大使館の地下でこの言い訳を思いつかなかったんだろう。

「うむ」ゼーニンが疑わしげにいった。

どうやら、いまの言い訳は受け入れられたようだった。「もう一つ、お知らせすべきことがあります。ヴェラ・ベンドールは民警がジョージ・ベンドールの私物と一緒に書き物も押収したといっていますが、そのことは憶《おぼ》えておられますか?」

「憶えているが?」と、ゼーニンが用心深く肯定した。

「しかし、ベンドールのアパートからの押収物のなかにそういう書き物があったという記録はないのです。わたしは最初にアパートへ行った民警から——全部で三人です——直接事情聴取をしました。しかし、三人とも、文書のようなものは一切なかったし、もちろん、手書きの書類などなかったと主張しています」

「あの女が間違っていたのかもしれんだろう」と、ゼーニンが指摘した。

「あるいは、ほかのだれかが、われわれの部下よりも先にアパートへ行ったという可能性もあります」

「その三人に先んじてアパートを捜索したという兆候があったのか？」

「三人によれば、ジョージ・ベンドールの部屋はひどく散らかっていたとのことです」

と、オルガは正直に答えた。

「そうだとすれば、捜索令状が出る前にやったんだな」と、ゼーニンが同意した。

やったわ、もう大丈夫よ！――オルガがそう判定したとき、ワジム・ニコラーエフが戻ってきた。

「三十分です」と、ニコラーエフが条件をつけた。

「やってみなければ、時間はわからん」と、ゼーニンが突っぱねた。

二人はニコラーエフに案内されて廊下へ出たが、その壁は汚れていて、ところどころに〈糞〉だの〈地獄〉だのといった落書きがあり、ベッドフレームが放置されて狭くなっていた。ある場所など、二台の古びた船形の車椅子《くるまいす》、原形の推測さえできない鉄のスクラップ、木枠の破片らしきものまで放り出されていた。

それを見て、ゼーニンがいった。「これもクリミア戦争時代の遺物か？」

ニコラーエフは返事もしなかった。

ベンドールの病室は、遠くからでもそことわかった。その前に警備員が固まっていたからである。「あなたが尋問されますか？」と、オルガはゼーニンに訊いた。

「きみは捜査官だろう、オルガ・イワノーヴナ。私は黙って聴いているだけにするよ」

オルガは自分が感じていることにびっくりした。それは不安ではなく、ほとんど性的な期待感だった。彼女は普通、男に好印象を抱かせなくてはならないと感じることはなかった。「必要と思われたときには、助言をしてください」

「もちろんそのつもりだ」

警備グループは彼らが近づいてくるのを見ると、敬意を表して姿勢を正し、道を空けた。ベンドールの収容されている個室にはさらに三人の民警がいて、外よりも混雑していた。録音装置はすでに準備されていて、彼らが入ってくるのを見た操作係が遅まきに立ち上がった。壁はまだらに褪色《たいしょく》していたが、落書きも、少なくともはっきりとわかるようなものは見当たらなかった。シーツは毛布と同じ灰色だったが、ジョージ・ベンドールの頭を覆《おお》って切断されることなく引き延ばされ、砕けた肩が三倍に膨れ上がるほどに巻かれているように見える包帯のはっきりしない色とも似通っていた。半円形の枠が折れた足を保護し、上掛けの圧力がかからないようになっていた。尿道カテーテルがベッドの下の容器へと伸びているだけで、彼はモニターにはまったくつながれていなかった。上段の窓ガラスの内側に見事な蜘蛛《くも》の巣が張られ、それを造った当人が、脚を広げてそこにとどまっていた。また、大昔に雨が流れ落ちてつけた条《すじ》模様が、汚れのこびりついた窓ガラスの外側に残っていた。テーブルと椅子は、録音装置用と操作係用のものが一脚ずつあるだけだった。民警の吸った煙草《たばこ》が床に散らばっていた。室内は悪臭がしていたが、それは煙草だけでなく、汚れた身体《からだ》が発したものでもあった。ひょっとすると、とオルガは思った。一八五〇年代に実際にここにいた患者たちの体臭かもしれないわね。

ニコラーエフがいった。「われわれは三十分で切り上げてもらいたいと考えています」

「私は必要なだけの時間をかけようと考えている」ゼーニンが応じた。

囚人に集中していたオルガは、ベンドールの目がそこにいる者たちのあいだを忙しく動いているのに気がついた。ベンドールは彼女が自分を見ていることに気づくと、とたんに天井に視線を固定した。「さあ、全員出ていってちょうだい。それから、椅子をもう一脚持ってきて」と、オルガはいった。録音係はびっくりしたようだったが、やがて肩をすくめた。

「私は残るべきでしょう」と、ニコラーエフがいった。

「私もとどまります」と、アガヤンが同調した。

「その必要はありません」と、オルガが却下した。

「だめだ」と、ゼーニンも加勢した。「二人とも、ここにいてはならん。出ていけ！」

「では、廊下にいます」と、ニコラーエフが頑固にいい張った。

外に出た三人の民警によって、手渡しで椅子が運ばれた。ゼーニンはそれを受け取り、ドアのすぐ内側に腰を下ろした。オルガはそれを見て、彼はベンドールの視界の外にいつづけるつもりなのだと気がついた。そうやって、この部屋にいるのは彼女一人だとジョージ・ベンドールに思わせるのだ。ベンドールはほとんど瞬《まばた》きもせずに天井を見つめつづけていた。オルガはちらりと上を見た。そこも、ほかのすべてと同じく汚なかった。

オルガは録音装置のほうへ心もち顔を向けていった。「ジョージ・ベンドール——別名ゲオルギー・グーギン——、あなたには殺人および殺人未遂の容疑がかかっています。後日、これ以外の容疑でも正式に告発されることになるでしょう」

ベンドールがわずかに彼女のほうを向き、薄い笑みを浮かべた。

「だけど、あなたは失敗したのよ」と、彼女はとたんに嘲《あざけ》るような口調に変わった。

ベンドールはまったく反応を示さないまま、彼女を見つめつづけた。

「あなたが殺したのはアメリカのボディガードなの。それでも、死刑は免れないでしょうけどね」

依然として、反応はなかった。

「あなたの単独犯行でないこともわかっているのよ。あなたを巻き込んだ連中は、あなたの見事な愚かしさを見抜いたのよ。何て利口な連中かしらね」

ベンドールが瞬きをし、咳払《せきばら》いをして唾《つば》を飲み込んだ。包帯でぐるぐる巻きにされた頭は、動かないままだった。

「あなたのお母さんも死んだのよ。気の毒に、ひどく辛《つら》かったでしょうね」

ベンドールが激しく瞬きをし、またごくりと唾を飲み込んだ。顔が目に見えないぐらいわずかに――すぐに元に戻ったが――彼女のほうを向いた。

「それがあなたの人生なんじゃないの、ゲオルギー？　いつも失敗ばかりの人生。失敗した父親、失敗した母親、失敗した息子。最終結果は、完全かつ惨《みじ》めな失敗」

「どうして？」ベンドールが干からびた喉《のど》からしわがれた声を絞り出した。

今度はオルガが沈黙を守った。

「どうやって？」

オルガはちらりとゼーニンに視線を飛ばした。ゼーニンは両腕を膝《ひざ》において身を乗り出し、彼女のほうを見ないで、聴くことに完全に集中していた。

「お袋はどういう死に方をしたんだ？」

ダムにひびが入ったわよ。そのひびは外からではなく、内側から広がっていくはずだわ。「ぶら下がったのよ」

「そんな目にあわされるようなことはしていなかったはずだ」

ジョージ・ベンドールはそういう手続きには時間がかかることを忘れているらしく、母親が公式に罰せられたのだと明らかに信じていた。オルガはしばらくそう思い込ませておくことにした。「それはどうして？」

「お袋は何も知らなかったんだ」

「わたしは知ってると思ったけど」

「そんなことはない！」

「彼女は何を知らなかったの？」ひびが音をたてて大きくなりはじめたわよ。

「何もだ」

「どんなことについて？」

ベンドールが顎《あご》の筋肉が浮き上がるほど固く、歯を食いしばるようにして口を閉ざした。

「それなら、何もないのに死んだの？」ベンドールはすでにひび割れを修復しており、オルガはそれをふたたびこじ開ける方法を思いつかなかった。

反応はなかった。

「彼女はあなたがすべてを憎悪《ぞうお》していたことを知っていたわ。でも、自分が嫌われていたとは考えていなかった。あなたのお父さんが彼女にしたことのあと、つまり、彼女をイギリスから呼び寄せてからはね」

「あいつはくそったれだ！」

この壁にはもう一つ弱い部分があるわ、とオルガは気がついたが、何もいわなかった。

「死ぬべきはお袋じゃなくて、あいつだったんだ」入口のほうでかすかに音がした。ゼーニンが身じろぎをしたのだった。だが、ベンドールは何かが聞こえた素振りも見せなかった。「あいつが死ねばよかったんだ」

「あなたはお父さんを殺したかったの？」と、オルガはついに訊《き》いた。

「ああ」ベンドールが初めて感情をむき出しにして吐き捨てた。

「どうして殺さなかったの？」

「殺さなかったからだ」

この男だけが頼みの綱なのよ、とオルガは思った。手がかりを与えてくれるのはこの男しかいないのよ。何としてもこの男を打ち負かさなくてはならなかった。何が何でも、可能な限りの手を使って、この男を騙《だま》すか、すでに平衡を失っている心をもっと傾《かし》がせなくてはならなかった。もしイギリスが不満を持って公式に異議申し立てをしたとしても、それは筋違いだった。いまオルガがやらなくてはならないのは、ロシアの法廷でロシアの有罪判決を勝ち取ることだけだった。そのためには何としても自白と証拠を手に入れなければならず、彼女は何としてもそれをやり遂げるつもりでいた。「お父さんが怖かったのよね？」

「違う！」それは強い怒りのこもった叫びだった。

「いいえ、怖かったに決まっているわ」

「そんなことはない！」ジョージ・ベンドールがぐいと頭を起こし、そのせいで生じた痛みに顔をしかめながら、初めて彼女を正面から見た。「おれは殺すつもりだった。だが、その前に死んじまったんだ」

　それは信じられないというように、オルガは大袈裟《おおげさ》に首を振ってみせた。「仲間にやらせればよかったじゃないの？　彼らがあなたのお母さんを殺したように？」手の込んだやり方だったが、そのおかげで、彼女は自分が望んでいた位置につくことができた。

　それまでぼんやりしていたベンドールの目が、はっきり焦点を結んでオルガを見た。

「何だって？」

「彼らがあなたのお母さんを殺したように、今度の事件をしでかしたあなたの一味にお父さんを殺させればよかったじゃないの？」と、オルガはもう一度同じ言葉を繰り返した。

「さっき、お袋は絞首刑になったといったじゃないか？」

「法廷の判決でそうなったんじゃないわ。窒息させられたのよ。殺されたの」と、オルガはでっち上げを口にした。

「お袋は何も知らなかったんだぞ！」ベンドールが今度は泣き叫びながら否定した。

「でも、あの連中は彼女が知っていると思ったのよ。彼らがあなたのお母さんを殺すだろうということをあなたが知らなかったなんて、法廷は信用しないでしょうね。わたしだって、信じないわ。あなたは従犯と見なされるはずよ」

「違う！」と、ベンドールがふたたび泣き叫んだ。

「怖いのは当たり前よね」

「怖くなんかない」

「もしできるのなら、彼らはあなたを殺そうとするわよ」

「怖がってなんかいない！」

「あの連中は、できることならあなたを殺すわよ。間違いないわ」

ベンドールがまた天井へ視線を戻し、唇を固く引き結んだ。オルガは明らかに方向を間違えていた。相手がべらべらしゃべりはじめるだろうと予想していたのだが、考えてみればそんなはずはなかった。精神的に混乱した男の口が緩むとは必ずしも限らない。そもそもから見込み違いをしていたのだ。

そのとき、ドアのほうでくぐもった声が聞こえた。振り返ると、ニコラーエフが警備員の壁の向こうで、時間だと身振りで訴えていた。ゼーニンもそのほうを振り返り、うるさいと手を振り返した。

オルガは包帯でぐるぐる巻きにされた男に向き直った。「もう一人の狙撃犯《そげきはん》はあなたよりずいぶん腕がよかったわよ、ゲオルギー。きっと実戦経験が豊富だったんでしょうね」

「あれはおれ一人でやったんだ」

その言葉がオルガを驚かせた。ゼーニンが椅子《いす》からさらに身を乗り出すのがわかった。

「もう一人の狙撃犯がいたことはわかってるのよ。異なるライフル二挺《ちょう》と異なる銃弾が発見されているんですからね」

「嘘《うそ》だ！」

さて、どっちへ進むべきか？「あの連中はあなた一人には任せなかったのよ。あなたが単独でやり遂げられるほど優秀でないと知っていたのよ」

「嘘に決まってる」

「あなたは自分が腕のいい狙撃手だと思ってるの、ゲオルギー？」

「訓練を受けたからな」ささやくようなその声に、初めて誇らしげな抑揚がついた。進むべき道が見つかったみたいよ。「以前にも人を殺したことがあるの？」

「大勢殺したとも」

「何人殺したの？」

「大勢だ」

「それはいつのこと？」

「軍隊にいるときだ」

「軍隊にいるときは、毎日訓練していたの？」

「当たり前だ。そうしなくちゃならなかったんだ」その声には、かすかに怒りが感じられるだけだった。

「でも、軍隊をやめてからずいぶんたつんでしょ？」

話の進む方向を量りかねたらしく、ベンドールが表情を曇らせていい張った。「おれは優秀な狙撃手だ」

「いまも毎日訓練してるの？　もう軍隊にいないのに？」

ベンドールがわかったぞというような、狡賢《ずるがしこ》い笑みを浮かべた。「かもな」

「そうなのね？」

答えはなかった。

「だれと訓練してるの？」

やはり、答えは返ってこなかった。

「あのライフルはどこで手に入れたの？」

笑みはそのままだったが、依然としてベンドールの口は開かなかった。

「水曜日のことだけど、軍隊で訓練し、やめてからも毎日訓練していたのと同じぐらい素早く撃ったの？」

「おれは腕がいいんだ」

「二発撃つのに八秒もかかってるのに？　訓練を積んだ狙撃手としては、それは速いとはいえないわね」

「八秒もかかってるもんか」

やったわよ！　オルガは勝ち誇ってその言葉に飛びつき、ゆっくりと回っている録音テープに実際に目をやった。「発射された銃弾は全部で五発なのよ、ゲオルギー。二発じゃないの。事実、もう一人の狙撃犯はあなたよりうまくやったわ。ロシア大統領に二発命中させ、アメリカ大統領夫人に一発を命中させてるの。あなたはへたくそだったのよ」

「やったのはおれ一人だ」ベンドールはもう瞬《まばた》きをしておらず、はっきりとまぶたが閉ざされつつあった。

「もう一人の狙撃犯がいたことをわたしたちは知ってるの。あなたも知ってるはずよ」

廊下のほうがふたたび騒がしくなった。見ると、ニコラーエフとアガヤンが警備員といい争っているところだった。ベンドールを警護する者たちの頭と肩越しに、〈もう十分だ〉とか〈抗議する〉という言葉がはっきりと聞こえた。今度はゼーニンが立ち上がり、二人をなかへ入れろと身振りで指示をした。ニコラーエフが依然として抗議の言葉を吐きつづけながら飛び込もうとした。彼の怒りの言葉をマイクが拾わないうちに、オルガは録音装置のスイッチを切った。

ゼーニンが入口でニコラーエフをさえぎった。「黙れ！　もう終わった。あいつなら大丈夫だ」

「もはやクレムリンにスターリンはいないんですよ。ここは警察国家じゃないんです」

「そのご立派な意見を証明したくて、ひたすら喚《わめ》き、怒鳴り、ひたすらやかまし過ぎるほどに騒ぎ立てているのなら、きみは自分でコリマの収容所行きを選択することになりかねんぞ」

ニコラーエフがいきなり怒りを弾けさせた。「この男はいまでも公式に集中治療下にあるんです！」

オルガがベンドールを見ると、その目はすでに閉ざされ、ひくひくと動いてもおらず、狸《たぬき》寝入りを装《よそお》っているようではなさそうだった。それに、息遣いも落ち着いていた。

「だからこそ、この男をここにおいておきたいんだ」と、ゼーニンがいった。「こいつがきみたちの集中治療下にありながら死ぬようなことがあったら、そのときには、きみたちは二人ともコリマ収容所行きを選択したと思え。わかったか？」

汚れた白衣の小柄な医療部長は、それでも束《つか》の間《ま》相手をしっかりと睨《にら》み据え、不満をぶちまけたそうに口を動かして喉《のど》を上下させていたが、ついに悄然《しょうぜん》としてこういった。

「あなたはそんなことをして誇れるんですか？」

「まさか」と、ゼーニンはいった。「仕方がないからやるだけだ」

ゼーニンが急ぎ足で病院を出ようとし、オルガは遅れまいと息を切らせてあとにつづきながらいった。「もう少しだったんですよ！　あとちょっとであの男を崩せたのに！」

「きみは実によくやった。だが、ちょっと圧迫しすぎたかもしれん。あいつを正気のままにしておけば、一味を捕らえることができるだろう。だが、圧迫しすぎたら、きみがいった通りのものしか手に入らないだろう。つまり、選ばれた大馬鹿者《おおばかもの》だ。ジョージ・ベンドールなんかどうでもいいんだ。私はあいつを操っている連中を捕らえたいんだ。首謀者をな」

あと何分かでよかったのに、とオルガは内心で歯軋《はぎし》りした。わずか数分で、ジョージ・ベンドールは手がかりを与えてくれたはずなのに。「イギリス側は明日、彼と面会をすることになっています。その前に、わたしはもう一度彼に会うつもりです」

「いい考えだ」と、ゼーニンが同意した。二人はゴスピタルナヤ街側の出口へ近づいていた。「私はこれからクレムリンへ戻る。連中が待っているんでな」

「そうですか？」と、オルガは奇妙に思っていった。

「きみとも、もう少し話し合う必要がある。だから、本部で待っていてくれ」

「承知しました」

「それから、さっきいったことは本気だぞ、オルガ・イワノーヴナ。きみは実によくやった」

「民警に全部話した」と、ウラジーミル・サコフがいった。「アメリカの連中にはとっと失《う》せろといってやったし、お前にもそういってやるよ。放り出してほしかったら、力を貸してやるぜ」

この威勢のよさは虚勢を張ってるのと、ウォトカの力を借りてるせいだな、とチャーリーは見抜いた。だが、テレビで見ていた取っ組み合いをするぐらいの力はありそうだ。モスクワNTVのカメラ室は機材が乱雑に置かれ、カップや食べ物の容器、煙草《たばこ》の吸い殻、作業用のオーヴァーオールが散らばっていた。

チャーリーはいった。「あんたが民警に話したことの記録は読ませてもらったよ」それは記録といっても一ページに満たないもので、内容は次の通りだった。ベンドールにぶつかられてカメラの焦点がぶれ、怒鳴りつけようと振り返ったときにライフルが見えた。自分を撃とうとしているのだと思って、そのライフルをもぎ取ろうと揉《も》み合った。自分もあだれもベンドールを好いていないし、ベンドールもだれも好きではなかった。自分もあの男と組んで仕事をしようと思ったことはない。

「だから、とっとと出て失せることだ」サコフはグラスを手に、詰め物がはみ出して乱雑な部屋をさらに汚している、古びたアーム・チェアにだらしなく坐《すわ》っていた。身につけているものといえば、汗染《あせじ》みのついたジャージと、もっと汚ないジーンズで、両腕はチャーリーがヴィデオで見たよりもはるかに多くの、しかも粗雑な刺青《いれずみ》で埋められていた。頭はほとんど禿《は》げていたが、年齢は三十五より上ではなさそうだった。

前歯をへし折られる覚悟が必要かもしれなかったが、いまのチャーリーはとっと出て失せろなどといわれたい気分ではなかった。なぜなら、二人目の狙撃犯が高い狙撃位置を確保していた可能性のある旧コメコンの高層ビルと二つの塔を、一階一階上ったあとだったからである。四つ目の候補を調べるのは諦《あきら》めたが、それはＦＢＩと思われるグループがその建物の前に立っていて、明らかに自分と同じことをしようとしていると思われたからだった。いま、両脚の痛みは膝《ひざ》を通り越して、さらに上のほうへ上ってきつつあった。「あんたはそれほどの年齢《とし》じゃないな」

「何だと？」と、サコフが訝《いぶか》った。

「収容所体験《グーラグ》のあるような年齢じゃないということさ。それに、それは収容所の刺青だろ？」と、チャーリーは特定した。「もし収容所に行っていたら、この仕事にはありつけなかったはずだ。あんたの業務手帳にそのことが記されるはずだからな」

「小賢《こざか》しいことをいうじゃないか」サコフがチャーリーの死角になっている椅子の横から、ラベルのついていない透明な瓶を取り上げてグラスに注ぎ足した。

それはジャガイモから作った黄色い密造ウォトカで、店で売っている合法のものより味もひどく悪かったし、アルコール度も強かった。どこからどこまでマッチョふうだな。だが、いまのいい方は前ほど喧嘩腰《けんかごし》じゃなかったぞ。それに、おれの前歯もまだ無事だ。

「収容所へ行ったのは親父《おやじ》さんか？　それともお祖父《じい》さんか？」

サコフが肩をすくめた。「親父だ」

「それにしても、その刺青はずいぶん立派な記念じゃないか」と、チャーリーは賞賛する振りを装った。

「親父は何の罪も犯しちゃいない。家族にそんなやつは一人だっていなかった」

家族の恨みが権威や当局への敵意になったということか。チャーリーはおだてつづけた。「それでも、その刺青を入れるには勇気がいったはずだ。そこまでするやつは滅多にいないよ」

サコフは黙って肩をすくめただけだった。

障壁が多少低くなったように思われた。チャーリーはその瞬間を逃したくなかった。

「あんたはゲオルギーとはまったく違うな。あいつは父親をひどく嫌っていたんだ」

「あいつはみんなを嫌っていたよ」

「あんたはあいつのことなんか歯牙《しが》にもかけてなかったんだろ?」

「ああ」

「それなら、どうして組んで仕事をするのが嫌だったんだ?」

「気むずかしい糞《くそ》野郎だったからさ」

「あいつは酒飲みだったんだ」

「おれたちとちゃんと飲んだことはなかったな」

「だれとも飲んだことはなかった？」

「そうかもな」

「だけど、ここにも友だちぐらいはいたんだろ？」と、チャーリーは賭《か》けてみた。

「たぶん、ワシーリイ・グリゴーリエヴィチがそうだったんじゃないかな」サコフが曖《あい》昧《まい》な仕草で十字を切った。宗教的な仕草だろうか、とチャーリーは訝った。

「ワシーリイ・グリゴーリエヴィチ・何というんだ？」

「イサコフだ」と、サコフが姓を答えた。「いいやつだったよ。どうしてあいつがグーギンなんかとつるんでたのか、おれにはさっぱり理解できなかったな。みんな、そうだったんじゃないか」

「いいやつだったとは、どういうことだ？」チャーリーは過去形が気になった。「ワシーリイ・グリゴーリエヴィチはどうなったんだ？」

サコフがその質問にびっくりしたような顔で答えた。「死んだのさ」

いいぞ、とチャーリーは満足が湧《わ》き上がるのを感じた。「死因は？」

「事故だ。ティミリヤジョフ公園の近くの踏切で、電車と衝突したんだ。あいつはあの公園の近くに住んでいたんだ」

ジョージ・ベンドールと関わったために死ぬ確率が高くなったようだな、とチャーリーは考えた。「いつのことだ？」

「しばらく前だな。四カ月か、ひょっとすると五カ月かもしれん」

「その事故はどんなふうに起こったんだ？」

「知るか。列車と競走しようとしたって、そういう話だったけどな」

「だれがいったんだ？」

「ここの連中さ。単なる噂《うわさ》だよ。わかってるだろ」

「ワシーリイはここで何をしていたんだ？」

「チーフ・カメラマンだよ。いまのおれとおんなじさ。もっとも、おれがそうなったのはあいつが死んでからだがな。だから、おれがホワイトハウスでカメラを担当したんだ」

「グーギンと彼はいい友だちだったのかな？」

「だから、それが理解できなかったんだ」サコフが繰り返し、またボトルを持ち上げた。「飲むか？　こっそり造ったやつだが、いけるぜ」

チャーリーは生まれてこのかた酒を勧められて断わった例《ため》しはなかったし、今回もそんなことをするつもりはなかった。なぜなら、それは自分が受け入れられた印だからである。しかし、内心では肝臓に謝っておいた。サコフは指の跡のついているグラスにほとんど指三本分もその密造酒を満たし、また自分のグラスに注ぎ足していった。「情け深い魔女どもに乾杯だ」

チャーリーはロシア風にグラスを合わせて乾杯しながら、自分が高層ビルを無益に上り下りしているときに、その魔女たちがもっとやさしくしてくれなかったのを残念に思った。その液体を飲んだ瞬間、喉《のど》が焼けた。まるで灼熱した石が転がり落ちていくようだった。「ワシーリイとゲオルギーは、頻繁に組んで仕事をしていたのかな？」

「たいていの場合、その組み合わせは変わらなかったな」

「それは普通のことなのか？」

「ほかのみんなには、それが好都合だったのさ」

「ここで仕事を始める前から、あの二人は知り合いだったのかな？　おれが聞いたところでは、ゲオルギーに仕事を紹介してやった人間がいるようなんだが、ひょっとしてワシーリイがそうなんだろうか？」

「それはそう聞いてるぜ。もっとも、尋ねたことはないがね」

チャーリーはウォトカを飲む振りを装って唇をつけた。とたんにその唇が痺《しび》れた。

「このあたりに、みんなの溜《た》まり場になってるような飲み屋はないかな？」

「テフニクスキー通りのエレーナの店がそうだ」

「ゲオルギーとワシーリイも、その店を使ってたのか？」

サコフがちょっと考えた。「ときどきな」

「ということは、仕事のとき以外にも一緒にいたのか？」

「そうみたいだったな」

「火曜と木曜はどうだろう？」

サコフがきょとんとしてチャーリーを見た。「何だって？」

「ゲオルギーの母親によると、彼は火曜と木曜に決まって何かをしていたらしいんだが、彼女は息子が何をしていたのか知らなかったんだ」

サコフが頭《かぶり》を振った。「おれも知らないな」

「狙撃《そげき》事件の日にゲオルギーがあんたの使い走りをすることになったのはどうしてなんだ？」

「勤務表がそうなってたんだろう」

「そうしてくれと、彼が特に頼んだんじゃないんだな？」

「そんな話は聞いてないな。お前、飲んでないじゃないか」

チャーリーはふたたびグラスを口に当てた。「あんたは彼と組んで仕事をするのがいやだったんだろ？」

「さっきいったとおりだよ」

「それなら、どうして勤務表を変えてくれと頼まなかったんだ？」

「そこまでじゃなかったからさ！　あいつは仕事はちゃんとできたんだ」

「勤務表が決まったのは何日前なんだ？」

「一週間前だ。今回は大仕事だっていうんでな」

「ゲオルギーはライフルを機材袋に入れてカメラ塔に持ち込んだんだな？」

「そう聞いてるけどな」

「どんな機材が必要かはあんたが決めるんだろ？」

「当たり前だ」

「どんな機材が入っているはずだったんだ？」

「予備の三脚だ」

「袋のなかをチェックしなかったのか？」

「いっただろう、あいつは仕事はきちんとやってたんだ。何が欲しいかをいえば、ちゃんとそれを持ってきたんだよ」

「そのときも、そうだったわけだ。あんたは必要なものを持ってこいと彼にいい、その準備も彼に任せた？」

「そうとも。そのどこが悪いんだ！」サコフがまた喧嘩腰になった。

「どこも悪くはないさ」と、チャーリーは急いで同意した。「必要なものが全部揃《そろ》うまでには、何回ぐらい地上とカメラ塔を往復する必要があったのかな？」

「二回だ。あいつはまずカメラを持って上がってきて設置し、紐《ひも》でケーブルをひとまとめにしておいてから、残りのものを取りに戻ったんだ」

「セキュリティ・チェックは？」

サコフが首を振った。「もちろん、おれたちは身分証も持ってた。だが、現場へはNTVのヴァンで行ったんだ。警備の連中は一見しておれたちが何者かわかったらしいな」

チャーリーはため息をついた。「ゲオルギーは二回目のときにライフルを持って上がったんだな？」

「そうだ」

「あんたが撮影中は、彼はどうしてなくちゃいけなかったんだ？」

「おれが何かを頼むまでは、邪魔にならないように離れてるってことだ」

「大統領たちの車列が近づいてくるのを知った時点から、どういうことがあったのかを教えてもらえないかな」

「ディレクターと……ルート沿いのほかのカメラから連絡があった。それで、車の列がカリーニン橋を渡ってクラスノプレスネンスカヤ河岸《かし》通りへ入るとすぐにカメラに捕らえ、そこからホワイトハウスまでずっと追いつづけた。彼らが車を降りたとき、クローズアップを撮るために焦点を合わせなおした。大統領が動き出すのが見え、血が飛び散るのが見えた。そのとき、あの野郎がぶつかってきたんだ。その瞬間に、ライフルが目に入った。銃口をおれに向けようとしてると思って、そのライフルをひっつかみ――」

「揉《も》み合うところはテレビで見たよ」と、チャーリーはさえぎった。「揉み合っているとき、彼は何といってたんだ？　二人とも、何かいってただろう。あんたが何かいっているのはわかったんだ」

「ちゃんとは憶《おぼ》えてないな……」サコフが両耳を覆《おお》っていった。「最初のうちはディレクターとつながってるヘッドフォンを着けてたんだ。間もなく、それも吹っ飛ばされた。おれたちは罵《のの》り合い《し》、お互いを糞呼ばわりしたはずだ。何でこんなことをしてるんだというと、やつは必要な正しいことをしてるんだと抜かしやがった。やらなきゃならないんだ、邪魔をするな、殺すぞ、ともいったな。そして、おれに銃を向けようとした。ヘリコプターが頭の上に降りてきたから、ほとんど何も聞こえなくなった。ただ、あいつから離れろという指示が上から聞こえてきただけだ。だが、できなかった。おれが離れようとしたら、あいつが銃を向けようとしたんだ」

「銃声は何発聞こえた？」

「そんなもの、一発も聞こえるか」サコフがもう一度両耳を覆った。「いっただろう、ディレクターとつながったヘッドフォンを着けてたんだよ」

「ゲオルギーが軍隊で狙撃手としての訓練を受けていたことは知ってたか？」

サコフがまさかというように鼻を鳴らした。「いや」

「彼の身の上話を聞いたことはないかな……軍隊でのこととか……暇なときに何をしているかとか？」

サコフが首を振った。「あいつの親父《おやじ》がスパイだったってことさえ、新聞で読むまで知らなかったよ」

ベンドールは四つのときからロシア語に接しはじめたんだったな、とチャーリーは思い出した。「政治的にはどうだった？　新体制を嫌っているとか……アメリカを嫌っているとか……特に何かを嫌っているとか、そういうことはいわなかったか？」

「いわなかったな」

「どうしてゲオルギーはあんなことをしたのかな？」

「頭のおかしい……役立たずだからだろう」

頭はおかしいかもしれないが、とチャーリーは思った。役立たずではないんじゃないか。

「そこは遠いの？」

ロシアの基準でいえばそうではなかったが、たぶんサーシャは遠いと考えるはずだった。「ああ、遠いよ」と、チャーリーは答えた。

「飛行機に乗って行かなくちゃならないところなの？」

「そうだよ」

「長いあいだ行ってるの？」

「せいぜい二日さ」

「お土産を買ってきてくれる？」

「サーシャ！」ナターリヤが厳しい口調でたしなめた。彼女はどこか強《こわ》ばった雰囲気を漂わせていたが、まだ二人で話すチャンスがなかった。

「いい子にしていたら、買ってくるかもしれないな」と、チャーリーはいった。「いい子にしているってことは、もうベッドに入るということだよ」

「まだ寝る時間じゃないわ」と、サーシャが抵抗した。

「ミルクを飲んで歯を磨いたら、それが寝る時間なの」

「そんなの不公平よ」サーシャが口を尖《とが》らせた。

「寝るんだよ」と、チャーリーはいった。「週末までには帰ってくるから、何かいいことをしよう。お前の好きなことをね」

「サーカスがいい！」

「わかった、サーカスだ」と、チャーリーは同意した。

チャーリーが自分にはアイラ、ナターリヤにはヴォルネを用意して待っていると、彼女がサーシャを寝かしつけて戻ってきた。

「甘やかし過ぎよ」と、ナターリヤが不満を漏らした。

「父親ってのは甘いものと相場が決まってるんじゃないのかな」

ナターリヤはにこりともしなかった。「高いお土産はだめよ」

「きみは何がいい？」

「何もいらないわ」

「今夜の問題は何なんだ？」

ナターリヤは大統領命令によって記録文書の調査が行なわれることを明らかにした。その話しぶりは性急で一貫性を欠いていたが、チャーリーは最後まで黙って聞くことにした。「わたしたちのことがばれちゃうわ。あなたとわたしのことがね」と、彼女は結論した。

チャーリーは一瞬、完全に困惑したまま彼女を見つめた。「ナターリヤ！　その大統領命令は旧KGBの文書保管部からどのようにして――いかなる理由で――今回の事件に関係する記録が消えたかを調べろというものだろう。どうしてそれがぼくたちのところまで及ぶんだ？　われわれに関するものについては、きみがすでにすべてを抹消してるじゃないか」

「可能性はあるわ」

「ないね！」彼女はちょっと何かあっただけでも必ず悪い妄想を膨らませるんだな、とチャーリーは思った。何もない場合でも、そういうことがあるらしい。

「でも、危険であることに変わりはないわ」

「そんなことはないって」

「わたしはいま、わたしたちが予期していたよりもっと深みに引きずり込まれてるのよ」

「何も変わっちゃいないよ！」といってから、いや、変わったぞ、とチャーリーは考え直した。

「何のためにロンドンへ呼び戻されるの？」

「向こうのみなさんが、自分たちも何かをしているように見せたいからさ。それが協議するという名目になったというわけだよ」

チャーリーは間をおいてから訊《き》いた。「何かそれ以外の理由のほうがよかったかな？」

「そんなことはないわ」と、ナターリヤが否定した。

チャーリーはそれを信じなかった。それに、一緒にロンドンへ帰る弁護士がアン・アボットだということをナターリヤに教えるほど馬鹿《ばか》ではなかった。

「こういう結末になるとは思ってもいなかったわ」と、オルガはいった。だが、それは本心ではなかった。ブランディを飲むころには――ゼーニンはフランスものにこだわった――これから一緒に寝るのだという暗黙の了解ができていた。そんなことは一言も口にしないまま、二人は彼のアパートへ向かった。夕食を誘われるとは――もとより断われるはずもなかったが――思ってもいなかったし、その店が実際にモスクワ一のフレンチ・レストラン〈メルカトル〉だったのも予想外だった。しかし、何よりもびっくりし、またうれしかったのは、ベッドに入ったとたんに、彼がどんなに素晴らしいかがわかったことだった。

「悪かったかな？」

「そんなことないわ」彼の身体《からだ》と行為は、今日、彼と病院へ行くあいだに眺めて想像していたよりも、はるかに運動選手らしく活発だった。オルガは明かりをつけっぱなしにしておいてもらえたことに感謝しながら、ゼーニンを見た。「あなたは？」

「もちろん、とてもよかったよ。ところで、まだきみに話してないことがあるんだ」

「何？」

「クレムリンで、きみの尋問テープを再生した」

「オクロフだけに？」

「いや、トリシンにも聞かせた。二人とも、ぼくと同じ意見だった。つまり、実に見事な出来映えだということだ。だが、きみがもう一度ベンドールを尋問するのは、イギリス側がやったあとということになった」

「どうして？」

「彼らに先に尋問させれば、彼らが隠し持っているかもしれない何かがそこで明らかになり、われわれはそれを使ってベンドールを崩すことができるからだ」

「わたし一人でも崩せるわ」

「ぼくたち二人で、いまやったように協力すればいいんだ」と、ゼーニンはいった。

ゼーニンはセックスの主導権もオルガに渡そうとしなかったが、彼女にしてみればセックスの主導権はともかくとしても、尋問の主導権についてはそうはいかなかった。

12

チャーリーは補助席《ジャンプ・シート》に腰を下ろしたが、そこはほとんど顎《あご》にくっつくほど膝《ひざ》を折り曲げなくてはならないほど窮屈で、どこにもジャンプできるはずがなかった。もっとも、ジョージ・ベンドールと面会する前に情報を完全かつ確実に新しくしておこうとイギリス大使館とアメリカ大使館を往復したあとでは、いずれにしてもジャンプするのは難しかった。せめてもの救いは、とチャーリーは自分を慰めた。おれの向かいに坐《すわ》っているのがほっそりとした腿《もも》のアン・アボットで、でぶのリチャード・ブルッキングではないことだ。

最初のうち、彼らは口を開かず、弁護士と外交官はオルガがベンドールを尋問したときの記録と、チャーリーがNTVのカメラマンを聴取したときの記録を交換しながら読んでいた。ブルッキングはウラジーミル・サコフの記録を読み終えると、先にそれを読んでいたアン・アボットに不快そうな顔を向けていった。「何という汚ない言葉遣いだ！」

「おぞましいほどですよ」と、チャーリーは同意した。「許せませんね」

アンがチャーリーに笑みを向けた。「でも、突破口になりそうな部分がたくさんあるわ」

「母親のときと同じやり方でやろうと思うんだ」

「あなたが主導するのね」と、アンが応じた。

「それについては話し合う必要がある」と、大使館事務局長が割り込んだ。

「いったい何を話し合うんです？」と、チャーリーは鋭い口調で問い返した。この男にことを台無しにされたくなかった。

「私はこういうことに慣れていないんだ」と、ブルッキングが認めた。「というより、まったくやった経験がないんだ」

「あなたの経歴のためには、一度経験しておくのも悪くないでしょうね」と、チャーリーはいった。「しかし、これはアンと私に任せてもらうほうがいいんじゃないでしょうか？」

「最高権限を持っているのは私だ！」

それは大使館の公用車で、大使の運転手がハンドルを握っていた。この尊大なろくでなしが車の前にイギリス国旗を翻《ひるがえ》らせると言い張らなかったのが、チャーリーには意外だった。「教本にはどうしろと書いてあるんですか？」手引き書があるはずだ、とチャーリーは確信していた。ないはずがない。

「すべての事実を確認する。国籍を確認して、疑いの余地のないイギリス人であることを確かめる。もし可能であれば、パスポート・ナンバーを入手する。公式な協力を申し出る。近親者に知らせるために、イギリス国内に居住していたときの記録を手に入れる。いかなる援助金も貸し付けられたものであって、返済の必要があることを明らかにし、申請者の署名をもって同意を得ること」と、ブルッキングが引用した。

アンが口を押さえ、窓の向こうの数珠《じゅず》繋《つな》ぎになった渋滞のほうを見て、笑いをこらえていた。

どうしようもないな、とチャーリーはうんざりした。「全部をおさらいしておきましょう。ロンドンはすでに彼がイギリス人であることを確認しています。イギリスで生まれたという出生届もあります。ただし、彼はイギリスのパスポートそのものは持っていません。イギリスで居住していたときのいかなる記録もありませんし、援助金についてはまったく考える必要はないと思います。ここまでは同意してもらえますか？」

「いいだろう」と、ブルッキングがいった。

「事実を確認するのは、アンと私の役目です。そのためにわれわれはここにいるんです。これもいいですね？」

「ああ」と、ブルッキングが認めた。

「では、これで決まりだ！」と、チャーリーは勝ち誇った気分で宣言した。「あなたは公式な協力を申し出ることだけしてください。そして、アンと私がその役目を担《にな》っている旨をベンドールに告げて、あとはわたしたちに任せてください」

「私の役目は大したことがなさそうだな」と、ブルッキングが疑わしげにいった。

「あなたがそこにいることが重要なんですよ。最高権限を持った外交上の代表としてね」と、チャーリーは説得した。

「それはもちろんだが」と、ブルッキングは依然として納得できない様子だった。

チャーリーはいった。「これは当初思われたよりも、もっと不確かで、もっと複雑なんです」

「わかっている」と、ブルッキングが認めた。

「すべてが録音されます。それが合同捜査を行なうという合意のなかに含まれているんです」

「それもわかっている」

「もちろん、私ごときがあなたに仕事を教えるなどというつもりはありませんが――そんな畏れ多いことができますか――ロシアおよびアメリカ政府の最上層部に伝わるであろうことに関しては、ジョージ・ベンドールの聴取ですぐに明らかにならなかったとしても、その場での質問を控えてもらうほうがいいと思います。その発言をテープに遺《のこ》さないほうがいいでしょう」

「その通りだ！　それはいい考えだ」ブルッキングがほっとしたような笑みを浮かべた。

「実に簡単じゃないか」

「いつだって簡単が一番ですよ」と、チャーリーはため息をついた。

「確かにな」と、ブルッキングがいった。

チャーリーが早朝にアメリカ大使館地下の臨時捜査本部へ出向いた理由の一つは、彼らがブルデンコ病院へ行くのを認められているかどうかをオルガに確認するためだった。着いたのは同意された時刻より十五分早かったが、一階の受付へ入るまでセキュリティ・チェックは行なわれなかった。ブルッキングはそこで急いで先頭に出ると、ロシア語で書かれた自分の外交官証明書を差し出し、チャーリーがすでにオルガに渡しておいた顔写真と見比べられるのをぼんやりと眺めていた。そのちょっとした隙《すき》に、アンがチャーリーの手を引っ張ってささやいた。「さっきの笑い話はわたしが夕食のテーブルで披露するつもりですからね。盗もうとしたら、使用差し止め命令を出すわよ」

チャーリーはいった。「そんな話なら、これからもっとたくさん出てくるさ」

彼がそういい終わるか終わらないかのうちに、二人の前方で抗議の声があがった——

「私はイギリス政府の信任を受けた代表だ。そんな無礼を受けるいわれはない！」チャーリーが振り返ると、身体検査をしようとする係員をブルッキングが押しのけているところだった。

チャーリーはアンにしか聞こえないように、ブルッキングに対して小声で悪態をついた。「まったく、お前さんに何を教えてやったと思ってるんだ！」そして、もう少し大きな声でいった。「こういう警備が五日前に行なわれていたら、死者も重傷者も出なかっただろうし、ぼくたちもここにこなくてすんだはずなんだがな」

アンがもっと小さな声でいった。「そうだとしても、外交官を身体検査するのは許されないわ」

それはセキュリティ・チェックをしている者たちも気づいたらしく、肩を寄せ合って相談していた。やがて、ブルッキングは指一本触れられずにそこを通り抜けた。チャーリーとアンに対しても身体検査をする気配はなかったが、身分証明書類と顔写真は比較照合され、ブリーフケースの中身もあらためられた。テープレコーダーまで本物かどうかを確かめられ、二人とも空港にあるような金属検知器をくぐったうえで、ようやく病院の奥へ進むことを許された。

追いついてきた二人に向かって、ブルッキングがいった。「無礼にもほどがある！絶対に抗議してやるぞ！」

「何が問題なんですか？」と、チャーリーはいった。「彼らは自分たちの職務を遂行しているだけですよ」

「権威が問題なんだ」

「そうかもしれませんね」チャーリーは一応認めておいてから、阿呆のブルッキングに教えてやろうとした。「権威は役に立つ場合もあるし、すべてを台無しにする場合もあるんです。いまのようにね――」

「これはそうではない――」ブルッキングが怒りを新たにしてさえぎろうとし、逆にアン・アボットにさえぎられた。

「わたしはそうだったと思いますよ！　もしこれ以上ごたごたするようなことがあって、その理由を訊《き》かれたら、わたしはあなたが何の役にも立たなかったと答えざるを得ないでしょうね。それどころか、実は邪魔をしてくれたとね。それに、わたしたちの会話はロシア側に聞かれていると考えなくてはならないんです。彼らのなかにも、少なくとも一人ぐらいは、とてもよく英語を解する人間がいるでしょうしね。きっと、マイク付きの超小型カメラだってどこかに隠されているはずです。だから、まったく不必要かつ馬《ば》鹿《か》げたこの言い争いも、最初から最後まで記録されているに違いありません。こんな内輪揉めを聞かれたと思うと、わたしはとても残念ですし、チャーリーだって同じ思いのはずです。ここへくる道々、そういうことについてはお話ししたと思っていたんですけどね」

ブルッキングの顔が見る見る朱に染まった。そして、「私は――」といいかけて急に口を閉ざすと、玄関ホールと廊下に目を走らせ、アンがほのめかした隠しカメラを探した。

「ニコラーエフです」チャーリーの背後で声がした。「ワジム・イリイチ・ニコラーエフ、医療部長をしています。あなた方の準備がよろしければ、私が案内しましょう」と、彼は英語でいった。

「私は精神科のグエルグエン・セミョーノヴィチ・アガヤンです」彼も英語だった。

「われわれのほうは準備万端です」チャーリーはそう答えながら、内心で吐き捨てた――準備万端どころか、おれたちはこの期に及んでもまだ混乱してるじゃないか。それに、おれだって準備万端というわけじゃない。彼は自分をチームの一員として考えはじめており、それが気になっていたのである。ロンドンへ呼び戻されている二日間は、いまや米英露が一カ所にまとまって行なうと決まった捜査のイギリス側現地連絡員として、何を要求されてもうんといいかねないドナルド・モリソンを指名せざるを得ない雲行きであり、今回ばかりは、チャーリーもチーム・プレイをする必要があるかもしれなかった。

警備員が壁を造っている病室の前でも、顔写真の比較照合とブリーフケースのチェックは行なわれたが、身体検査はしようともされなかった。

「時間は三十分です。それを厳守願います」と、ニコラーエフがいった。「私たちも同席させてもらいます」

ブルッキングが笑顔でうなずいた。チャーリーはそれを見て、あらかじめアメリカ大使館へ行ってオルガの確認を取っておいてよかったとほっとした。「これはいかなる外国籍の人間も立ち会うことのない、イギリス大使館による公式な領事面会です。もちろん、あなた方の医療面での制限は尊重遵守《じゅんしゅ》するつもりですが、あなたたちの同席は認められません。これから彼と話すことはすべて録音し、ロシア当局へ提出します」

ブルッキングは口を開く素振りもなかった。

アンがいった。「それは国際法で認められています。彼が心身ともに面会に耐えうると同意された時点で発効するんです。そして、あなた方は同意しておられます」

ニコラーエフがいった。「きのうと同じく、異議申し立てをすることになるでしょうな」

「私も同様です」と、アガヤンがつづいた。「われわれは部屋のすぐ外にいて、患者の様子を観察させてもらいます」

「あなた方が要求されている時間制限はきちんと守ります」と、アンが約束した。

チャーリーは脇《わき》へどいて、アンとブルッキングを先に病室へ入れた。狭苦しい部屋にはやはり四人の男がいたが、全員が無表情に彼らに視線を向けただけで、出ていこうとする気配を見せなかった。灰色の包帯を巻かれたジョージ・ベンドールが、灰色の顔で目を閉じたまま、灰色のベッドに横たわっていた。

チャーリーはいった。「三十分、時間をもらったんだがね」

驚くほど細身の、眼鏡をかけた男が応《こた》えた。「常にこの部屋にいて、片時も囚人から離れてはならないと指示されているんですよ」

ベッドの横では、ロシア製の巨大で時代遅れの装置がリズミカルに明かりを点滅させ、録音中であることを示していた。「退席してもらいたい」

「われわれは命令を受けているのです」

チャーリーは携帯電話の感度をよくするために、汚れの縞《しま》模様《もよう》がついた窓際《まどぎわ》へ行き、アメリカ大使館臨時捜査本部の特別に設置された直通電話をダイヤルした。ほとんど待つことなく、オルガが応答した。チャーリーはいった。「きみの部下に事情を説明してやってくれないか」そして、事務員のような風貌《ふうぼう》の男に電話を渡した。男は返事もせずに黙ってオルガの話を聞き、最後に答えた。「わかりました」男は電話をチャーリーに返すと、やはり黙ったまま立ち上がり、ほかの三人を連れて病室を出ていった。

ロシア側の録音装置はいまも作動しつづけていたから、チャーリーはそれと混線するのを避けるために、自分たちのレコーダーをベッドの反対側にあるテーブルの上においた。そして、さっきまでロシアの録音係が坐《すわ》っていた椅子《いす》を身振りでアンに勧めた。当初、椅子はその一脚だけだったが、そのころにはさらに二脚が入口へ運ばれており、チャーリーはそれを取りにいった。ニコラーエフとアガヤンが、廊下でうろうろしていた。戻ってくると、チャーリーは固く目を閉じているベンドールの脇に椅子を並べ、彼に近いほうの席にブルッキングを坐らせてやった。そして、レコーダーの録音ボタンを押し、ブルッキングにうなずいて、面会を始めるよう促した。

ブルッキングは自分が口火を切ることになるとは思っていなかったらしく、しばらく躊躇《ちゅうちょ》したあとで、ようやく口を開いた。そして、彼を起こそうとあからさまな期待を滲《にじ》ませ、つっかえつっかえしながら何度か名前を呼んだが、包帯だらけの男が目を開けないことに困惑し、ついに助けを求めるように横を見た。チャーリーはブルッキングが公式面会の代表者としてしゃしゃり出るのを制限していたにもかかわらず、呼びかけをつづけるよう手真似《てまね》で合図した。ブルッキングは不得要領にその作業をつづけたが、しまいには目に見えるほどに汗をかき、苛立《いらだ》ちを表わす真っ赤な筋が喉《のど》に何本も膨れ上がって、皮膚が切れるのではないかと思わせるほどに糊《のり》を利《き》かせた襟からはみださんばかりになっていた。

「私のいったことは全部わかっているか、ミスター・ベンドール？」ブルッキングはそこで終わりにするつもりのようだった。

ベンドールは寝た振りを装《よそお》いつづけた。ブルッキングがお手上げだというようにアンとチャーリーを見た。

チャーリーはいった。「ウラジーミル・ペトローヴィチ・サコフは、きみを大馬鹿野郎だといったぞ。だから、役に立たなかったんだとな」彼は保護枠の下に横たわっている男を注視していたにもかかわらず、ブルッキングが眉《まゆ》をひそめるのがわかった。ベンドールの目は固く閉じたまま、ぴくりともしなかった。持ち時間は三十分だぞ、とチャーリーは自分に念を押した。「ワシーリイ・グリゴーリエヴィチはそんなことはいわなかったよな？」

ほんのわずかではあったが、まぶたがぴくりと動いた。

「きみはワシーリイ・グリゴーリエヴィチが事故で死んだと思ってるのか？　私は違うと踏んでるんだがな。彼は殺されたんじゃないのかな。たぶん、きみのお母さんを殺したのと同じ連中によってな」ティミリヤジョフの踏切での衝突事故に関する報告書なら、オルガ・メルニコワが、今日の午後までに簡単に手に入れられるはずだった。

今朝、チャーリーは公式に追跡できるはずの情報提供を要請するとき、その件についても、期待をもって照会を依頼していた。そのとき、保護枠で盛り上がったベッドの向こうで、アンが訝《いぶか》しげな顔をしたのがわかった。

ベンドールが目を開けた。即座に、チャーリーはそれを録音しておくためにいった。

「ジョージ・ベンドール――ゲオルギー・グーギン――が意識を回復した模様」そして、

公式面会代表者として彼に対する保証を与えるよう、ブルッキングをそっとつついた。ブルッキングは自分もいま目が覚めたかのような反応を示したが、それでも、さっきテープに録音された言葉をほぼそのまま繰り返した。それが終わった瞬間を逃すことなくアン・アボットが自己紹介をし、自分が大使館付きの弁護士で、彼を弁護するための弁論書を――それはロシア側弁護士によって法廷に提出されるだろうが――作成するためにここにきているのだと告げた。

「イギリス大使館やイギリス政府の助けなんかいるもんか」と、ベンドールがいった。その声は、きのう録音され、すでにチャーリーが聞いていたものほど力がなくはなかった。

「きみはなぜ、ほかの連中の身代わりになろうとしているんだ？」チャーリーは、またベンドールが口を閉ざしてしまうのではないかとふたたび不安の表情を浮かべたアンを無視して訊いた。

「ほかの連中なんかいない」

「きみたちはいつ仲間になったんだ？」と、チャーリーはさらに訊いた。「軍にいるときなんだな？」ベンドールがとても低い声でハミングしはじめた。抑揚のない哀《かな》しげな調べだった。中東の音楽を思わせたが、アフガニスタンのものかもしれなかった。「ワシーリイ・グリゴーリエヴィチと出会ったのはそこなんだな？　アフガニスタンだろう？　軍で彼と一緒だったんじゃないのか？」

ベンドールが何かいった。チャーリーには聞き取れなかったが、アンはわかったようだった。「兄弟《ブラザー》？」と、彼女は訊き返した。

こいつに兄弟はいないはずだ、とチャーリーは訝った。

アンはその意味を理解したらしく、質問をつづけた。「そこで仲間《ブラザーフッド》を造ったの？アフガニスタンでそれに加わったの？」

ややあって、ハミングがやんだ。「だれも知らなかった」

「きっと将校を馬鹿にして笑ってたんだろうな……彼らが何も知らないことをな？」と、チャーリーはアンのあとを引き継いでいった。軍の記録では、ベンドールは酔っぱらいの乱暴者の一人に過ぎなかった。だが、それではつじつまが合わなかった。

ベンドールは答えなかったが、にやりと笑みを浮かべた。

「彼らは本当に知らなかったのか？」と、チャーリーは念を押した。「きみはずいぶん罰を食らってるが」

「わからなかったんだ」

「彼らは何をわからなかったんだ、ゲオルギー？」こいつはイギリス名を嫌っているんだったな、とチャーリーは思い出した。

「わからなかったんだよ」

「軍ではほかの人たちを欺《あざむ》いていたということ？……隠れ蓑《みの》を着ていたということなのかしら？」と、アンが水を向けた。

「知らなかったんだよ」

「そうだとしたら、あなたたちもなかなかやるじゃない」と、アンがさらに誘いをかけた。「軍をやめてからあとも、仲間のままでありつづけたこともね」

「昔の友人というか……昔の同志に……毎週火曜と木曜に会いつづけていたんだな？」と、チャーリーはつけ加えた。ブルッキングが困惑して眉をひそめるのがわかった。

「同志だ」と、ベンドールがいった。

「しかし、最初からそうだったわけじゃない」と、チャーリーはヴェラ・ベンドールの供述を思い出しながら誘導しようとした。「軍をやめても、すぐには彼らと会わなかったんだろ？」

哀調を帯びたハミングが高くなり、低くなった。

「それはあなたたちの歌なの？……あなたたちが一緒にいるときに歌っていたものなの？」と、アンが訊《き》いた。

いきなり、ハミングがやんだ。

「その歌詞を教えてくれないか、ゲオルギー？　歌詞があるんだろ？」チャーリーは残り時間を確認した。十五分。テープレコーダーを見ると、それは順調に回りつづけていた。

「だれも知らない」

何をだれも知らないんだ、とチャーリーは必死で考えた。「仲間《ブラザーフッド》と同じで、それも秘密か？」と、チャーリーは推測を口にしてみた。

ベンドールが微笑した。「特別だ」

「あなたがそうだったのよね、ゲオルギー」と、アンがいった。「特別なグループの特別な存在だったのよね……だれもその実態を知らない、特別で秘密のグループの」

「お前たちに話す筋合いはない」

「誓いを交わしたのか、ゲオルギー？」と、チャーリーは訊いた。「お互いへの忠誠を誓い……お互いを守ると約束したのか？」

ベンドールは笑みを浮かべたが、何もいわなかった。

必要な正しいことをしてるんだ、やらなきゃならないんだ、とこいつはいったんだったな、とチャーリーは思い出した。ウラジーミル・サコフによれば、ライフルを取り合って格闘しているときに、ベンドールがそういったことになっていた。「大統領を撃ったのも、そのためだったのか？　つまり仲間《ブラザーフッド》を守るためだったのか？」

ベンドールの表情が曇った。「やらなきゃならなかったんだ」

「その理由は何なの？」と、アンが追及した。「大統領はあなたやあなたの友だちを害するような何をしようとしていたの？」

「おれにはわかってた」

「何がわかってたの？」と、アンが畳み込んだ。

「それをやるのが正しいということがだ」

ほとんど一字一句違わないじゃないか、と、チャーリーは思った。「だれがそういったんだ？」

「おれを助けてくれた人間だ」

「それはだれだ？」

「友だちだよ」

「きみは何発撃ったんだ？」チャーリーがまず最初にアメリカ大使館へ行ったもう一つの理由は、ライフルが回収されたとき、十発入りの弾倉に何発の弾薬《カートリッジ》が残っていたかを知るためだった。ベンドールが落下した直後に回収されたとき、弾倉はすでに空だったという事実をもっと早く突き止めておくべきだったにもかかわらず、腹立たしいことに、それを怠っていたのである。

「全部ぶっ放した」ベンドールの目がどんよりと重たくなりはじめた。

「何発なんだ？」

「二発だ」

「二発だけか？」

「特別な銃弾で、彼らはそれしか持ってなかったんだ」

「〈彼ら〉とはだれのことなの、ゲオルギー？」と、アンが訊いた。

「特別なやつらさ」と、ベンドールがまたいった。

こいつは弾薬《カートリッジ》のことはいってないな、とチャーリーは判断した。「彼らはきみをとても誇りに思うだろうな」

「ああ」

「あなたは彼らを誇りに思ってるの？……自分が仲間《ブラザーフッド》の一員であることを？」と、アンが訊いた。

ベンドールは答えなかったが、その笑みは満足と誇りを感じている男のものだった。

ブルッキングが椅子《いす》に背中を預け直し、両脚を前にまっすぐに伸ばそうとした。明らかに、心はここになかった。そろそろ切り上げようとしてるんだな、とチャーリーは思った。

「何かに属するのはいいことだ。適切な——特別な——結束の固いグループに属するのはな。そうだろ？」と、チャーリーは甘言を弄《ろう》した。

ベンドールのまぶたがぴたりと閉ざされた。

「ゲオルギー！」と、チャーリーは鋭く呼びかけた。「われわれをだれだと思ってる？

なぜここにきてるると考えてるんだ?」

ベンドールがゆっくりとではあったが、束《つか》の間《ま》、目を開いた。「お前らには何も話すつもりはない」

「あなたを弁護するには、わたしが知っておかなくてはならないことを話してもらう必要があるのよ」と、アンが性急に割り込んだ。

「もう疲れた」

「時間ならたっぷりあるわ。あなたが必要なだけ時間をとるし」と、アンがいった。

「わたしたちに必要なだけ時間をとるわ。もう一度、会いにくるわよ。必要なだけ時間をかけるつもりよ」

ベンドールが面会もできないほど疲れているなどとは、チャーリーは露ほども信じていなかったが、やむを得なかった。時間切れで、部屋の入口にすでに医師が姿を見せていた。無理やり押し戻すことはできないし、するべきでもなかった。ベンドールはチャーリーが意図しただけのことはしゃべってくれていたし、彼が欲していた、あるいは想像していたよりも多くを、間違いなく与えてくれていた。重要なのは、ベンドールに、彼自身が面会の主導権を握っているのだと思わせておくことだった。ただし、常に疑いを抱かせ、その苦しみに苛《さいな》まれるようにしておかなくてはならなかった。「狙撃《そげき》を実行したあと、彼らはどうやってきみを逃がし……無事に自分たちのところへ連れ戻すつもりだったんだ？」

目に見える反応はなかったが、チャーリーにはベンドールが起きていて、いまの言葉が聞こえたという確信があった。

「きちんと考慮していただいたことに感謝します」三人が病室を出ると、待ちかまえていたニコラーエフが礼をいった。「結局、公式に異議申し立てをする必要はないようです」

「まだ何度か面会する必要があると思います」と、チャーリーはいった。「一回では明らかに不十分です」

「そうでしょうね」と、アガヤンが散らかった廊下を引き返しながら応じた。

「彼が運び込まれてきたとき、もちろん血液型の検査は行なわれたんでしょうね」

「当然です」と、ニコラーエフが確認した。「輸血の必要がありましたからね。ＡＢ型でした」

「ほかの検査はしたんですか？」

ニコラーエフがくるりと振り返っていった。「あのときは、とりあえず血液型さえわかればよかったんです。輸血する血液を間違えないようにするためにね」

「その血液サンプルはまだあるんですか？」

「ありますよ」

「いま、それを分けてもらえませんか?」

ニコラーエフが足を止めた。「なぜですか?」

「アルコールの検査をしたいんです」チャーリーの判断では、この男にはそれで十分通じるはずだった。

「その検査なら、ここでもできますが」

「それから、それらの検査のコピーをもらえるとありがたいですね。あなたも同様に、われわれの検査結果を知りたいはずです。それについては、私がお渡しすると保証しますよ。比較するほうがいいでしょうからね」

「血液サンプルを分け与える権限が私にあるかどうか」

「これは医療面における要請なんです。あなたはその責任と権限を持った医療部長だと理解していましたが?」

「その通りです!」と、すぐにへそを曲げるニコラーエフが応じた。

「サンプルなら、特別の管理は必要ないはずです。待たせてもらいますよ」チャーリーは警戒厳重な玄関ホールの手前で足を止めようとした。「それから、われわれの権限はクレムリンから与えられたものだということをお忘れなく」

ニコラーエフはどうしたものかとしばらくまごついていたが、やがて肩をすくめると、二メートルほど先の部屋で待っているよう身振りで示してから、アガヤンとともに歩き去った。

その部屋へ入るやいなや、ブルッキングがいった。「こんなことはまったく馬鹿《ばか》げてる。完全な時間の無駄だ。あの男は明らかに精神的に正常とはいえないだろう。それが法廷での嘆願理由になるに違いない！」

「確かに」と、チャーリーは同意した。彼らがこの部屋を使うことは予想できるはずがなかったから、盗聴も隠し撮りもされているはずはなかったが、それでも彼は注意深くあたりを見回した。

アンがブルッキングを無視していった。「わたしたちはいいチームだって、わたしはこの前そういったわよね」

「そして、私も同意した」と、チャーリーは応じた。

「何のことだ？」と、ブルッキングが訊《き》いた。

「単に技術的なことですよ」と、チャーリーは答えておいた。

「あのテープのコピーをロンドンへ持って帰りたいわね。法廷では認められないでしょうけど、精神的な面の評価分析をしたいから」と、アンがいった。

「同感だな」と、チャーリーは同意した。

「あの男が精神的に病んでいると証明できれば、わが政府もずいぶん当惑を軽減されると、ブルッキングがいった。「それと、彼が二十六年間、ここで暮らしているという事実があればな」

チャーリーはこう応じざるを得なかった。「そのためには、全面的な幸運を祈らなくちゃなりませんがね」

ワジム・ニコラーエフが一人で戻ってきて、小さなガラス瓶を差し出した。「私たちのほうでもアルコールの検査をするつもりです」

「実験結果を確かなものにするためには、比較照合が不可欠ですからね」と、チャーリーは認めた。彼は捜査の続行よりも防御の壁を薄くすることに心を砕いていたが、それが今日の面会の所期の目的でもあった。

大使館へ戻る車のなかで、アンがブルッキングにいった。「次の面会のことですが、あなたが同行すべき何らかの理由があると考えておられますか？」

「いや、その必要はないだろう」と、ブルッキングがすぐに答えた。「私がやるべきことは、今日の面会ですべて終わったと思う。あの不幸な男は明らかに精神を病んでいるが、面会自体は非常にうまくいったと考えているんでな」

「本当に、非常にうまくいきましたよ」と、チャーリーは相手の言葉を繰り返した。

ウォルター・エイナンデールは外交的妥協を求めるウェンドール・ノースと国務長官の提案を拒否し、アレクサンドル・オクロフ大統領代行を除外するという自分自身の考えを優先して議論に終止符を打って、すぐにその手配をするよう問答無用の口調で命じた。

いまや疑いもなく従順になった大統領警護の責任者ジェフ・アストンが、大使館から病院までは交差点とハイウェイを封鎖して、ルートを確保する必要があると主張した。そして、メディアを全面的に管理し、写真もテレビもふたたび取材制限をして、エイナンデールとユドキン大統領が会っているところの写真撮影をアメリカのホワイトハウス付きカメラマンに限定するべきだと訴えた。そうすれば、それらの写真の発表の可否やタイミングを完全に自分の手中に収め、時間を稼いで、アメリカ大統領および大統領夫人、そして随行団がすでに大西洋上空をワシントンへ向かっているときも、彼らがまだモスクワにいるという印象を与えることができる、と。

ピロゴフ病院へ着いたエイナンデールは、まず三十分を費やしてルース・エイナンデールの容態の説明を受け、随行軍医のドニントンや支援スタッフのロシア側医師団がすでに保証してくれている以上の保証を与えられた。それによると、アメリカ大統領夫人は母国への緊急輸送に耐えられるぐらいには十分回復しているとのことだった。彼はそれを聞いてからようやく腰を上げると、迎えにきた長身のアストンを隣りに立たせ、シークレット・サーヴィスにぴったりと周囲を囲まれて、病院の別棟へ向かった。そこはすでにノースとアストンが、エイナンデールが夫人の容態を聞いている三十分を利用し、ロシア側警備グループに手伝わせて、写真撮影の準備を終わらせていた。

レフ・マクシモヴィチ・ユドキンは完全に意識を回復していたが、点滴のチューブやモニターのケーブルは依然としてくっついたままであり、そのおかげで、状況に合致するドラマティックな写真を撮ることができるはずだった。もっともユドキンは衰弱がひどくて会話など到底できる状態ではなかったが、いずれにせよ、言葉を交わすことは予定に入っていなかった。それでも、エイナンデールは気遣うようにユドキンのベッドサイドに立ち、あたかも何かを話し合っているようなポーズを取った。撮影には十五分しか掛からなかった。

アメリカ側の徴発している棟へ引き返しながら、ジェイムズ・スカメルがいった。

「オクロフは自分がないがしろにされたと思うでしょうね」

「これから発表する声明のなかで、そこをうまく取り繕うんだ」と、エイナンデールが命じた。「今回の急な帰国は大統領夫人を緊急に治療する必要が生じたためであり……大統領に面会して快復を祈る以外、公式な帰国の挨拶《あいさつ》をする時間がなかった……とでもしておけばいいだろう」そして、横にいる国務長官を見た。「きみはモスクワに残って色々と説明をしてくれ。それによって、すべてがいまも予定通りに進んでいると示せるだろう」

「ああいうふうに大統領との面会を認められたことで、われわれに何がわかったと思いますか？」と、アストンがもってまわったいい方で訊いた。「ロシア側の警備が実に杜撰《ずさん》で、彼らが何一つ学んでいないということですよ。たとえ相手があなただったとしても、大統領、彼らは面会を許すべきではありませんでした。立場が逆なら、私は絶対に認めなかったでしょう」

ウェンドール・ノースは大統領の背後で、アストンに向かって見えないように中指を立てた。

エイナンデールは妻の病室へ行った。「アメリカへ帰るぞ」

「わたしの腕を治すために？」と、彼女が訊いた。

「きみの腕を治すためだ」と、エイナンデールは応《こた》えた。

オルガ・メルニコワはロシア側が盗聴したテープをすでに聞いていたが、チャーリーがアメリカ大使館の臨時捜査本部へ持ち帰った、録音内容を文字にした記録に目を通す振りを装《よそお》いつづけた。彼女が自分のオフィスでそうしているあいだ――ジョン・ケイリーも自分の部屋にいて、初めて内容を知ることになるその記録を読んでいた――チャーリーは彼自身のオフィスで、ヴェラ・ベンドールの検屍《けんし》報告書を調べていった。

新たに詳しくわかった事実を知りたいと気持ちが逸《はや》り、彼は通常の医学的序文に当たる部分をすっ飛ばしたが、ヴェラ・ベンドールが全体的に栄養不良だったという部分は記憶にとどめた。喉《のど》の輪状軟骨はつぶれていたが、第二頸椎《けいつい》の歯状突起は損傷していなかった。もし彼女がちゃんと首を吊《つ》ることに成功していたら、損傷していないはずがなかった。首に三カ所の外傷があったが、それはブラジャーの左カップを突き破った、サポート・ワイヤーによってつけられたものだった。肩胛骨《けんこうこつ》と後頭部に、生きているあいだについた打撲傷があり、病理医の所見では、おそらく断末魔の苦しみか、首が絞まる苦悶《くもん》のなかで、独房の扉に背中や頭を打ちつけたせいだろうと思われた。首を吊った状態をそのまま撮影した現場写真はなかったが、看守によれば、彼女は扉に背中を預けた形で、ほぼ坐《すわ》った状態にあったとのことだった。死体を裸にして撮影した写真には、首を絞めた痕《あと》が完全な輪を描いて残っていた。両手の先端にも挫傷《ざしょう》があったが、それは死の直前に首に食い込む紐《ひも》をゆるめようと本能的にもがいたためだろうというのが、検屍医の見解だった。さらに、ヴェラ・ベンドールの膝《ひざ》と尻《しり》に、病理医が鉛色と表現するところの変色が起こっていて、それはほかの検屍写真でもはっきりと見ることができた。ロシア側病理医の意見は、この医学的証拠から見る限り、首吊り自殺を図って窒息しかけた人間が土壇場《どたんば》で心変わりをしたとも考えられるし、何らかの暴力的行為があった可能性も同じぐらいあるから、どちらが実際の死因であるかを明確にいい切ることは不可能だというものだった。

「だが、おれには不可能じゃないぞ」チャーリーはそう宣言し、報告書を持って、より広いほうの部屋へ行った。そのとき、ケイリーとオルガもそれぞれのオフィスから姿を現わした。

「あんたの考えを聞かせてもらおうか」と、ケイリーが促した。

「ジョンの意見はもう聞いてあるしね」と、オルガがつづけた。

話さずにすませられないかな、とチャーリーは一瞬考えた。それは情報を共有したくないからではなく、自分とは思考回路がまったく異なる者たちがどう解釈し、どういう行動を起こすかがわからないという不安のせいだった。これはやらなくてはならないことに関する、常に必要な評価なんだ、とチャーリーは自分にいい聞かせた。「病理医のいうとおり、残念なことにヴェラ・ベンドールが実際にどういう姿勢で死んでいたのか、それを撮影した写真がない。三人の看守と刑務所の医師は、彼女が自分のブラジャーをよじって首に巻きつけ、それを房のドアノブに引っかけて、首の骨を折ろうとして落下したと宣誓供述している。そんなことは不可能だ。ドアノブから床まで一メートルしかないことは、正確に測ってわかっているんだ。それに、彼女の首は折れていなかった。そもそも折れるはずがないんだ。看守の証言が示唆《しさ》しているところによれば、彼女は両方の脚と両方の尻をほとんど地面にくっつけて、ゆっくりと窒息していった――」

「病理医もそういってるじゃないの」オルガがさえぎり、ことさらに異議を唱えた。

「しっくりこないことが多すぎる」と、チャーリーはふたたび話をつづけた。「鉛色の痕は死後に、身体《からだ》の最下点になる可能性のある部分に、心臓が停止してしまったためにもはや押し上げられなくなった血液が滞留してできるものだ。医学的に証明できるはずだが、ヴェラ・ベンドールの血液は両方の膝と両方の尻にたまっている。だが、二つの異なる姿勢で死ぬことはできない。死んだときには両膝をついた姿勢でいたか、背中を下にした姿勢でいたかのどちらかなんだ。後者であれば、もっと大量の血液が尻にたまっているはずだ……」そういいながら、彼はヴェラ・ベンドールの一連の死後の写真を差し出した。それは彼女の喉に途切れ目のない痕が、ぐるりと一本の条《すじ》となってついていることを明らかにしていた。「それに、もし彼女が半分ぶら下がった状態でいたのなら、つまり、背中を扉に預け、両脚と尻を床にくっつけた状態でいたのなら、こういう痕がつくことはあり得ない。首を絞めた痕は喉の前側にはつくだろうが、後ろ側にはつかないはずだ。なぜなら、彼女の体重が首の後ろ側を圧迫するはずがなく、したがって、痕がつくはずはないんだ。ヴェラ・ベンドールは後ろから、膝をついた状態で、死ぬまで完全に首全体を絞められて窒息死したんだ。後頭部と肩の打撲傷は、彼女を殺した犯人の膝に抗《あらが》ったときについたものだ。犯人は彼女の背中に膝を強く押しつけていた。彼女はそういう形で押さえ込まれ、血液が身体の前のほうにたまりはじめるぐらいの時間、両膝をついたままでいたんだ。彼女がブラジャーをドアノブに引っかけて背中を下にした姿勢でいたとしたら、明らかに、もっと多くの血液が尻にたまっていたはずだ」

オルガがケイリーを見た。ケイリーがいった。「首を絞めた痕が完全な輪になっているところまでは気がつかなかったな。自殺説をひっくり返す、より強い証拠にだってなるぞ」

「検屍の材料をすべてイギリスへ持ち帰って、独自に病理学的な意見を聞いてみたいと思ってるんだ」と、チャーリーはケイリーにいった。「お前さんもそうするか？」

ケイリーが匂《にお》いの強い葉巻に火をつけながらうなずいた。「イギリスへ戻って何をするんだ？　それを教えてくれないか」

メイン・ルームには空気清浄装置が備えられていないのか、チャーリーは喉の奥にかすかに煙のいがらっぽさを感じた。「本部と協議するんだ。例によって、官僚主義の戯《たわ》言《ごと》を聞かされるのさ」

オルガ・メルニコワもジョン・ケイリーも、嘘だとはっきりと顔に表わしていた。チャーリーは大袈裟《おおげさ》に肩をすくめて見せた。「それだけだよ。ほかには何もない」こんなこともあろうかと、朝のうちにイギリス大使館へ荷物を持っていっておいてよかったぞ、とチャーリーは思った。レスナヤ街へ戻ってナターリヤとサーシャにあらためて挨拶したいと考えていたのだが、予想以上にここで手間取りそうだった。

チャーリーが肩をすくめるのと同時に、ケイリーが煙の輪を吐き出した。「本当だということにしておいてやろうか」

「本当だとも」おれがまったく正直に話しているときに限って、どうしてだれも信じてくれないんだ！

ケイリーがついさっきチャーリーに手渡された記録をかざしていった。「やつを苛立《いらだ》たせたのは確かなようだな」

「いくつかの扉は開いたかもしれん」チャーリーはそう認めると、オルガに向かっていった。「ティミリヤジョフで死んだイサコフの件だが、何かわかったのかな？」

「事故として処理されてるわ――いままではね」と、オルガが答えた。「現段階でわたしが知り得たのは、民警の基本的な報告だけなの。つまり、あそこの踏切には遮断機がなく、彼の車が線路の上で立ち往生し、カリーニン行きの急行にまともに衝突されて、ほとんどまっぷたつになったということ――」

「検屍解剖は行なわれたのか？」と、チャーリーはさえぎった。

オルガが首を横に振った。「それに、もちろん埋葬されてるわ。死体の発掘申請をするつもりよ」

「軍の記録は？」

「詳しい記録を提供してくれるよう、国防省に要求してあるわ」

「それから、組織なんかはどうなんだ……仲間《ブラザーフッド》とか？」と、チャーリーは追及した。

もはやレスナヤ街へ戻る時間は明らかになくなっていた。

「それについても、イサコフがどの部署に配属されていたかがわかり次第、提供されるはずよ。もっとも、それがわかればだけど」

「お前さんのところの連中が二人目の狙撃犯《そげきはん》がいた可能性のある場所を調べていたところに出会《でくわ》したよ。ずいぶん大勢いたから、おれが一人でやるよりもいいだろうと考えて、その仕事は彼らに任せたんだがな」と、チャーリーはケイリーに水を向けた。

「可能性のある高層建築は四つ、そのなかで最も高いのが旧コメコン・ビルだ」と、ケイリーがうんざりした様子で答えた。「川の向こうのウクライナ・ホテルまで調べたんだが、それらの最も可能性の高い建物だけでも、狙撃に使える場所が四十二カ所見つかった。窓の外にぶら下がるなんていうほとんど不可能な場所も含めれば、さらに八カ所増える。大統領がやってくるのを大半の市民が自宅の窓から見ていたに決まっているのに、だれも何も聞いていないし、何も見ていない。うちの連中は薬莢《やっきょう》を見つけていないし、手にも入れていない。狙撃に使われたと考え得る場所がさらに二カ所あって、そこをいま調べているところだ。なぜなら、すべてを調べることになっているからだ」

まるでスキーを履いて後ろ向きにエヴェレストに登っているみたいだな、とチャーリーは考えた。そんな珍妙な装置を装着して自分の足を危険にさらすなど、彼は夢想だにしたことがなかった。「おれが留守にするのは、長くても二日だけだ。その間は、ドナルド・モリソンがおれの代わりをすることになるだろう」

「おれもベンドールに会おうと思う」と、ケイリーが宣言した。「これはアメリカ市民殺害事件で、重罪を構成するはずだからな。それに、あんただって公式に面会してる」

「彼はロシアの囚人だぞ」と、チャーリーはいった。

「だが、あんたたちの場合、公式な問題は何もなかったんだろ？」

アン・アボットに法律的な面を相談しておくべきだった、とチャーリーは後悔した。リチャード・ブルッキングのことはちらりとも頭に浮かばなかった。「まったくなかった」

ケイリーがいった。「少なくとも、それはありがたいな」

チャーリーはそれ以上いわないことにした。「面会での幸運を祈るよ」次の面会でどういうふうにジョージ・ベンドールを追及するかはすでに考えてあったが、ケイリーにそれを教えて手助けしてやるつもりはなかった。それに、これまでにチャーリーが入手し得たものよりもはるかに役に立つ何かに、ジョン・ケイリーが大胆にも手を触れる可能性は常にあった。それを見てみるのも――取り返しがつかないほどの混乱にはなってほしくなかったが――面白いはずだった。

「行ってくるといいに帰るつもりだったんだが、話し合いが長びいてしまったんだよ」

「いいのよ」電話の向こうの彼女の声が、何だか素っ気なく聞こえるような気がした。

「ベンドールとの面会はうまくいってると思う。もし知りたかったら、臨時捜査本部のファイルにアクセスすれば見ることができるよ」

「わかったわ」

「今日は何も問題はなかった？」

「ええ」

「留守にするのはたった二日だからね」

「そう聞いたわ」

「サーシャに愛していると伝えてくれ」

「お土産だけど、わたしのいったことを忘れないでね」

「きみも愛してるよ」

「気をつけて」

シェレメチェヴォへ向かう大使館の車のなかで、アン・アボットがいった。「何度考えても、芝居がかった保身だとしか思えないわね」

「そいつは私たちには縁のないものだな」

「わたしたちがドーチェスター・ホテルに泊まるのを、経理が本当に認めると思ってるの？」

「請求書が届くころには、われわれはもういなくなってるはずだ。連中だってどうしようもないさ」

「あなた、わざわざ彼らを怒らせるわけ？」

「きみを怒らせてるかな？」

「いいえ、笑わせてもらってるわ。それに、変わってるし」

「リベラーチェ（訳注　アメリカのピアニスト、エンターテイナー。一九一九〜八七）を聴いたことがあるかい？」

アンが噴き出した。「いいえ。でも、どういう人かぐらいは知ってるわ！　あなた、何をいいたいの？」

「ドーチェスターのバーでは、自動ピアノが彼の演奏をそのまま弾いてるんだ。完全に俗受けを狙《ねら》ったものなんだが、きっと気に入ると思うよ」

自動車電話が鳴った。チャーリーが受話器を取ると、ドナルド・モリソンがいった。

「モスクワ・ラジオが二人目の狙撃犯の存在を明らかにしました。ロシア政府から公式な問い合わせがあり、ブルッキングが右往左往してます。オルガ・メルニコワからも連絡があって、情報を漏らしたのがわれわれかどうかを教えろといってきています。とりあえずは、われわれは完全合同捜査の合意を破ってはいないと伝えておきました」

「だれが漏らしたのかしら？」チャーリーから電話の内容を聞いたあとで、アンが訝《いぶか》った。

「われわれの知らないことを記載した長いリストに、もう一つ知らないことが加わったわけだ」と、チャーリーはいった。

「これで、イギリス側は二度目の面会をせざるを得なくなった」と、ゼーニンがいった。

「あれは名案だったわね」と、オルガが同意した。

今夜このアパートで彼女が夕食を作るというのはゼーニンの発案だったが、オルガは神経質になっていた。というのは、この無茶といっていいほど短時間のあいだに、是が非でも彼に気に入ってもらわなくてはならなくなったからであり、慣れないことをしなくてはならないという事実が、さらに不安を募らせていた。オルガは貝とシーフードのパスタを作ることにし、黒海産の魚はきのう病院にあったクリミア戦争時代の土産のなかから集めてきたものだと冗談をいった。彼もその冗談を気に入ってくれたようだった。

「あのイギリス人はとても優秀だな。それに、女性のほうもそうだ」

「国防省は何といってるの？」と、オルガは訊《き》いた。ワシーリイ・グリゴーリエヴィチ・イサコフと仲間《ブラザーフッド》に関してわかっていることを何でもいいから教えてほしいという要請は、ゼーニンの高い地位と権威をもって発せられており、同等の権威ある対応がなされるのは間違いなかった。

「いかなる機関においても、その内部に秘密の社会を形成することは認められていない。彼らに対しては、それについて疑問の余地はないと伝えてある」

「わたしが——いえ、わたしたちが——もう一度ジョージ・ベンドールを尋問することについてはどうなの？」

「イギリスだけでなくアメリカにも出番を与えてやるのが名案かどうかは——ここまではそうだと証明されているが——やがてわかるはずだ。アメリカはわれわれの先を行く可能性がある。それはつまり、われわれがもう一度尋問を行なうときに、何であれ彼らが入手した材料を使い得るということだ。同時に、軍からの返事を待つ時間ができるということでもある。陰謀があるとすれば、それは軍だ。われわれはその陰謀を突き止める必要がある」

「二人目の狙撃犯がいたというリークについてはどうなの？」

「匿名《とくめい》の電話があったんだよ」

「裏付けも取らずに、そのまま報告したの？」

「いま、それを調べさせているところだ」

ゼーニンがテーブル越しに身を乗り出し、グラスを合わせた。「このパスタは最高だ。それに、こうしていることも素晴らしい」

「うれしいわ」と、彼女は両方の言葉に対して応《こた》えた。

「きみが結婚してるのかどうかをまだ聞いてなかったな」

「独身よ」と答えて、彼女はアパートを見回した。「奥さんが留守だという可能性もあると思うけど、訓練を積んだ捜査官としていわせてもらえば、ここにあなた以外の人が住んでいる形跡はまるでないわね」

「そういうだれかがいれば、確かに留守にしている可能性はあるだろうな」と、ゼーニンが笑みを返して同意した。「だが、そういうだれかはいないんだ」

「恥ずかしい！　わたし、何をいってるのかしら！」

「恥ずかしがる必要はないよ。ぼくは何とも思ってない」

もうすぐ、とてつもなく恥ずかしい思いをすることになろうとは、オルガは考えていなかった。

13

何としても二日でモスクワに帰りたいがために特に窮屈に作ったチャーリー・マフィンのスケジュールは、最初の面会の約束が果たされる前に崩れはじめた。その約束は十時三十分に予定されていたが、彼はモスクワから持ち帰った材料に関して行ないたかったさまざまな検査と分析の準備をするために、九時前にはミルバンクに着いていた。その建物内にはもはやオフィスも作業設備もなく、すべてはサー・ルパート・ディーンの専属秘書を通さなくてはならなかった。彼女は大昔からその仕事をしている仕事一途《いちず》のオールド・ミスで、クリスチャン・ネームもわからないままだったが、彼女を知らない者はなく、ミスという敬称もつけずに、スペンスという姓だけで呼ばれていた。

彼女の聖域にたどり着くまでには二人の下級秘書の許可を得なくてはならなかったが、チャーリーは彼女たちと交渉しながら、ローディーン校（訳注 イングランド南部のブライトンにある、一八八五年創立の女子パブリック・スクール）の言葉遣いがいまだ抜けきらず、とりあえずは仕事にやる気を見せている初々《ういうい》しい新人も、いずれはビジネスライクでにこりともしない女に変わっていくのだろうなと考えて痛ましくなった。すらりと伸びている脚も、まるでなまくらな手斧《ておの》で彫られたかのように不細工になってしまうのだろう。スペンスはチャーリーの頼みを威嚇《いかく》的な沈黙をもって聞き、そのあとで、二日では無理だと素っ気なく宣言した——ここに検査分析設備がないことも、弾道の専門家がウリッジ兵器庫で仕事をしていることも知っているでしょう。それに、精神科医や心理学者が、すべてをとりあえず脇《わき》においてあなたの要請を最優先させるかどうかも大いに疑問です。チャーリーは三十分もおだてたりすかしたりして説得に努め、彼女自身がテープと文字にされた記録からその評価を試み、弾道と血液のサンプルをおのおのの検査センターへ急送してくれるよう頼んだ。

「それでも無理ですね」と、彼女は考えを変えようとしなかった。

「あなたの権限をもってすれば、不可能はないと聞いているんだけどな」

「わたしも埒《らち》もない与太話を聞いてますよ。あなたはそれをかき集めるのが上手なんですってね」

だが、彼女は楽しんでいるぞ、とチャーリーは判定した。「あなたにお土産があるんですよ。前もってお礼をしようと思ってね」彼はブリーフケースからマトリョーシカ人形を取り出し、一体ずつ抜き出して見せた。それはロシア大統領を就任順に収めたものだった。次に人形になってここに入るのはだれだろうな、とチャーリーはより小さな人形をより大きな人形のなかに順番にしまいながら思った。

仕事の仮面をかぶっていた顔にようやく笑みが浮かび、驚くほど若い顔が輝いた。

「一日というのは期待されても困るけど、できるだけ早くやってもらえるよう努力はしてみましょう」

サー・ルパートや彼の助言者たちとの会議までにはまだ時間があったので、チャーリーは何とはない郷愁を感じながら馴染《なじ》み深い廊下を歩き、カフェテリアへ行った。そこには彼が知っている人間はいなかったし、彼を知っている人間も、彼だと気づく人間もいなかった。コーヒーは記憶にあるとおりで、慢性アルコール中毒患者の尿検査のサンプルのようだった。川を望むことのできるテーブルも、中央部分のテーブルも全部埋まっていた。従業員出入口のスウィング・ドアのそばの雑然とした一画に一人用のテーブルが空いていたが、脚の長さが均一でないらしく、チャーリーがコーヒーをおいたとたんに中身がこぼれた。

ゆうべ、彼はドーチェスターのバーにアン・アボットを案内してリベラーチェのピアノを聴かせてやり、楽しい時間を過ごしていた。それは愚かで危険な楽しみ方ではなく、じゃれ合うことさえしなかった。単に互いを笑わせていただけだった。チャーリーの場合、話の種は無尽蔵で、冗談の持ち合わせにも限りがなかった。それに、口にする前に一言一言に隠れた意味や誤解させるような意味を持たせるかどうかを気にする必要もなかった。リラックスしているじゃないか、とチャーリーは思った。驚くべきことだ。会議が差し迫っていて、その内容がモスクワで仕事の上で首を突っ込まざるを得なくなった事件に関するものであるにもかかわらず、この束《つか》の間《ま》の時間、彼は自分がくつろぎ、ゆったりと気を許していると感じていた。ナターリヤも、おれのいなくなったモスクワで同じ気持ちでいるのだろうか。肩の荷を降ろしたような気分で、短期間であるとはいえ、危険の火種が遠ざかったことに感謝しているのだろうか。

上層部が占領している最上階へ戻ると、スペンスがいった。「全部手配して、わたしたちの心理を読みとる専門家たちに連絡をしておきました」

おれにも人間の心理を読みとる能力があればいいんだがなと思いながら、チャーリーはいった。「あなたならやってくれるとわかっていたよ、スペンス」

「まだ、うまく行ったと決まったわけじゃありませんよ。みなさんが会議室でお待ちです」

会議室はサー・ルパート・ディーンのオフィスに隣接していて、全員が集うのに必要な部屋だった。彼らはすでにテームズ川を背にして長テーブルに勢揃《せいぞろ》いしており、中央に部長が陣取っていた。チャーリーが坐《すわ》るように指示された位置からは、対岸の、アンテナが林立した黄色と緑のMI6のビルを望むことができた。チャーリーはその建物を見て、今日のうちにドナルド・モリソンに電話することを思い出した。

チャーリーと管理グループは初対面ではなかったから、ディーンはお互いを紹介する手間を省いて本題に入った。「現時点までは、われわれは先行しつづけている。これまでは非常に順調だった。だが、ここにきてすべてが変わった。変わっていないのは、われわれが先行しつづけなくてはならないということだけだ」

「それがきみを呼び戻した理由だ」と、ジョスリン・ハミルトンがぞんざいに、しかし勢い込んで宣言した。「われわれは今度の陰謀がどの程度のものかを知る必要がある。すなわち、われわれがこの先、これ以上どこまで深く巻き込まれる可能性があるかということをだ」

こいつは昔からおれに敵対していたし、ずっとそうであるらしいな。チャーリーは仏頂面《ぶっちょうづら》の次長をまともに見据えていった。「われわれに何が必要かはわかっています。ただ、現時点ではそれが手に入っていないんですよ」

「では、きみには手助けが必要かもしれんな。監督することも含めてな」ハミルトンが、しめたとばかりに食らいついた。

「必要なのは、まずチャーリーの話を聞くことではないのかね。彼に何かを提案するとしても、そのあとだろう」と、パトリック・ペイシーが焦《じ》れていった。

味方だ、とチャーリーは認識した。口を閉ざし、沈黙をもってジョスリン・ハミルトンに対抗していると、ディーンも助け船を出してくれた。「それを聞かせてもらおうか、チャーリー。きみが送り返してきたもの——それはわれわれもすでに見ているが——に補足を加える必要があるとしたら、それは何なんだ？」

「いうまでもないでしょうが、私はわれわれ独自の弾道確認を行なおうと考えています。すでにアメリカが行なった検査結果が出ているとしてもです」と、チャーリーはいった。

「狙撃犯《そげきはん》が二人いたことは間違いありません。ロシア大統領とルース・エイナンデールを撃ったのは、その二人目の狙撃犯です。それに、ヴェラ・ベンドールがレフォルトヴォで死んだ件については、私は殺人だったと信じています。それについて、われわれの病理医に私の考えを確認してもらいたいのです。というのは、ロシアの検屍《けんし》報告は自殺と他殺の両方の可能性を示唆《しさ》しているだけで――」

「彼女が殺されたと考える理由は何なんだ？」と、グループの法的な面に関する助言者であるジェレミー・シンプソンがさえぎった。「きみが送ってきた報告書を読む限りでは、彼女が何かを知っていたようには思えなかったが」

「あなた方の疑問のほとんどについて、私は答えを持ち合わせていません」と、チャーリーは不承不承に認めた。「彼女は何かを知っていたけれども、自分ではそれに気づいていなかった。だから、気づいて口にする前に殺さなくてはならなかったということかもしれません」

「あるいは、気づいていたけれども、刑務所へぶち込まれるとは思っていなかったのかもしれんだろう。尋問に耐えられずに自殺したとも考えられる」と、ハミルトンがいった。

「それは想像しうる最悪のシナリオだ」常に赤ら顔の政治顧問が、いまさらながらに確認した。「イギリス人亡命者の息子が暗殺者だったというだけでも十分にろくでもない話なのに、その亡命者の妻が暗殺者である息子と共犯だったとなれば、それこそとんでもないことだ」

チャーリーは頭を振《かぶ》った。「ヴェラ・ベンドールは積極的に関与したり巻き込まれたりするほど頭もよくないし、度胸もありませんよ。仮に何かを知っていたとしても、それはたまたまでしょう。あるいは、まったく別の理由で殺された可能性もないとはいえません」

「何でもいいから、それを証明するんだ！」と、ハミルトンが要求した。

「無理です」と、チャーリーは答えた。こうなるとは思っていなかった。どうやら、あまりに少ない証拠に基づいて、あまりに多くの結論に達してしまったようだった。

「もしヴェラ・ベンドールが殺されたのだとしたら、この陰謀には現状に不満を持っている、レフォルトヴォに接近可能な、しかもかなりの力を持ったグループが、何らかの形で関わっていなくてはならないはずだな」と、サー・ルパート・ディーンがいった。

「怪しいのは連邦保安局、かつてのＫＧＢで、いまも実態はそうである機関です。そこのファイルがなくなっているんですよ」チャーリーはそう補足してから、こうつけ加えた。「いまの名称がどうであれ、彼らは変化を嫌った一九九一年のクーデターの先頭に立っていたんです」

「われわれは答えの見つからない堂々巡りをしているぞ！」と、ハミルトンが不満の声を上げた。

「それが狙《ねら》いかもしれません」とチャーリーは示唆し、またもや〈かもしれない〉だなと気づいて、落ち着かない気分になった。

ハミルトンがため息を漏らした。「見込みのある金色の舗道の方向へ進もうじゃないか。早くその仮説を聞かせてくれ！」

チャーリーの頭のなかではすべてがつじつまが合い、それらはすでにわかっている間違いのない事実に支えられていた。しかし、それらを密《ひそ》かに整列させ、分析したとたんに、あまりに多すぎる〈かもしれない〉につまずいてしまった。「この陰謀は非常に要領が悪いんですよ。ジョージ・ベンドールは精神的に不安定で、アルコール中毒の可能性があるんです。もし一人の大統領を――両方ということも考えられますが――殺すのが目的だったとしたら、いかなる陰謀グループであれ、ジョージ・ベンドールを信頼して実行犯にはしなかったでしょうし、二発しか銃弾を与えないということもなかったはずです。それに、絶対に捕まるしかない場所に配置もしなかったと思われます……」彼はそこで息を継ぐために間をおきながら、ベンドールにひびを入れるための質問――彼らはどうやってきみを逃がすつもりだったんだ——の真意が、あの男にきちんと伝わっただろうかと考えた。いまチャーリーと向かい合っている面々はさまざまな表情を浮かべていたが、チャーリーのいわんとするところを理解している者は一人もいないようだった。彼はきっぱりと断言した。「レフ・ユドキンに二発の弾丸を撃ち込んだのは、二人目の狙撃犯です。アメリカ大統領夫人についても同様です。彼らはジョージ・ベンドールを必要としていなかったんです……」

「ただし、捕まってもらう必要はあった？」と、シンプソンがチャーリーの言葉を引き取って訊《き》いた。

「そういうことです」と、チャーリーは同意した。

「なぜだ？」と、ハミルトンが詰問《きつもん》した。「何のためだ？」

「わかりません」と、チャーリーは仕方なく認めた。「混乱を作り出し、全員を間違った方向へ誘導するためかもしれません」

「もしそれが狙いだとしたら、やつらの目論見《もくろみ》は、ここでは確かに成功しているわけだ！」と、ハミルトンが嘲《あざけ》った。

さっきまでのリラックスした気分はもはや吹っ飛び、チャーリーは自分が無防備でもがいているように感じた。彼はそれが気に入らなかった。

「ここにいる全員が、きみが病院であの男と面会したときの記録に目を通している」と、ディーン部長がいった。その両手が、まるで手品の準備でもしているかのように眼鏡を弄《もてあそ》んでいた。「あの面会に関するきみの分析を聞かせてくれ」

「それについても、専門家による評価を行なうつもりです」と、チャーリーは逃げ道を造ってもらったことに感謝しながら保証した。「しかし、ベンドールはある鋳型《いがた》にぴったりはまるように思われます。完全に破綻《はたん》した家庭の出であり、あらゆるものを嫌い、あらゆる人間を憎悪《ぞうお》しています。通常はアルコールの影響がある場合ですが、暴力を偏愛しています。軍は彼を助けていません。それどころか、さらに悪くさせているように思われます――あくまでも、〈思われる〉ということです。しかし、彼を認めてくれたグループがあったようです。彼の言葉を借りれば〈仲間《ブラザーフッド》〉ですが、そこで初めて、しかもそこだけで、彼は受け入れられたのです。彼らは歌を持っていました。私が文字にした記録と一緒に持ち帰ったテープを聴いておられれば、彼がそれをハミングしていたのもご存じでしょう。それに、何度か〈特別〉という言葉を使っているのも聞いておられるし、読んでおられるはずです。一九二三年のミュンヘンのビヤ・ホール以降、精神的に疑わしく、飲酒癖と暴力的傾向があり、独自の歌を持ち、自分たちが選ばれた特別な人間だと考える連中は大勢いたわけで――」

「そんなことが信じられるか！」と、ハミルトンが馬鹿馬鹿《ばかばか》しいといわんばかりに大袈裟《おおげさ》に首を横に振りながらさえぎった。

もはやチャーリーも、自分が信じているかどうかがよくわからなかった。彼がふたたび口を開く前に、シンプソンがいった。「そこが陰謀の源だと考えているのか？　そのいわゆる〈仲　間《ブラザーフッド》〉が元凶だと？」

「そうです。そのうちにそれを証明できると考えています」と、チャーリーは主張した。「それから、このことについては精神科医や心理学者に明らかにしてもらいたいんですが、最初に面会したときにベンドールが話すのを拒否したのは怯《おび》えたからではないと私は考えています。彼は自分が頭がいいと思っています。私より頭がよく、私を手玉に取っていると想像しているようですが、自分が何かの、あるいはだれかの仲間であることを私に話したがっていると思われます」

「どう考えても私にはわからないんだが」ハミルトンが馬鹿にしたようにいった。「われわれはフロイトに従おうとしているのかね？　それとも、ユングか？　あるいは、どこかの橋の下にテントを張っている女占い師の水晶玉を使った透視術とご託宣か？」

こいつは透視術や迷信がロシアに深く根づいていることを知らないな、とチャーリーは判断した。そして、ハミルトンの嘲りを無視していった。「二十四時間以内に、精神医学的あるいは心理学的な側面からの報告を入手できるのではないかと思います」

「陰謀の存在は確かなようだな」と、ディーン部長がゆっくりと認めた。「少なくとも、鑑識報告からすればそうなる。ロシア大統領を実際に殺しはしなかったとしても、政治の現場から――ひょっとすると永久に――引き剝《は》がすことには成功したわけだ。それに、ほかにも傷つけているし、一人を殺してもいる。それがきちんと組織されたグループの仕業であるとしたら、なぜベンドールのような、最終的に自分たちを追い込むおそれのある不安定な男を関与させたんだ？ その理由は何なんだ？ 不合理じゃないか」

「私はそれをいっているんですよ！」と、チャーリーはかろうじて苛立《いらだ》ちを抑えて主張した。「いまのところはつじつまは合っていません。まだその気配もないといっていいでしょう。そのつじつまが合うのは、ロシア側がベンドールの軍の記録を追跡し……ベンドールが配属されていた部隊に特別なグループが存在した証拠を見つけたときか、NTVのカメラマンだったワシーリイ・イサコフの死に関してきちんとした捜査が行なわれたときかもしれません」

「しかし、そうはならないかもしれないだろう」と、ハミルトンが皮肉った。

ほかの面々は依然として無表情で、納得も満足もしていない様子だった。内務省および首相官邸との連絡役である政治顧問のパトリック・ペイシーがいった。「はっきりした答えがほしい。もう一人のイギリス人が今度の件に関与している可能性はあるのか？」

「それについての明確な答えは持っていません」と、チャーリーは謝った。「わからないんです」

「母親が関わっていたと証明される可能性はどうなんだ？」

「私個人としては彼女は無関係だと考えていますが、それについても断言はできません」と、チャーリーは答えた。今回ほど不首尾で屈辱的なデブリーフィングは記憶になかった。

そのまま沈黙がつづいた。

パトリック・ペイシーがいった。「サー・マイケル・パーネルから急なメモが届いて、二人目の狙撃犯《そげきはん》がいたというリークについて、ロシア側が激怒しているということだったが、どうなんだ？　これは正式な外交上の問い合わせと考えなくてはならないが」

「私は彼らと同じぐらい、それを秘密にしておきたかったんですよ」と、チャーリーはいった。

「では、きみが漏らしたのではないんだな？」と、ハミルトンが念を押した。

「当たり前です！」と、チャーリーは思わず冷静さを失った。

「きみがモスクワで使っているだれかが漏らしたという可能性はないのか？　きみの情報源の一人ということだが？」と、ディーンが訊いた。

チャーリーの頭のなかで警報よりも耳障《みみざわ》りなクラクションが鳴り響いた。外交的な問い合わせがあったとすれば、それは正式なものだ。だとすれば、それは行方不明になった情報書類を捜査せよという大統領命令に付随して行なわれたと考えても不自然ではないのではないか。「私の情報源が漏らした可能性はないはずです」

「きみとアメリカ側およびロシア側との連絡はうまくいっているのか？」と、ハミルトンが追及した。

ドナルド・モリソンはＣＩＡのバート・ジョーダンの嘘《うそ》を川向こうのＭＩ６に報告しているだろうか。「十分円滑に行っていると思います。すべての情報は完全にデータ化されて、アメリカ大使館の臨時捜査本部に集められています」

「それはつまり、どちらかが――あるいは両方が――コンピューターに載せたくないと考えたものは、そもそもそこに入力されないかもしれないということだろう」と、ハミルトンが突っぱねた。「きみは独自に入手した情報をそこで完全に公開しているのか？」

「それがここから私に届いた指示でしたからね」と、チャーリーは思い出させた。

「それは私の質問の答えになっていない」と、ハミルトンがいい返した。

「答えはイエスです。私はすべてを彼らと共有しています」それは多かれ少なかれ事実であり、条件をつけているとすれば、それを公開するタイミングだけだった。

「もしリークしたのがきみでもなく、きみの連絡員《コンタクト》でもロシア側でもないとしたら、アメリカが漏らしたに違いないということになるが」と、ジェレミー・シンプソンがいった。「それによって、彼らにどんな利益があるんだ？」

「私の知る限りでは、一つもありませんね」と、チャーリーは答えた。一体いつになったら、おれが答えを知っている質問が出てくるんだ？　彼はパトリック・ペイシーに向かっていった。「私はモスクワが犯罪捜査に関して——起こってから明らかに二十四時間もたっていないのに——外交チャンネルを使って何かをいってきたことに驚いているんです。それどころか、奇妙だとさえ感じています。あなたはどうなんです？」

「私も驚いている」と、ペイシーが反射的に同意した。「だが、きみは何をいいたいんだ？」

「異議申し立てと見せかけて、もっと重たい意味を持たせているのではないかということです」

「またもや思いつきか」と、ハミルトンがため息をついた。

「私は妥当な観察だと思うがな」と、ディーン部長がその非難を斥《しりぞ》けた。「だが、疑問は依然として残る。なぜか、ということだ。ロシア側にどんな得があるんだ？」

「行方不明になった旧KGBのファイルの捜査が、大統領命令によって行なわれます」チャーリーは全員に思い出させ、その捜査がわが身にも累《るい》を及ぼす可能性をあらためて自分にいい聞かせた。「それによって、彼らの後継機関、すなわち連邦保安局への圧力を幾分か逸《そ》らせるかもしれません。連邦保安局の上級将校の大半は旧KGBで、その筆頭がドミートリイ・スパスキーですからね」

「確かに理屈としては成り立つな」と、ディーンが同意した。

「そんなに都合よくいくものかな」と、ハミルトンが小馬鹿にしたようにいった。

「この議論をさらに深めていく必要がある」と、乱髪の部長がいった。

「何本か、電話をしてみましょうか」と、チャーリーは申し出た。まずはドナルド・モリソンだ。それははっきりしている。ひょっとすると、ブルッキングにも電話するべきかもしれない。だが、ナターリヤに連絡するという危険を敢《あ》えて冒すべきだろうか。

「われわれだけで話し合うのもいいのではないかな」と、ハミルトンが悪意のあるいい方をした。

チャーリーがアウター・オフィスへ出ていくと、スペンスが待ちかまえていた。「ウリッジ兵器庫から連絡がありましたよ。あなたが望んでおられる弾道確認には三日かかるとのことです。音響評価の誤りを見つけられてむっとしていましたけどね。それから、心理学的な分析にも最短で三日必要だそうです。血液検査の結果は、明日になればわかります」

「モスクワへ持参できないものは外交郵袋《ゆうたい》で送ってもらうしかないな」

侮《あなど》りがたい女性秘書が、パーマをかけた髪のうねる頭を振った。「心理学者はそれを――間接的な仕事の仕方というんですか――まったくしたくないようですよ。あなたと直接会って、何であれ彼が抱いた疑問の答えを出したいんだそうです」

これでサーシャをサーカスに連れていけなくなったな、とチャーリーは気がついた。

「話にならん！」と、とたんにジョスリン・ハミルトンが攻撃を開始した。「マフィンは明らかに力量不足だ。今回の件は彼の手には負えない」

「彼は二人目の狙撃犯がいたことを証明したじゃないか」と、シンプソンが指摘した。

「それは弾道検査をすればわかったはずだ」と、次長はいい張った。

「しかし、最初に気づいたのは彼だ」と、シンプソンも負けじと譲らなかった。「それに、私が知る限りでは、ベンドールがはめられたことに最初に気づいたのも彼だ」

「もしあの男に捜査を続行させるのなら――私個人としては、そうすべきではないと考えるが――だれかに彼を監督させる必要がある」と、ハミルトンは主張した。「絶対に別のだれかを責任者として送り込むべきだ」

「そんなことをしたら、彼が二人目の狙撃犯がいたという情報をリークしたのだと、われわれが信じているように見えるだろう」と、ペイシーが反論した。

「あいつではないと断言できるのか？」と、ハミルトンが詰め寄った。

サー・ルパート・ディーンがいった。「私はロシア連邦保安局がリークしたというマフィンの説を支持したい。あれをやって得をするのは――大した得ではないにしても――彼らだけだ」

「私も同感ですね」と、シンプソンが援護射撃をした。

「私はマフィンを完全にこのケースから降ろし、もっとふさわしい捜査官をこちらから派遣するべきだと提案します」と、ハミルトンがなおも食い下がった。

「いまさらだれかを送り込んだとして、この五日間でチャーリー・マフィンが成し遂げた以上の何ができると思ってるんだ？」と、シンプソンが鋭い口調で訊《き》いた。「われわれはお伽話《とぎばなし》の国に、きみのいう金色の舗道のある国に住んでいるのではない。極めて危険な現実のなかにいるんだ。そして、その現実はいまわれわれにわかっている以上に危険なのかもしれないんだ」

「それは大袈裟《おおげさ》に過ぎる！」と、ハミルトンが抵抗した。

「そんなことはない！」と、シンプソンが突っぱねた。「まさに私がいったとおり、危険な現実が目の前にあるんだ。チャーリーはモスクワに住んでいて、どういうところかを知っているし、ロシア語もできる。それに、彼が証明しているとおり、役に立つ情報源も持っているんだ。この段階で、別の人間をいきなり何の準備もなしで派遣するなど、愚かといわざるを得ない」

「私がすでに述べた理由をまったく別にすれば、チャーリー・マフィンを除外する意味はないと思う」と、パトリック・ペイシーが加勢した。「マフィンがやるべきことを適切にやっていないという節はまったく見当たらない。彼を交代させる理由がない」

「何かを訊かれたときに、あいつが何度『わかりません』と答えたと思う？」と、ハミルトンが反撃しようとした。

「おそらく、彼と一緒に仕事をしているロシア側やアメリカ側ほど多くはないだろう」と、シンプソンが切り返した。

「この部を取り巻く状況がいかにも不安定であるという事実をしっかりとわかっていれば、チャーリー・マフィンに賭《か》けるなどという危ない橋は渡れないはずだ」と、ハミルトンが応戦した。

「賭けか否《いな》かは見解の問題だな」と、ディーン部長が遅まきながら二人の応酬に加わった。

「私は自分の見解を表明したのです」と、ハミルトンがいった。

「確かにな」と、シンプソンが応じた。「私の見解は、このままにしておくべきだというものだ。きみはきみの見解を表明した」

「駐露大使から、さらなる報告を得たい」と、パトリック・ペイシーがいった。「彼のメモには外交的な意味合いが含まれている」

「サー・マイケルがどういう意見をよこすか、チャーリーがモスクワへかけた電話から何がわかるか、二十四時間待ってみることとする」と、ディーンが宣言した。

「そのあとはどうするんです？」と、ハミルトンが訊いた。

「そのあとは、また話し合うのさ」と、ディーンが答えた。

スペンスがチャーリーのために見つけてくれた予備の部屋は、彼が永久にそこから出してもらえないだろうと諦《あきら》めて長年占拠しつづけていた、ミルバンクの小部屋を彷彿《ほうふつ》させた。その予備の部屋は奥のほうにあって、汚れのへばりついた窓があり、そこからゴミの散らかった中庭と、やはり汚れのへばりついた向かいの窓を見ることができた。しかし、机と椅子《いす》、そして機密回線電話だけは、まずまず汚れていなかった。チャーリーにすれば、それ以外のものがどうなっていようとまったく関係はなかった。

ドナルド・モリソンはすぐに捕まった。彼によれば、リチャード・ブルッキングは依然として右往左往していた。大使館事務局長は犯罪情報が不正に境界を越えて外交の領域に入り込んできたことを不満に思い、その責めをチャーリー個人に押しつけようとしているらしかった。大使は外務省に問い合わせ、情報のリークに関するロシア側の怒りにどう対応するべきか指示を求めていた。モリソンはすでにジョン・ケイリーと直接話をしていたが、ケイリーはあのリークの出所はアメリカ側では絶対にないと主張していた。オルガ・メルニコワはケイリーに対し、二人目の狙撃犯《そげきはん》について公《おおやけ》にしないよう要求したのが自分であったことを念押ししていた。したがって、彼らもまた、リークに関してはイギリス側を、ことにチャーリーを非難していた。モリソンは徐々にではあるが、目撃者との再面会を行ない、事情聴取をしつつあった。ここまでのところ、それによって新たにわかったことは何もなかったが、NTVのほかの同僚は、ベンドールは孤立していて、友だちといえるのはイサコフしかいなかったといっていた。

「あなたにとっては、こっちではなくそっちにいていいことは一つもありませんよ」と、年下のモリソンがいった。

「もちろん、リークしたのはおれじゃないと否定してくれたんだろうな？」

「だれも信じてくれてはいませんがね」モリソンはそう答えると、間をおいてからいった。「あなたじゃありませんよね、チャーリー？」

「当たり前だ！」自分がロンドンにいていいことは一つもないというのは、ほぼ確かだった。

「あなただって、同じことを訊いたはずですよ」

それもそうだな、とチャーリーは認めた。「ほかには？」

「明日、イサコフの遺体の発掘が行なわれます。おれがこちら側の代表として行くことになってます」

甲斐《かい》はさしてないにしても、必要ではあるな、とチャーリーは判断した。「ベンドールの医療面での記録はどうなってる？　特に精神的な面での記録は？」

「メルニコワ大佐は、まだ国防省から連絡が戻ってきていないといっています」

この電話は時間の無駄だったな、とチャーリーは考えた。「それだけか？」

「あなたから電話があったら自分も話したいとブルッキングがいってますが」

そいつはもっと時間の無駄だ。「おれから電話があったことは黙っててくれ」

「そっちがどうなってるか教えてくださいよ」

「まだ十分とはいえないな」と、チャーリーはいった。

「私にしてほしいことはありませんか？」

「用心しろということだな」

チャーリーはアメリカ大使館の臨時捜査本部へ電話をすると、まずジョン・ケイリーを呼び出し、捕まえたとたんに会話の主導権を握って、二人目の狙撃犯がいたことを公にして得をする可能性があるのは連邦保安局だけだと主張した。

「それは考えられるな」と、ケイリーが渋々そうしているとはっきりわかる口調で認めた。

「おれやお前さんよりも、はるかに可能性が高いだろう」と、チャーリーは主張した。

「オルガもおれたちのなかに加えてやるべきじゃないのか」と、ケイリーが咎《とが》めた。

「彼女は何といってるんだ？」

「二人目の狙撃犯の存在を秘密にしておこうと主張したのは自分だといってる」

否定のメリーゴーラウンドだな、とチャーリーは思った。「何か新事実が出てきたか？」

「技術部門の連中が見つけたものがある」と、ケイリーがいった。「両大統領夫妻がキャディラックを降りてからユドキンが撃たれるまでの、完全なヴィデオを手に入れたんだ。彼らはそれをスローモーションでほとんど一齣《ひとこま》一齣再生した。そこまでのスローモーションだと、ユドキンが撃たれた瞬間にルース・エイナンデールが——たぶん本能的にだと思うが——動いているのがわかるんだ。つまり、彼女はエイナンデール本人の前に出ているんだよ。そして、銃弾を受けた。そうしなければ、その銃弾はエイナンデールに当たっていたはずで、彼は死んでいたかもしれないんだ。そうならなかったのは偶然に過ぎないんだ」

「それをだれに話した？」と、チャーリーは期待して訊いた。

「あんたとオルガと、それにもちろん、ワシントンだ」

リークの源を突き止めるための試験としてははかばかしくない答えだな、とチャーリーは考えた。「ベンドールに会うのはいつだ？」

「今日のもう少し遅い時間だ」

「おれのほうは二日じゃすまないかもしれない」

「何のためにそっちに行ってるんだ？」

「もう教えてあるじゃないか」

「そうだったな」

「オルガと話したいんだが」

ケイリーはオルガの電話につなぐのではなく、自分の電話へ彼女を連れてきた。チャーリーは録音装置の作動音が聞こえないかと耳を澄ませてみたが、それらしい音は聞こえなかったし、ケイリーの声も入ってこなかった。オルガは声にこそ出さないものの、ケイリーと同じぐらい信じられない様子で、リークしたのは自分ではなくて連邦保安局ではないかとチャーリーが示唆《しさ》するのを聞いていた。その話が半ばに達する直前、チャーリーはなぜわざわざこんなことをしているのかと自問し、もっとはるか以前に思い当たるべきだった疑問に不意に気がついた。だとしたら、連絡を取り合ったのは無意味ではなかった。

「ベンドールが知っていただれか――グループの一員だった可能性のある人間――が、テレビ局に姿を見せなくなっていないか？」

「いいえ」

「ほかに何か？」

「遺体の発掘のことは知ってる？」

「ああ」

「ほかに何を期待していたの？」

「いまのは一般的な質問だよ」と、チャーリーはため息をついた。

「それなら、あなたに伝えるべきことは何もないわね」

「私がジョンに話した内容は彼から聞いてくれ。繰り返しの手間を省きたいんだ」

「いいわよ」と、オルガが受け入れた。

ブラインドが降り、明かりも消えたというわけだ、とチャーリーは認識した。「ワシーリイ・イサコフについて、何か新しくわかったことはないのかな？」

「いま調べさせているところよ。まだ何も出てきてないわ」

「明日、また電話するよ。ジョンとベンドールの面会の結果に目を通しておいてくれ」

「わかったわ」オルガはさよならもいわずに電話を切った。チャーリーは上階へ戻ると、中断された会議がさらに明日に延期されたことをスペンスから教えられた。ただし、チャーリーがモスクワと連絡を取り合って何か知っておくべき事実や問題が出てきた場合には、サー・ルパートはいつでも会う用意があるとのことだった。

「そんなものは何もないよ」と、チャーリーは落胆した声でいった。

バート・ジョーダンはケイリーと大使館の弁護士をともなっていた。その弁護士はモディーンという名前で、スターリンの大量虐殺《ぎゃくさつ》を逃れてクィビシェフから脱出したユダヤ系の祖父母を持っていた。セキュリティ・チェックを受けて病室へ向かいながら、ワジム・ニコラーエフが、ジョージ・ベンドールはきのうよりもはるかに容態がよくなっているといい、グエルグエン・アガヤンもそれに同意した。チャーリーが議論の末に勝利したことを知っているケイリーは、まずオルガに電話をすると主張し、そのおかげで、病室にいる警備担当者たちは何もいわずに外へ出ていった。すでに椅子も用意されていた。ベンドールの両脚はいまも保護枠に覆《おお》われていたが、ベッドは起こされ、彼はほぼ坐《すわ》った格好でそこに背中を預けていた。モディーンが自分を含めて三人を紹介したが、それはベンドールに教えるためというよりは、録音させるためだった。

ケイリーが口を開いた。「気分がいいそうだな。何よりだ」

ベンドールは笑みを浮かべたが、返事はしなかった。

ケイリーは型くずれした上衣《うわぎ》のポケットから〈ケント〉の箱を出していった。「どうだ？」

「おれは吸わないんだ」と、ベンドールが答えた。その声は、きのう録音されたどの言葉よりも、はるかに力があった。

「では、私もやめておこう」

ジョーダンがいった。「なぜきみはアメリカ大統領を殺そうとしたんだ、ジョージ？」

「おれの名前はゲオルギーだ」

「なぜきみはアメリカ大統領を殺そうとしたんだ、ゲオルギー？」

「いくつもの理由があるからだ」

「どんな理由だ？」

「十分な理由だ」

「それを聞かせてもらいたいんだがな」と、ケイリーがいった。

「お前らの知ったことじゃない」

「それがそうじゃないんだ、ゲオルギー」と、ケイリーはいった。

「大統領夫人が撃たれたんだが、われわれとしてはきみは本当は大統領を殺そうとしたと考えている。そうなんだろ？　きみは大統領を殺すつもりで狙《ねら》ったんだろ？」

ベンドールはふたたび笑みを浮かべたが、やはり答えなかった。

「きみははめられたんだぞ、わかってるのか？」と、ジョーダンがいった。「きみはもう一人の狙撃犯が逃げる時間を作るために捕まることになっていたんだ」

「もう一人の狙撃犯なんかいない」

「きみは弾丸を二発しか持っていなかった。だが、発射されたのは五発だ」

「嘘《うそ》だ」

ケイリーはブリーフケースから今日の〈トルード〉のコピーを取り出し、ベンドールが読めるように顔の前にかざしてやった。二人目の狙撃犯がいたことを最初に明らかにした新聞記事である。ベンドールは眉《まゆ》をひそめたが、何もいわなかった。

「どうして眉をひそめるんだ、ゲオルギー？」とジョーダンがすかさず訊《き》いた。「きみは第二の狙撃者がいたことを知らなかったのか？」

「そんな記事はでっち上げだ」と、包帯だらけのベンドールがいい返した。

ケイリーは〈トルード〉を引っ込めると、〈プラウダ〉、〈イズヴェスチヤ〉、〈ネザヴィシマヤ・ガゼッタ〉の三紙を取り出し——三紙とも、同じ記事が大々的に踊っていた——ベッドの上に並べていった。「ここへテレビを持ち込んでもいいんだぞ。そうすれば、きみが仕事をしていたテレビ局の放送を見ることができる。彼らもこの話を一番に扱ってるんだ」

「嘘だ」

「きみの仲間は心底きみを馬鹿《ばか》にしてるんじゃないのか？」と、ジョーダンが追い打ちをかけた。「きっと笑ってるに違いないぞ！」

「お前らとはもう話したくない」

「わからんな、きみはどうしてこんなふうに自分をはめた連中を守ろうとするんだ？」と、ケイリーがいった。「彼らはきみを助けるために何もしてないんだぞ」

「考える必要がある」

「われわれと一緒に、徹底的に考えようじゃないか」と、ケイリーは誘った。

ベンドールが悲しげな調べをハミングしはじめた。

「その歌には歌詞があるのか？」と、ジョーダンが訊いた。

ベンドールは三人がそこにいないかのように、ハミングをつづけた。

「ほかの連中について話してくれれば、それがきみを助けることになるんだ」と、ケイリーはいった。

「同志だ」と、ベンドールがいった。

「同志といったって、きみを見捨てたし……騙《だま》したじゃないか」と、ケイリーはさらにいった。

「違う！　出ていけ！」

「われわれが知りたいことを教えてくれたら出ていくとも」と、ジョーダンがいった。

「出ていけ！」

その咆吼《ほうこう》があまりに思いがけないものだったために三人は本当に飛び上がり、二人の医師があわてて入口へすっ飛んできた。ベンドールはふたたび絶叫し、無事なほうの腕でジョーダンにつかみかかろうとした。その試みは失敗したが、腕はベッドサイド・テーブルのテープレコーダーを払い落とした。それが床に落ちてカセット・フードが割れると、彼は声を上げて笑いだした。そして、後ろへのけぞりながら何度も絶叫した。

「出ていけ！」その言葉は、ときどきかすれた笑い声にさえぎられた。ようやく疲れて絶叫をやめると、今度はヒステリックな笑いが涙に変わった。それは止めどなく溢《あふ》れて頬を伝い、鼻水まで流れはじめた。

アガヤンが飛び込んできて、弁護士を押しのけた。「何をしたんです？　何をいったんですか？」

「何もしてはいませんよ」と、ケイリーが弁解した。「いくつかの質問に答えてもらおうとしただけです」

「出ていけ」ベンドールが喉《のど》に絡《から》みつくはっきりしない声で、ささやくようにいった。

「そうです。出ていってください」と、アガヤンがいった。「これはあまりよくない状態です」

ニコラーエフがベンドールの手首を取り、脈を診た。

大使館へ戻る車のなかで、ジョーダンがいった。「急所は突いたな」

「ひょっとすると、ベンドールを壊したかもしれませんよ」と、ケイリーが応じた。

「やつらは過大に誇張しようとしているんだ」と、チャーリーは主張した。

「何のために？」と、ナターリヤが訊いた。

「それによって派生する状況を正確に創《つく》り出すためだ。つまり、われわれのあいだに疑いと不信感を広めるためさ」この電話は彼の滞在しているホテルからロシア内務省のナターリヤへかけているものであり、ホテルの請求書に記載されるであろうその電話番号に公式な関心を持たれないようにするには、彼自身が支払いをして請求書を破棄し、仕事上の臨時の立て替えであると主張すればすむはずだった。

「ということは、やはりKGB——あるいは連邦保安局——が偽《にせ》情報を流したというところへ戻るんじゃないの？」

「それ以外に、もっとつじつまの合う可能性があるか？」

ナターリヤはしばらく沈黙していたが、やがて帰ってきた言葉は、その質問に対する答えではなかった。「リークされたその情報は、大統領の調査命令にくっついていたのよ」

「ぼくたちのことなら大丈夫だよ」

「きっと露見するわ」

「二日で帰るといったけど、もう少し長びきそうなんだ」

「どのくらい？」

「三日、ひょっとすると四日になるかもしれない」

「こんなふうに直接電話するのは、もうやめてちょうだい。探知されるおそれがあるわ」

「何か新しく出てきたことはないかな？」

「アメリカ側と面会しているときに、ベンドールが精神的に崩壊したわ」

どうしていままでそれを黙っていたんだろうとチャーリーは自問し、そして、自答した。きっと個人的な不安が職業意識を圧倒しているからだ。そして、無理矢理に平静を装《よそお》っていった。「われわれにあるのは、あの男だけなんだぞ」

「それはみんなわかってるわ」

「精神科医は何といってるんだ?」

「まだ彼とちゃんと話をできないでいるのよ」

「録音テープがあるはずだ。それが今回の仕事をする上でのシステムだからな」

「あると思うけど、文字にした記録は、まだわたしのところまで届いてないわ」

「では、彼の予後もわからないんだな」

「いったでしょう、精神科医がまだ彼と話せないのよ。医学的には、彼は大丈夫らしいけどね」

「また電話する――」といいかけたとき、ナターリヤがさえぎった。「それはしないでといったでしょう」

「あと何日かで帰るよ」

「わかったわ」

「サーカスに行けなくなったことをサーシャに謝っておいてくれないか。来週の週末にしようって」

「わかったわ」と、ナターリヤがほとんど関心がないという口調で繰り返した。

チャーリーはしばらくベッドにうずくまり、鬱々《うつうつ》としていた。ろくでなしのアメリカ側は、いったい何をいってベンドールを崖《がけ》っぷちから突き落としたのか？　それより、彼を崖の下から引き上げるためにはどうすればいいのか？　この期《ご》に及んでできることはないのではないか……いや、あるぞ。ケイリーは面会が予定されているといっていたじゃないか。チャーリーはふたたび電話に手を伸ばし、すぐにドナルド・モリソンを捕まえた。

「ベンドールとの面会の首尾について、ケイリーから連絡があったか？　今日の午後に行なわれると、やつから聞いてるんだがな」

「なしのつぶてです」

「すべての面会の分析をこっちでやるつもりなんだ。だから、文字にした記録だけではなくて、録音テープも必要だ。ケイリーを捕まえて、それを手に入れ、外交郵袋《ゆうたい》で送ってもらえないかな？」

「できるだけ早くやりますよ」と、モリソンが約束した。

「もっと早くてもいいぞ」と、チャーリーは励ました。五分後に電話が鳴ったとき、彼はそれがモリソンからの返事だと思い込んだ。

だが、聞こえたのはアン・アボットの声だった。「今日の首尾はどうだった？」

「知りたくもないんじゃないのかな」チャーリーはほとんど上の空で、決まり切った返事を返した。

「知りたいわよ。わたしはすべてを知る必要があるのよ、忘れたの？」

フリーマントル
稲葉明雄訳
消されかけた男
KGBの大物カレーニン将軍が、西側に亡命を希望しているという情報が英国情報部に入った！　ニュータイプのエスピオナージュ。

フリーマントル
稲葉明雄訳
再び消されかけた男
米英上層部を揺がした例の事件から二年、姿を現わしたチャーリーを、かつて苦汁を飲まされた両国の情報部が、共同してつけ狙う。

フリーマントル
戸田裕之訳
待たれていた男（上・下）
異常気象で溶けた凍土から発見された、大戦当時のものと見られる三名の銃殺体は何を物語る？　チャーリー・マフィン、炎の復活！

フリーマントル
松本剛史訳
英　雄（上・下）
口中を銃で撃たれた惨殺体が、ワシントンで発見された！　国境を超えた捜査官コンビの英雄的活躍を描いた、巨匠の新たな代表作。

フリーマントル
新庄哲夫訳
ユーロマフィア（上・下）
理想のヨーロッパを目指す欧州連合。そこにはびこる巨大悪〝ユーロマフィア〟の恐るべき全貌が明らかに。衝撃のルポルタージュ！

フリーマントル
松本剛史訳
シャングリラ病原体（上・下）
黒死病よりも黒い謎の疫病が世界規模で蔓延！　感染源不明、致死まで5日、感染者250万人。原因は未知の細菌か生物兵器か？

P・エディ
芹澤恵訳
フリント（上・下）
身も心も粉砕したあの男を追え――。危険な状況を渇望するロンドン警視庁のタフなニュー・ヒロイン、グレイス・フリント登場！

L・カルカテラ
田口俊樹訳
ギャングスター（上・下）
『スリーパーズ』の著者が奇跡の復活！ 二十世紀初頭、炎上する密航船で生まれた主人公が生き抜いた非情なニューヨーク裏社会。

S・カーニック
佐藤耕士訳
殺す警官
罠にはまった殺し屋刑事。なけなしの正義感が暴走する！ 緻密なプロットでミステリー界に殴り込みをかけた、殺人級デビュー作。

G・コーエン
北澤和彦訳
贖いの地
波止場町が映し出すのは、父、弟、そして息子の哀しき絆……。さびれゆくブルックリンの町を舞台にした、中年刑事の再生の物語。

K・ジョージ
高橋恭美子訳
誘拐工場
養子斡旋を背景とした誘拐。そして、事件にかかわった男女の切なすぎる恋――。未体験のスリルが待ち受ける、サスペンスの逸品！

マーティン・J・スミス
幾野宏訳
人形の記憶
婦人警官テレサは暴行を受けて瀕死の重傷を負い、記憶の一部を失った。徐々に取り戻す彼女の記憶に悪夢の真実が隠されていた。

トマス・ハリス
宇野利泰訳
ブラックサンデー

スーパー・ボウルが行なわれる競技場を大統領と八万人の観客もろとも爆破する――パレスチナゲリラ「黒い九月」の無差別テロ計画。

T・ハリス
菊池光訳
羊たちの沈黙

若い女性を殺して皮膚を剝ぐ連続殺人犯〈バッファロゥ・ビル〉。FBI訓練生スターリングは元精神病医の示唆をもとに犯人を追う。

T・ハリス
高見浩訳
ハンニバル（上・下）

怪物は「沈黙」を破る……。血みどろの逃亡劇から7年。FBI特別捜査官となったクラリスとレクター博士の運命が凄絶に交錯する！

T・ハリス原作
T・タリー脚色
高見浩訳
レッド・ドラゴン
―シナリオ・ブック―

すべてはこの死闘から始まった――。史上最大の悪漢の誕生から、異常殺人犯と捜査官との対決までを描く映画シナリオを完全収録！

R・N・パタースン
東江一紀訳
罪の段階（上・下）

TVインタビュアーが人気作家を射殺した。レイプに対する正当防衛か謀殺か。残されたテープを軸に展開する大型法廷ミステリー。

R・N・パタースン
東江一紀訳
子供の眼（上・下）

真相は、六歳の子供だけが知る。息詰まる裁判は終わった、しかしその後に……。すべての法廷スリラーを超えた圧倒的サスペンス。

S・ハンター
染田屋茂訳
真夜中のデッド・リミット（上・下）
難攻不落の核ミサイル基地が謎の部隊に占拠された！　ミサイル発射までに残されたのは十数時間。果たして、基地は奪回できるか？

S・ハンター
染田屋茂訳
クルドの暗殺者（上・下）
かつてアメリカに裏切られたクルド人戦士が、復讐を果たすべく米国内に潜入した。標的は元国務長官。ＣＩＡ必死の阻止作戦が始まる。

S・ハンター
佐藤和彦訳
極大射程（上・下）
大統領狙撃犯の汚名を着せられた伝説のスナイパー・ボブ。名誉と愛する人を守るため、ライフルを手に空前の銃撃戦へと向かった。

S・ハンター
玉木亨訳
魔弾
音もなく倒れていく囚人たち。闇を切り裂く銃弾の正体とその目的は？『極大射程』の原点となった冒険小説の名編、ついに登場！

B・フラナガン
矢口誠訳
A&R（上・下）
タレントスカウトも楽じゃない！　レコード会社重役におさまったジムが体験した業界地獄とは？　ポップ&ヒップな音楽業界小説。

G・M・フォード
三川基好訳
憤怒
誰もが認める極悪人が無実？　連続レイプ殺人事件の真相を探る事件記者と全身刺青美女が見たのは……時限爆弾サスペンスの傑作！

B・ヘイグ
平賀秀明訳
極秘制裁（上・下）
合衆国陸軍特殊部隊にセルビア兵35名虐殺の疑惑——法務官の孤独な闘いが始まる。世界中が注目する新人作家、日米同時デビュー！

B・ヘイグ
平賀秀明訳
反米同盟（上・下）
韓国兵のレイプ殺人容疑で合衆国陸軍大尉が逮捕された。米軍に対する憎悪が日に日に増すなか、法務官はどんな戦略を駆使するのか。

D・ベニオフ
田口俊樹訳
25時
明日から7年の刑に服する青年の24時間。絶望を抑え、愛する者たちと淡々と過ごす彼の最後の願いは？　全米が瞠目した青春小説。

N・ホーンビィ
森田義信訳
ハイ・フィデリティ
もうからない中古レコード店を営むロブと、出世街道まっしぐらの女性弁護士ローラ。同棲の危機を迎えたふたりの結末とは……。

N・ホーンビィ
森田義信訳
ぼくのプレミア・ライフ
「なぜなんだ、アーセナル！」と頭を抱えて四半世紀。熱病にとりつかれたサポーターからミリオンセラー作家となった男の魂の記録。

N・ホーンビィ
森田義信訳
いい人になる方法
ふと浮気したケイティ。夫のデイヴィッドにふと離婚を持ちかけると夫は加速度的に「いい人」に——。英国No.1ベストセラー！

新潮文庫最新刊

城壁《じょうへき》に手《て》をかけた男《おとこ》（上）

新潮文庫　フ－13－47

*Published 2004 in Japan
by Shinchosha Company*

平成十六年五月一日発行

訳者　戸《と》田《だ》裕《ひろ》之《ゆき》

発行者　佐藤隆信

発行所　株式会社 新潮社

郵便番号　一六二―八七一一
東京都新宿区矢来町七一
電話　編集部（〇三）三二六六―五四四〇
　　　読者係（〇三）三二六六―五一一一
http://www.shinchosha.co.jp

価格はカバーに表示してあります。

乱丁・落丁本は、ご面倒ですが小社読者係宛ご送付ください。送料小社負担にてお取替えいたします。

印刷・株式会社光邦　製本・憲専堂製本株式会社

ISBN4-10-216547-9 C0197